LETTRES

SUR LES PEINTURES,

SCULPTURES ET GRAVURES

DE

Mrs. DE L'ACADÉMIE ROYALE,

EXPOSÉES AU SALLON DU LOUVRE

DEPUIS MDCCLXVII JUSQU'EN MDCCLXXIX.

COMMENCÉES par feu M. DE BACHAUMONT, Auteur des Mémoires Secrets pour servir à l'Histoire de la République des Lettres en France, &c. &c. & depuis sa mort continuées par un Homme de Lettres célèbre.

Cuncti adsint, meritæque expectent præmia palmæ.

VIRG. EN. V. v. 70.

A LONDRES,

CHEZ JOHN ADAMSON.

MDCCLXXX.

AVERTISSEMENT

DES

ÉDITEURS.

IL seroit, sans doute, à souhaiter que feu M. DE BACHAUMONT eût commencé plutôt à écrire en détail ses réflexions sur l'exposition des Tableaux, Sculptures, &c. qui a lieu au Louvre, & dont on ne trouve que peu de chose dans ses *Mémoires Secrets*, &c. jusqu'en 1767, où il prit le parti de rendre compte du Sallon de cette année, à un de ses amis absent; méthode qu'il a conservée depuis. On ne peut que présumer d'un grand poids en cette matiere les jugemens de l'Auteur de l'*Essai sur la Peinture, la Sculpture & l'Architecture*, qui le fit regarder dans le tems par les Gens de Lettres & les Artistes comme un Philosophe d'un goût éclairé, sûr & exquis. Il est plus fâcheux encore que sa mort ait laissé son travail interrompu & nous ait obligé d'emprunter pour la continuation le secours d'un autre amateur.

A 2

Quoi qu'il en ſoit, dans cette période d'une révolution des Arts dont il s'agit d'environ douze années, il y en a aſſez pour apprécier leur état actuel & connoître tous les Maîtres, qui aujourd'hui illuſtrent la France & en font la gloire & la ſplendeur.

AVERTISSEMENT.

QUELQUE recherche qu'on ait faite dans les papiers de feu M. de Bachaumont, voici tout ce qu'on a trouvé concernant l'expofition des Peintures, Sculptures & Gravures, au Sallon du Louvre, depuis fon origine. Il eft fâcheux, fans doute, qu'on n'ait pu recueillir plus de matériaux propres à complettcr une efpece de Cours de ces divers Arts en faveur des Eleves & des Amateurs. Cependant, comme les Lettres qu'on donne au Public, commençant en 1767, & continuées jufqu'en 1779, embraffent l'époque de douze années, c'en eft affez pour conftater leur état actuel en France, & pour apprécier le dégré de réputation que mérite notre Ecole.

Il eft inutile d'obferver que les dernieres Lettres ne font point de l'homme de goût que

A 3

nous regrettons, puifqu'il étoit mort avant les trois derniers Sallons. Mais elles ont été compofées par un Amateur qu'il avoit formé, & qui, fans avoir autant de confommation que lui, a puifé dans fes inftructions des vues fines, un tact fûr, un goût difficile, & fur-tout une critique févere, dont il eft aifé de s'appercevoir en lifant fes productions.

LETTRES

SUR

LE SALLON,

DEPUIS MDCCLXVII JUSQU'EN MDCCLXXIX.

━━━━━━━━━━━━━━━

LETTRE I.

Sur les Peintures, Sculptures & Gravures de Messieurs de l'Académie Royale, exposées au Sallon du Louvre, le 25 Août 1767.

Paris, le 6 Septembre 1767.

L'EXPOSITION du Sallon de Peinture, Monsieur, offre cette année près de 200 morceaux. Le chef-d'œuvre de M. *Doyen* emporte la palme sans contredit. C'est le premier Tableau qu'on remarque en entrant; en sortant, c'est le dernier qu'on regarde encore: il fixe tous les yeux: l'Artiste, l'Amateur, l'Ignorant se réunissent pour l'admirer. Le Peintre, comme *Calypso* au milieu de ses Nymphes, s'éleve entre ses rivaux & les laisse bien au dessous de lui.

Ce Tableau, de 22 pieds de haut sur 12 pieds de large, est pour la Chapelle de Sainte

A 4

Génevieve des ardens à Saint *Roch.* Le fujet
eft un miracle de cette Sainte. ,, L'an 1129,
,, fous le regne de *Louis VI*, un feu du ciel
,, tomba fur la ville de *Paris*, & dévorant les
,, entrailles de prefque tous les habitans, leur
,, faifoit éprouver la mort la plus cruelle: par
,, l'interceffion de Sainte *Génevieve*, ce fléau
,, ceffa tout-à-coup. "

Le Peintre, en homme de génie, a choifi
non l'inftant du miracle, ce qui ne prêtoit rien
à l'imagination, mais celui où il va s'opérer.
Le devant du Tableau repréfente toutes les
horreurs du mal qui dévore les *Parifiens.* Un
de ces malheureux fe déchire les entrailles d'u-
ne main, & de l'autre invoque le ciel. Tous
fes mufcles font en contraction; chaque partie de fon corps paroît fouffrir. Il y a dans
cette figure une fierté de pinceau, une vigueur de coloris dignes de l'antique. Il eft
foutenu par un homme qui le confole, le fou-
lage, & la douleur tranquille de cet ami fait
un contrafte admirable avec le défefpoir de
l'autre. A côté eft une femme qui vient d'expirer: un petit enfant la regarde & témoigne
fon effroi de trouver fa mere morte. Des
pieds de mort qui paroiffent fortir d'un ca-
veau, occupent un des coins du premier plan.
Ils indiquent le défordre de ces tems de cala-
mité. Un cadavre renverfé, jetté par une fenêtre y pend encore. Sa pofition inanimée le
caractérife

caractérise & le ton de couleur désigne une chair déjà en putréfaction. Des monceaux de morts & de mourans dans le lointain, prêtent à l'imagination & laissent entrevoir tout ce qu'on peut rendre dans un espace circonscrit. Le milieu de cette belle composition est occupé par une Princesse. On la reconnoît à la magnificence de ses vêtemens, quoique déchirés ; à ses femmes qui l'entourent. Sa beauté est flétrie par la douleur : elle présente à la Sainte deux enfans, dont l'un n'a presque plus rien d'humain, par les horribles convulsions qu'il éprouve. A la gauche du tableau & dans le haut brille une Gloire. Sainte *Géne-vieve* en sort avec les attributs qui la caractérisent : des Esprits célestes l'entourent, & ses yeux dirigés vers l'Empirée, annoncent ses prieres à Dieu pour la conservation du peuple auquel elle s'intéresse. Nouveau trait de génie : ce n'est point par la Sainte que M. Doyen fait opérer le miracle ; elle n'est que médiatrice. Je passe différens autres détails pour n'être pas trop long.

Rien de médiocre dans cette Peinture, Monsieur ; la composition est pleine de génie & de chaleur, l'ordonnance sublime ; tous les tons de couleur y sont employés à propos. Je n'en ai entendu faire qu'une critique. On prétend qu'il pêche contre l'unité ; que cette belle femme au milieu du Tableau est plus propre

à exciter des defirs, qu'à foutenir l'horreur
que doit infpirer la repréfentation d'un tel
fléau : mais la douleur dont eft pénétrée
cette Princeffe, s'accorde avec tous les fentimens qu'infpire le refte du fpectacle. D'ailleurs, elle fait grouppe avec fes deux enfans
cruellement atteints du mal général. Cette
figure rentre donc dans l'enfemble de ce poëme pittorefque. Il n'eft pas néceffaire que
le peuple entier foit peftiféré : il fuffit que
tout prenne part à l'action, & c'eft ce qui arrive. En un mot, cette vafte machine eft l'ouvrage d'une imagination auffi chaude que bien
ordonnée.

M. *Vien* a travaillé à un autre Tableau, qui
fert de pendant à celui-là, & eft deftiné auffi
à décorer une Chapelle de Saint-*Roch*. Mais
qu'il eft différent pour le génie ! Il repréfente
Saint Denis prêchant la foi en *France*. L'A-
pôtre eft élevé fur les marches d'un temple.
Ses difciples font derriere lui. Des grouppes
d'auditeurs répandus fur différens plans rempliffent le refte de cette compofition. Nul
intérêt dans l'ouvrage, abfolument vuide d'action. L'auteur auroit pu jetter plus de chaleur
dans la tête du Saint. Elle eft vénérable. Sa
figure eft noble : elle annonce de la douceur :
Il y regne quelque chofe de perfuafif, mais
elle manque de cet enthoufiafme, vrai caractere du Martyr Prédicant. D'ailleurs, aucune

imagination, & voilà, Monſieur, la différence du Génie. M. *Doyen* a eu le choix des deux ſujets; il ſentoit toute l'aridité de celui-ci; il l'avoit pourtant médité. Voici comme il en auroit tiré parti. Il auroit figuré les Payens en déſordre, briſant leurs Idoles à la voix de l'Apôtre. Jugez du mouvement, de la vigueur dont cette idée animoit tout un peuple ! Quelle variété ſuccédoit à la monotonie que M. *Vien* n'a pu éviter dans cette ſcene tranquille, où l'on n'apperçoit preſque que des bras en l'air ! On voit avec regret échouer cet Artiſte qui donnoit les plus belles eſpérances. Il manque de la premiere qualité du Peintre d'hiſtoire, comme du vrai Poëte: il n'a point d'invention. Au reſte, ſi ſon tableau ne frappe pas l'ignorant par ces ſerremens de cœur, par ces paſſions vives & rapides qu'excite l'ouvrage d'un auteur enthouſiaſte, il a des parties que les connoiſſeurs admirent. Sa figure principale eſt bien détachée des autres grouppes. Malgré la multitude des perſonnages, nulle confuſion; l'œil perce à travers toutes ces têtes, juſques dans le lointain: la ſcene eſt éclairée convenablement. Nulle figure qui ne ſoit finie & variée, autant que le peut permettre la poſition de l'auditeur. Beaucoup d'intelligence dans le clair obſcur. En un mot, une grande & trop grande ſageſſe dans la diſtribution de l'ordonnance.

Son Tableau de Saint *Grégoire* Pape, eſt infiniment mieux goûté, parce que l'ouvrage eſt
dans ſon genre, & n'exige aucune imagination.
La majeſté de la tête, la belle poſition du
corps, la magnificence des draperies, la richeſſe du coloris, méritent au Peintre des éloges de
la part des Spectateurs froids, qui aiment plus
à admirer qu'à être émus.

Un des plus vaſtes Tableaux du Sallon, mais
qui n'eſt pas certainement un des meilleurs, eſt
celui de M. *Hallé.* Il doit être placé dans la
grande ſalle de l'hôtel de ville de *Paris.* Il a
14 pieds de large ſur 10 pieds de haut. C'eſt
Minerve, qui annonce la paix à la ville de *Paris,*
& conduit elle même cette Déeſſe. Elle tient
une Corne d'abondance, en fait ſortir des fleurs
qui ſe répandent ſur les Génies des Sciences &
des Arts. La Ville de Paris eſt repréſentée par
le Sénat municipal : & vous ſentez, Monſieur,
combien l'allégorie doit être froide. Quel contraſte ! Minerve vis-à-vis de Marchands de la
rue St. Denis ! Il regne d'ailleurs une reſſemblance entre l'enſemble de ce Tableau & celui
de M. *Vien,* ſon voiſin, qui n'eſt point à l'a-
vantage du premier. Toutes ces robes rouges
ne prêtent gueres aux détails du pinceau. Le
ſeul mérite de l'Auteur eſt d'avoir fait une
Architecture noble & impoſante, d'avoir mis
de l'ordre & de la netteté dans ſa compoſition,
d'avoir bien dégradé ſes couleurs, d'avoir at-

trapé la reſſemblance des perſonnages. Quant
à ſes Déeſſes, quelles Déeſſes ! Une *Paix*
qui a l'air d'une fille d'Opéra & ne répand que
des flocons de fleurs ! Pourquoi pas des
fruits ? Eſt-ce défaut de jugement ? Eſt-ce
une ſatyre ? Cet ouvrage, plus long que difficile, plutôt un aſſemblâge de Portraits, qu'un
vrai Tableau d'hiſtoire, ne fera point ſortir M.
Hallé du rang des Peintres médiocres où il a
toujours été.

M. *Du Rameau* offre trois grands morceaux,
ſans compter pluſieurs autres petits, des deſſins, des eſquiſſes, &c. Le premier eſt *le
triomphe de la Juſtice*. Il eſt de 10 pieds
8 pouces de haut ſur 14 pieds de large. Il
doit être placé dans la chambre criminelle du
Parlement de Rouen.

La *Juſtice*, traînée ſur ſon Char par des Li-
cornes blanches, ſymbole de la pureté, couronne l'*Innocence* qui ſe jette entre ſes bras.
La *Prudence*, la *Concorde*, la *Force*, la *Charité*,
& la *Vigilance* l'accompagnent. Elle foule
aux pieds la *Cruauté* & l'*Envie*, déſignées par
le *Loup* & le *Serpent*, & brave les efforts de
la *Fraude*, qui laiſſant tomber l'étendard de la
rebellion, veut s'oppoſer à ſon paſſage.

L'autre eſt *le Martyre de Saint Cyr & de
Sainte Juliette* & le dernier eſt *Saint François
de Sales mourant*, dans l'inſtant où il reçoit
l'extrême-onction. Ces deux, de 10 pieds

5 pouces de haut, fur 5 pieds de large, font pour l'Eglife de Saint Cyr. Les trois Tableaux méritent des éloges : il y a de la chaleur dans l'allégorie du premier, quoique trop compliquée ; beaucoup d'expreffion dans le fecond; de la fageffe & du fentiment dans le troifieme. En général, un pinceau blafard, des chairs plombées, nul coloris. Cet auteur prend fouvent la roideur pour la force, la dureté pour l'énergie; mais il a de l'imagination, & cette qualité rare & brillante compenfe bien des défauts.

Je fuis les grands morceaux, Monfieur, & paffe fous filence *Jéfus-Chrift fur la montagne des Oliviers*, par M. *Parocel*; le même fujet par M. *Brenet*, ainfi que *Jéfus-Chrift & la Samaritaine*: *Jéfus-Chrift ordonnant à fes Difciples de laiffer approcher des enfans qu'on lui préfente*, par M. *Lepicié*: *Jéfus-Chrift, à l'âge de douze ans, converfant avec les Docteurs de la Loi*, par M. *Renon*. Enfin une *Flagellation*, par M. *de Beaufort*. Tous ces Peintres femblent s'être réunis pour dégrader la Divinité par un pinceau rien moins que divin. On ne peut donner une figure plus platte, plus ignoble à l'Homme-Dieu. Bien loin de s'élever par la majefté de leur fujet, ces Meffieurs l'ont rétréci comme leur génie. C'eft leur faire trop d'honneur que de les nommer !

Que dire d'un M. *Olivier*, qui va prendre

pour sujet *le Maſſacre des Innocens*, déjà traité par un grand Maître ? C'eſt un de nos Poëtes Dramatiques qui refait *Guſtave* après *Piron*.

Que penſer de M. *Reſtout* le fils, qui nous repréſente *Diogene demandant l'aumône* à des êtres inſenſibles, telles que des pierres, des ſtatues ? La froideur du choix n'indique-t-elle pas celle du Peintre, trop bien démontrée dans ſes *plaiſirs d'Anacréon* ? Ce Poëte tient ſa coupe d'une main & ſa maîtreſſe de l'autre : la joie devroit pétiller dans ſes yeux, la volupté s'échapper de toutes les rides du viſage de ce Vieillard aimable. Point du tout : il a l'air d'un patient qu'on mene au ſupplice, ou plutôt, il n'y a ni action, ni ſentiment, ni expreſſion dans toute cette figure.

M. *Jollain*, Agréé auſſi, donne de plus grandes eſpérances. Son *Béliſaire* offre une compoſition bien ordonnée. Le petit enfant qui demande l'aumône pour ce grand homme, dans le casque du guerrier, eſt un trait de génie. Il ajoute à l'intérêt : les attitudes des perſonnages du tableau ſont variées, comme leur douleur. En un mot, on y trouve un Peintre qui penſe & qui invente. Son *Amour enchaîné par les Graces* fait ſourire l'imagination ; & ſi celles-ci ne ſont pas ſweltes, elles ont au moins une gaieté décente qui les caractériſe. Du reſte, les chairs ſont animées ; il y a de la vie dans ce tableau, des

touches larges & moëlleufes, qui font honneur
au pinceau de l'auteur, des contours qui annoncent un deffin facile.

Je me réferve, *Monfieur*, à vous parler du
refte des Tableaux dans une feconde Lettre.
Ne croyez pas que je regarde comme infé-
rieurs ceux que j'ai omis. J'ai fuivi la grandeur des machines, & vous ai préfenté les objets à mefure qu'ils m'ont frappé par leur
volume. J'ai peu loué, peut-être l'ai-je
trop fait encore. Pourquoi nos grands Maîtres, les *Pierre*, les *Boucher*, les *Greuze*, ne
fe font-ils pas offerts à mon admiration ?
Pourquoi M. *Vanloo* d'Efpagne ne nous a-t-il
donné que des Portraits ? Pourquoi M. *Fragonard*, fur lequel on avoit fondé de fi grandes efpérances au Sallon dernier, dont les talens s'étoient annoncés avec un fracas bien
flatteur pour fon amour-propre, s'eft-il arrêté tout-à-coup ? (*) Les Délices de *Capoue*
l'auroient-ils amolli ? Encore fi fon réveil,
femblable à celui de M. *Doyen*, (†) nous
étonnoit par un coup de tonnerre !

Malgré ma Critique, Monfieur, nous devons
nous eftimer heureux d'avoir encore une Eco-

(*) Il ne nous a donné que de petits morceaux, dont on
parlera.

(†) M. *Doyen*, devenu amoureux de Mlle. *Hus*, de la Comédie Françoife, avoit été longtems fans rien faire.

le auffi bien fournie. La Francoife eft la feule qui fe foutienne, & qui femble hériter des pinceaux de *Minerve*! Vous en jugerez mieux quand je vous aurai parlé de Mrs. *la Grenée*, *Vernet*, *le Prince*, *Cafanova*, *Loutherbourg*, &c.

J'ai l'honneur d'être, &c.

LETTRE II.

Sur les Peintures, Sculptures & Gravures de Meffieurs de l'Académie Royale, expofées au Sallon du Louvre, le 25 Août 1767.

Paris, le 13 Septembre 1767.

DEPUIS ma derniere Lettre, Monfieur, M. *Hallé* a expofé un nouveau Tableau de fa compofition. Le fujet eft *l'Apologue du faifceau*, qu'il attribue à *Scilurus*, Roi des Scythes. Il eft dans la maniere roide & dure de ce Peintre. Sept ou huit des enfans de ce Roi, qui font effort pour brifer le faifceau, ne peuvent préfenter un fpectacle digne du pinceau d'un grand Maître. Nulle paffion à exprimer; la variétés des attitudes ne prête même pas, en ce qu'elles feroient contre nature. Nul effet de coloris, point de perfpective, toutes les têtes font dans une même ombre. Ainfi, mauvais choix & pitoyable exécution.

M. *Michel Vanloo* fe diftingue par une Galerie de Portraits, tous de fa compofition &
variés extrêmement.   Dans celui de M. le
Cardinal de *Choifeul* on admire la nobleffe &
la dignité: la vérité de la reffemblance dans
celui de l'Abbé de *Breteuil*.   Celui de Madame
Vernet offre une grande pureté de chairs, un
coloris délicieux.   L'efprit pétille dans la figure de Mlle. de *Langeac*, & femble s'échapper de tous les traits de fon vifage.   Peut-
être lui a - t - il donné un air trop malin pour
fon âge.   D'ailleurs, quoi de plus indécent
que de repréfenter une jeune perfonne en Sultane & le mouchoir à la main?   Il a peint
M. *Diderot* avec cette tête nue & fumante, fur
laquelle cet Auteur eft obligé de jetter de
l'eau froide de tems à autre, pour modérer les
accès d'un génie bouillant (*).   La portraiture de M. *Cochin* eft finie & léchée, comme
tous les ouvrages qui fortent des mains de
cet habile Graveur.   J'en paffe beaucoup
d'autres fous filence pour venir aux deux morceaux les plus précieux de cet article.   Je
veux parler de deux ovales, la *Peinture* & la
Sculpture.   La premiere eft d'une taille plus
fwelte; elle a le pinceau à la main & eft occupée à travailler.   L'autre figure, plus ro-

---

(*) C'eft ce que rapportent fes amis.

buſte, tient ſon ciſeau ; elle a ſon bloc ébauché devant elle, & médite ſur ce qu'elle va
faire. Ces deux morceaux ſont fort beaux.

Le premier ouvrage de M. *la Grenée*, par
l'importance du ſujet, plutôt que par ſon mérite, eſt *Monſeigneur le Dauphin mourant environné de ſa famille. Monſeigneur le Duc de
Bourgogne lui préſente la couronne de l'Immortalité.* Nulle reſſemblance, nul coſthume dans ce
tableau, qui n'eſt qu'une allégorie. M. le Dauphin a l'air d'un pauvre homme mourant ſur
ſon chalit : il eſt débraillé, la tête nue. Le
tableau a pour deviſe : *Mortem quoque ſupera-
vit.* Elle ne ſe lit certainement pas ſur le viſage du Prince mourant, & c'eſt ce qu'il eut
fallu rendre. La douleur de Madame la Dauphine fait grimacer ſa figure ſans aucune nobleſſe. Convenons qu'un pareil ſujet n'eſt
point dans le genre de cet Auteur, fait pour
rendre la volupté touchante, plus que les
objets triſtes & lugubres. Auſſi a-t-il é-
choué dans un plus grand morceau d'hiſtoire.
Dans *la tête de Pompée préſentée à Céſar*, il
n'a point réuni ce double ſentiment de joie &
de douleur qu'a ſi bien découvert *Corneille*, &
que *Rubens* n'auroit pas manqué d'exprimer.
*Jupiter & Junon ſur le mont Ida, endormis par
Morphée*, étoit ſans doute encore un ſujet
trop ſublime pour ce Peintre. Le ſommeil y
eſt très-bien caractériſé, mais la grandeur &

la majesté du Dieu du tonnerre ne se reconnoissent point dans ce Maître des Dieux. Pour puiser de pareils sujets dans *Homere*, il faudroit se sentir son génie.

M. *la Grenée* a mieux réussi dans *la chaste Susanne*, dans *le chaste Joseph*, mais surtout dans deux petits morceaux : la *Poësie* & *la Philosophie*. Quelle suavité de pinceau! Quelle carnation dans tous! Les deux derniers seroient dignes de *l'Albane*. La paillardise des Vieillards, la luxure effrénée de la femme de *Putiphar*, sont caractérisées dans les premiers des touches les plus fortes & les plus lubriques. Le *Joseph* & la *Susanne* ne sont pas si bien rendus. En général, les passions modestes ne sont pas non plus du genre de cet Artiste, il attrape à merveille les figures de femmes animées du desir. On remarque cela dans le reste de ses tableaux, trop longs à détailler.

Je finirai son chapitre par quatre Dessus de porte, représentant *les quatre Etats*; premier défaut de costhume. On n'a jamais connu que trois Etats en France; il a plu à M. *la Grenée* d'en faire un quatrieme de la Magistrature, quoiqu'elle ait toujours fait Corps avec le Tiers-Etat.

Le *Clergé* est représenté par *la Religion* & *la Vérité*. Il y a-là une femme nue, trop voluptueuse pour un pareil sujet.

L'Allégorie de *l'Epée*, figurée par *Bellone*, *préfentant à Mars les rênes de fes Chevaux*, eft belle & hardie, mais exigeoit un pinceau plus fier.

La *Juftice*, emblême de la *Magiftrature*, eft *défarmée par l'Innocence; la Prudence l'en féli-cite*. Il falloit que cette derniere dévoilât l'*Innocence*, & l'Allégorie eût été plus jufte & plus ingénieufe.

Le *Tiers - Etat* enfin, caractérifé *par l'Agri-culture & le Commerce qui amenent l'Abondance*, eft d'une compofition vraie, belle & fimple.

Je paffe à M. *Vernet* & ferai fort court fur fon fujet. C'eft toujours le même genre, mais d'une variété qui étonne tous les connoiffeurs. Chacune de fes Marines eft une hiftoire entie-re pour le mouvement qui regne dans fes ta-bleaux. Il a tant été loué que je ne pour-rois rien ajouter. Je ne ferai mention que de fon *Clair de Lune*. On admire avec quel art il a fait jouer cet Aftre dans l'onde & en a rendu tous les reflets. La vérité eft le grand ca-ractere de ce Peintre.

Je m'étendrai davantage fur fon rival, parce qu'il n'eft pas encore fi connu. C'eft M. *Lou-therbourg*, Agréé. Il a donné quinze tableaux, qui tous ont leur mérite & font de la plus grande beauté. On lui reproche de n'avoir pas mis dans fes deux *Combats fur terre & fur mer*, toute la chaleur qu'exigent deux pareils fujets; d'avoir plutôt peint des morts que des mourans. Malgré cela, Monfieur, il y a des chofes magnifiques dans l'un & dans l'autre. Il y regne, s'il eft permis de s'exprimer ainfi, ce beau desordre, premier caractere des batailles. Il y a une entente admirable de coloris. Les armures, les casques, les boucliers y brillent de leur éclat. On y remarque jufqu'au damasciné des épées. Ses deux chefs-d'œuvres font fa *petite tempête*, ainfi appellée parce qu'il y en a deux de fa façon, & un tableau de *payfages avec des animaux*, tiré du cabinet de M. *Boiffet*. On peut dire que dans le premier il ferre de près fon modele. D'abord en approchant, on fent l'horreur qu'infpire néceffairement un pareil fpectacle. A ce fentiment fuccede la pitié, à mefure qu'on détaille les parties de ce tableau. Quant au connoiffeur froid, il n'eft pas poffible qu'il lui refufe fon admiration, foit pour la variété des grouppes, foit pour la correction du deffin ou pour l'expreffion des figures. En un mot, il eft digne de *Vernet*, & c'eft tout dire, comme l'autre morceau l'eft de *Berghem*. Peut-être lui reprochera-t-on d'avoir trop appéfanti le pinceau fur les animaux, d'avoir donné des touches trop fortes qui les rendent masfifs; mais après tout, un Bœuf eft-il léger? Vous voyez, Monfieur, que M. *Loutherbourg* entend également le payfage, les animaux, la figure; qu'il réunit prefque tous les genres. Il rend auffi la nature infenfible, qu'il fçait mettre en moůvement. Je n'en veux pour preuve que fon tableau de *la Cafcade.*

Je voudrois bien, Monfieur, détailler auffi les *Cafanoves*, c'eft-à-dire les tableaux de M. *Cafanova.* Il ne nous a donné cette année qu'une bataille & fon pendant en petit. Ce fujet n'eft pas propre à être traité en miniature, il s'en faut. Il entraîne trop de confufion, trop d'affemblage de figures. On remarque bien dans l'enfemble une touche hardie, mais ce ne font que des bras & des têtes. On ne fçait à quels corps ils appartiennent, c'eft une vraie *capilotade.* J'aime mieux les trois petits tableaux, dont l'un repréfente *un Maréchal*, & l'autre *un Cabaret.* Dans l'autre c'eft *un Cavalier qui rajufte fa botte.* Ce font des fujets familiers, dans lesquels fe joue ce Génie fier & mâle. Il met partout de l'action: il eft toujours chaud de couleur.

M. *le Prince* ne dégénere point de fa fécondité. Il nous enrichit cette année de 13 tableaux, dont trois volumineux. Ils font deftinés pour être exécutés en tapifferie à la manufacture de *Beauvais.* L'auteur s'eft cru obligé, tant pour les effets que pour la touche, de fe prêter au genre & à la poffibilité de l'exécution de ces fortes d'ouvrages, qui, faits uniquement pour amufer les yeux dans les ap-

partemens, femblent exiger partout de la clarté & des richeffes de détail. Je ne fais quel
effet ces deffins feront dans un appartement,
mais tout le monde s'accorde à les trouver
très-mauvais. Point de coloris, une confufion d'objets; des *Ruffes*, à qui le Peintre veut
donner l'efprit & la galanterie des Bergers de
Boucher. S'il n'avoit fait que de pareils ouvrages, il pourroit avoir le mérite du cofthume,
celui d'avoir peint des mœurs étrangeres &
nouvelles pour nous: mais il ne feroit réputé
qu'un homme très-médiocre. Il a mieux
réuffi, & infiniment mieux dans fes petits tableaux. Son genre ne paroît pas fait pour les
grands objets. Il ne peut rendre qu'une action
qui ne foit point embarraffée par la multitude
des perfonnages; de cette efpece font *la fille
qui charge une vieille de remettre une Lettre.
Un jeune homme qui récompenfe le zele de la
vieille, en lui donnant une piece d'or;* jolis pendans, ingénieufement traités, mais trop d'après
le grand Maître dont j'ai parlé. La *bonne
avanture* & le *concert*, *l'oifeau retrouvé*, *le
muficien champêtre*, *une jeune fille endormie,
furprife par fon pere & fa mere;* &c. tout cela eft fort gentil & beaucoup moins défectueux pour le coloris.

Je quitte M. *le Prince*, pour paffer à un des
hommes les plus étonnans du Sallon, M. *Robert*. C'eft le rival de M. *Machy* pour les

mor-

morceaux d'architecture, comme *Loutherbourg* l'est de *Vernet* en marines. Rien de plus beau, Monsieur, pour la perspective & les effets de lumiere, que *la Cour du Palais Romain, qu'on inonde dans les grandes chaleurs, pour donner de la fraîcheur aux Galleries qui l'environnent.* Vous passez à travers ces colonnes, comme si tout étoit de relief. Ses autres ouvrages ne font pas tous si bien entendus à cet égard, mais en général cet Auteur est majestueux ; tous ses tableaux font imposans par la magnificence des édifices qu'il a choisis & bien rendus. Il me semble en ce genre avoir une bien plus grande maniere que son modele, plus recherché, plus fini, plus françois.

J'ai promis de revenir sur M. *Fragonard*, en faveur de sa réputation naissante & des espérances qu'il donne. Il nous montre cette année un *Tableau ovale, représentant des grouppes d'enfans dans le Ciel:* une *tête de Vieillard.* Ils font tous deux dans la maniere de cet Auteur, très-légere & très-aërienne. Elle convient fort au premier sujet. Quant à l'autre, la gravité de la figure n'admet pas ces touches claires qui font trop disparates.

Je ne dirai qu'un mot de M. *Chardin*, qui a traité le public aussi fort succintément. Il n'a donné que deux Tableaux représentant *divers instrumens de musique.* Ils font destinés

pour les appartemens de *Belle - vue*, & magnifiques dans leur genre. Mais quel genre !

M. *Venevault* a expofé un tableau en miniature, commandé par l'Académie des Sciences, Arts & Belles - Lettres de *Dijon*, appartenant à S. A. S. Mgr. le Prince de *Condé*.
„ Au centre du tableau, & dans un plan un
peu reculé, s'éleve une pyramide dont le piédeftal eft chargé de trophées d'armes. Sur
une des faces de cette pyramide on lit cette
infcription : *Bataille de Friedberg.* Minerve affife, fur un bouclier, porte le bufte du Prince de
Condé, en médaillon, cifelé en or. Près d'elle
font deux Génies, dont l'un montre du doigt
la devife de l'Académie gravée fur une table
d'airain, & l'autre préfente plufieurs couronnes
à la Déeffe pour les diftribuer à fon choix.

D'un côté, on découvre dans l'éloignement
une Campagne fertilifée ; de l'autre, fur une
montagne efcarpée, le Temple de la Gloire,
vers lequel plufieurs Savans s'approchent par
des chemins difficiles. "

Vous voyez, Monfieur, par cette allégorie
confufe & alambiquée, que les Peintres ne
réuffiffent pas mieux à louer que les Poëtes.

M. *Baudouin* attire l'attention du public par
deux petits tableaux peints à gouaffe. L'un
eft *le coucher de la Mariée*; l'autre eft *le fentiment de l'amour & de la nature, cédant pour*

un tems à la néceffité. C'eft une jeune perfonne qui accouche & eft obligée d'envoyer le
nouveau-né aux *Enfans-trouvés.* On y lit ce
vers: *fecit amor, pietas mittit, fortuna reducet.*
On aime mieux ce dernier, parcequ'il eft plus
épigrammatique, & d'un intérêt plus général.
D'un autre côté, il eft fi peu exprimé que
l'auteur eft obligé d'y fuppléer par une devife,
par une enfeigne à la maifon de Sage-femme,
&c. & que l'action n'eft pas encore complet-
tement expliquée au premier coup d'œil.
Quoi qu'il en foit, toutes les femmes veulent
voir ce petit tableau. Les filles furtout ne fe
laffent point de le regarder. Plus d'une jeune
perfonne, en le voyant, peut fe dire: *Autant
m'en pend à l'oreille.* M. *Baudouin* met beaucoup d'efprit dans fes fujets, & même du fentiment. C'eft le *Greuze* de la miniature.

M. *Roland de la Porte* renouvelle fes illufions; il nous étonne par la magie de fa perfpective. Il donne de l'élévation aux figures
les plus plattes. On admire fon *Crucifix de
bronze, fur un fond de velours bleu, imitant le
relief.* Ce genre n'eft pas fûrement le premier
de la peinture; mais il eft beau de réuffir dans
fon genre quelconque.

Mrs. *Peronneau, Roflin, Drouais* le fils font
en poffeffion de nous enrichir de Portraits.
On remarque dans ceux du fecond, Madame
la Marquife de *Marigny:* Madame la Comteffe

de *Brionne* n'eſt pas le plus médiocre ouvrage de ceux du dernier. En général, toutes les portraitures ont un défaut. Le héros eſt tou‑jours peint faiſant quelque choſe & jamais n'en étant occupé. Il regarde le Public. Eſt‑ce dans la vraiſemblance? Et le faiſeur de por‑trait a‑t‑il plus droit qu'un autre d'y man‑quer?

J'abandonne, Monſieur, le vulgaire des au‑tres Peintres. Je ne pourrois qu'en parler déſa‑vantageuſement. Il vaut autant les laiſſer ſe mirer dans leur amour‑propre. Je finirai par la Sculpture dans ma troiſieme & derniere Lettre. Il y a de très‑beaux morceaux & je crois que cet Art ſe ſoutient mieux que la Peinture.

LETTRE III.

Sur les Peintures, Sculptures & Gravures de Meſſieurs de l'Académie Royale, expoſées au Sallon du Louvre, le 25 Août 1767.

Paris, le 20 Septembre 1767.

ON pourroit faire, Monſieur, le même re‑proche à nos Sculpteurs qu'à nos Peintres. Ceux‑ci expoſent beaucoup trop de portraits, & les autres infiniment trop de buſtes ; d'au‑tant mieux que le peu d'eſpace accordé à cet égard dans le Sallon, ne permet pas de nous dédommager d'ailleurs. Au reſte, ces Buſtes font au moins intéreffans : ils nous offrent prefque tous des perfonnages ou précieux ou importans.

M. *Pajon* nous a donné le portrait de feu Monfeigneur le *Dauphin*, en marbre ; ceux de Monfeigneur le *Dauphin* actuel, du Comte de *Provence*, du Comte d'*Artois*, &c. Le peuple court en foule voir les appuis du trône, & ce fpectacle vraiment attendriffant ne peut que faire honneur à l'Artifte.

M. *Caffieri* a expofé le portrait de M. *Hallé*, Peintre du Roi, & Profeffeur en fon Académie, ainfi que celui de M. *Borie*, Docteur en Médecine. On ne fçaura point mauvais gré à M. *Caffieri* de tranfmettre à la poftérité un Artifte eftimable & un Efculape en vogue.

Qui n'eft enchanté de retrouver au Sallon le Bufte de ce génie immortel, qui a fait une fi grande époque dans la révolution de l'efprit humain en France ? Je veux parler de M. de *Montesquieu*. Ce portrait, exécuté par M. *le Moine*, eft un préfent que M. le Prince de *Beauvau* fait à l'Académie de *Bordeaux*. Le même Artifte nous offre celui de Me. *Gerbier*, le Cicéron François. Il a auffi travaillé le bufte de M. de *Trudaine*. Il eft en marbre. C'eft un monument de reconnoiffance de la *Faculté de Droit* de Paris, qui doit être placé dans l'intérieur de fes nouvelles écoles. Un grand & fage Miniftre n'a point voulu être nommé dans le livre. Sa modeſtie, en ſe préſentant à nos regards, ſemble avoir jetté un voile ſur ſa figure. Mais qui méconnoſtroit à la bienfaiſance dont elle eſt empreinte, M. le Comte de *Saint-Florentin* ? A côté eſt humblement, en terre, Madame la Comteſſe de *Langeac*. Ce buſte nous offre une Grace, taillée des mains de ſes ſœurs. Tous ces morceaux font infiniment d'honneur à M. *le Moine*.

Je finis les portraits par deux médaillons en marbre de M. *Vaſſé*. L'un eſt celui de feu M. le Comte de *Caylus*, appartenant à l'Académie Royale des Inſcriptions & Belles-Lettres. L'autre eſt celui de feue *Eliſabeth*, Impératrice de *Ruſſie*, appartenant à M. le Comte de *Schuvaloff*. Rien de plus beau que ces médaillons, que la vérité de la reſſemblance & l'énergie des figures ! On admire la bordure du médaillon de l'Impératrice, qui eſt en effet de la plus grande richeſſe & d'un travail exquis.

Entre les morceaux de Sculpture d'une plus grande maniere, on diſtinge une figure en marbre, repréſentant une *Baigneuſe* de M. *Allegrain*. Elle a 5 pieds 10 pouces de hauteur. Elle eſt pour le Roi, & doit être placée à *Choiſi*. La grandeur de la machine a empêché qu'elle ne fût tranſportée au Sallon, & l'on va la voir chez l'Auteur. Cette *baigneuſe* eſt, Monſieur, dans les proportions antiques. Elle eſt d'une élégance ſwelte. Il eſt fâcheux que dans le marbre il ſe ſoit trouvé des veines noires répandues çà & là, .qui font un effet déſagréable & traverſent même la figure.

La *Minerve* de M. *Vaſſé*, appuyée ſur ſon bouclier, prête à donner une couronne, n'offre rien d'admirable pour l'invention, ni pour la nobleſſe de l'attitude, ni pour la majeſté de la tête. La Déeſſe n'a qu'une figure très-ordinaire.

M. *Pajou* propoſe aux curieux la *Magnificence* & *la Sageſſe*, deux eſquiſſes en plâtre, dont les figures ſeront exécutées en grand pour le Palais-Royal. Il y a joint celle d'un tombeau & l'on remarque du génie dans les trois morceaux.

L'Innocence, en marbre, de M. *Caffieri*, eſt d'une belle ſimplicité; elle ſe lave les mains. *L'Amitié qui pleure ſur un tombeau* & qui n'eſt qu'un modele, invite à la triſteſſe, & doit faire un grand effet dans l'exécution.

L'Annonciation, en bas-relief, de M. *Berruer*, eſt d'un très-bon goût. La tête de la Vierge eſt d'une pureté, d'une modeſtie qu'on admire. Aux deux côtés ſont *la Foi* & *l'Humilité*. Ces figures droites ſont ordinairement froides & ne ſignifient pas grand' choſe. Ce morceau doit être exécuté du double de ſa grandeur pour être placé dans l'Egliſe Cathédrale de *Chartres*.

B 4

Son *Hébé* n'a rien de bien caractéristique. La tête est belle, mais ne rend point tout ce qu'on devroit attendre de la Déesse de la Jeunesse.

La *Douleur*, de M. *Gois*, est sans contredit le plus beau morceau de Sculpture du Sallon. Pas un muscle dans cette figure qui ne travaille, pas un trait qui n'ajoute à l'expression. Ce buste est d'ailleurs d'un marbre d'une blancheur, d'un transparent exquis. Il est d'une beauté rare.

Son *Aristée désespéré de la perte de ses abeilles*, n'est pas sans mérite. Il est couché sur ses ruches brisées, &c. La Sculpture ne peut rendre que médiocrement de pareils sujets.

Je ne dois pas omettre *les deux Enfans* en plâtre pour une Chapelle, de M. *Mouchy*. Son *Repos d'un Berger* a de la simplicité, de la naïveté.

Il y a de très-belles choses dans les gravures, Monsieur; mais comme elles ne sont tirées pour la plupart que d'après des tableaux connus, je ne vous en détaillerai qu'un petit nombre. Cet art se soutient & se perfectionne de plus en plus chez nous. Il y a des estampes qui ont tout le feu, toute l'expression des originaux.

M. *Cochin* a exposé plusieurs dessins allégoriques sur les Regnes des Rois de France. Ils sont destinés à être gravés pour l'ornement de la la nouvelle édition de *l'Abrégé chronologique de l'histoire de France*, par M. le Préfident *Hénault*.

L'Eftampe curieufe, Monfieur, eft celle de M. l'*Empereur*, repréfentant le portrait de M. *de Belloy*, fujet allégorique, d'après le tableau de M. *Jollain*, Peintre du Roi.

La Ville de Calais préfente au génie de la Poéfie le médaillon de M. *de Belloy* pour être attaché à la pyramide de l'Immortalité. Sur la pyramide on voit un bas-relief, où le Roi *Edouard* eft repréfenté condamnant à la mort *Euftache de Saint-Pierre* & fes généreux compagnons. Au bas eft un enfant qui tient les clefs & les armes de la Ville, & près de lui un chien, fymbole de la fidélité de ces vaillans Citoyens : on apperçoit dans le fond le Port de *Calais*. Vous jugez, Monfieur, que cette Allégorie eft auffi compliquée & d'un auffi mauvais goût que le monftre bifarre fur lequel on s'eft enthoufiafmé quelque tems par mode.

Cette eftampe, gravée fous les ordres de M. le Duc de *Charoft*, Gouverneur de *Calais*, ne fait honneur ni au génie de l'inventeur, ni à M. *de Belloy*, qui ne l'a pas méritée, ni au grand Seigneur qui a jugé à propos de faire accorder cette faveur précieufe à M. *de Belloy*, & qui devroit être ménagée pour une occafion plus importante.

On a de M. *Strange*, nouvel Agréé, *Abra-*

B 5.

ham répudiant *Agar* ; *Esther devant Assuerus,*
d'après *le Guerchin* ; *une Vierge & l'Enfant
Jésus* ; *un Amour endormi*, d'après *le Guide.*

Il faut rendre justice au burin net, brillant
& facile de ce Maître, qui d'ailleurs a beaucoup
de chaleur.

M. *Demarteau*, nouvel Artiste qui se met
sur les rangs, a exposé plusieurs excellentes
gravures dans la maniere du crayon, d'après
les dessins de Mrs. *Boucher*, *Cochin*, *Carle Vanloo*, *P. de Cortone* & le *Caravage*. Mais son
Allégorie sur la vie de Monseigneur le *Dauphin* est détestable.

Il ne faut point omettre trois beaux dessins
de M. *Beauvarlet*, destinés à être gravés. L'un
est *Mercure & Aglaure* d'après *la Hire*. L'autre, une *Fête de Campagne* d'après *Teniers*. Le
troisieme, *la Marchande de petits Amours* d'a-
près M. *Vien.*

Concluons, Monsieur, de tout ce que j'ai
eu l'honneur de vous écrire sur le Sallon, que
la Peinture offre très-peu de beaux morceaux,
surtout en histoire, & beaucoup de croûtes:
la Sculpture, presque rien d'un grand beau,
d'un faire admirable, mais peu de mauvaises
choses & beaucoup de bonnes. Quant aux
Estampes & aux Dessins, tout en est presque
précieux & du premier mérite.

En fait de Peintres d'histoire, je ne vois que
Mrs. *Doyen* & *Vien* sur lesquels on puisse fon-

der des efpérances folides & dejà confirmées.
Encore le dernier manque-t-il de l'enthoufiafme propre à aller aux grandes chofes. M.
Hallé eft à fon *non plus ultra*. Il a une maniere roide, dont il ne fe défera pas, un pinceau
fec, qui ne peut rien exprimer de gracieux &
de fublime. M. *Durameau* a de la force dans le
deffin, de l'imagination, & peut aller loin s'il
acquiert du coloris & plus de foupleffe dans
fes attitudes. M. *Fragonnard* n'a rien donné
cette année qui ajoute à l'idée qu'on en avoit
conçue en 1765 d'après fon beau tableau de
Callirhoé.

J'ai dejà appellé M. *de la Grenée*, l'*Albane*
François; j'ai comparé M. *Loutherbourg* au
Berghem; on retrouve le pinceau & le goût de
Vauvermans dans M. *Cazanova.* Pour M. *Vernet*, il n'a de modele que lui-même. M. *le
Prince* finge trop *Boucher*; M. *Baudouin* eft le
la Fontaine de la Peinture; Mrs. *Machy* & *Robert* font fupérieurs pour les morceaux d'Architecture & de Perfpective. Nous excellons
dans le Portrait par le nombre & la qualité de
nos Maîtres; *la Tour* pour le Paftel, que voudroit égaler *Perronneau*; *Michel Vanloo* pour
les tableaux hiftoriés. On aime la fraîcheur
du coloris de *Roflin*, quoiqu'il n'attrape pas
toujours les reffemblances. La beauté & la
jeuneffe font rendues avec le plus grand éclat
par M. *Drouais* le fils, au point que fes têtes

B 6

ont quelquefois un air d'émail qui provient d'un ton de couleur trop brillant.

On a de M. *Bellengé* des tableaux de fleurs, de fruits, de vafes, rendus avec beaucoup de vérité.

Je fuis fâché, Monfieur, de n'en pouvoir nommer davantage.

Tous nos Sculpteurs, au contraire, ont leur mérite fpécifique. M. *le Moine* place bien les têtes de fes portraits; il donne de l'ampleur & de beaux contours aux buftes: il regne une forte de magnificence dans fon cifeau, proportionnée aux perfonnages qu'il repréfente. Il peint auffi le génie & les graces déliées, comme je l'ai remarqué.

M. *Allegrain* a un travail fini, une recherche néceffaire dans les ouvrages qu'il entreprend. Il paroît s'être livré furtout à peindre les contours fouples des beaux corps de femmes.

Le cifeau plus grave de M. *Vaffé* ne manque point auffi d'élégance quand il le faut.

M. *Pajou* a plus de feu; il eft plus hiftorique, & fes grouppes ont tous les détails pittoresques.

Le fwelte, le beau goût de l'antique, un cifeau touchant & moëlleux diftinguent M. *Caffieri*.

M. *Berruer* a de l'invention & paroît vouloir fe livrer au grand.

M. *Gois* eft plein d'expreffion & rend à

merveille tous les effets anatomiques des paſſions.

Enfin M. *Mouchy* a de la douceur dans ſon
faire & de la ſimplicité dans ſon exécution.

Mrs. *Cochin*, *le Bas*, *Wille*, &c. & nos autres Graveurs ſont trop connus pour rien ajouter ſur leur compte.

Je ſuis, &c.

ANNÉE MDCCLXIX.

LETTRE PREMIERE.

Sur les Peintures, Sculptures & Gravures de Messieurs de l'Académie Françoise, exposées au Sallon du Louvre le 25 Août 1769.

Paris le 10 Septembre 1769.

Le Sallon de cette année, Monsieur, plus nombreux que le dernier, n'est pas à beaucoup près aussi riche, ou, pour mieux dire, il est très-médiocre, plusieurs de nos principaux Peintres n'y ayant rien exposé. M. *Pierre* nous renvoye au plafond de *Saint-Cloud*, auquel il travaille depuis plusieurs années, & qu'on voit actuellement. M. *Doyen*, dont la réputation a prodigieusement crû par son tableau de *Sainte Génevieve des Ardens*, est occupé aujourd'hui à réparer les peintures du Dôme des *Invalides*. M. *Fragonard*, ce jeune Artiste, qui avoit donné, il y a quatre ans, les plus grandes espérances pour le genre de l'histoire, dont les talens s'étoient peu développés au Sallon dernier, ne figure d'aucune façon à celui-ci. On prétend que l'appas du gain l'a détourné de la belle carriere où il étoit entré, & qu'au lieu de travailler pour la gloire &

pour la poftérité, il fe contente de briller aujourd'hui dans les boudoirs & dans les garde-robes. A la place de ces hommes célebres dont on regrette les ouvrages, a reparu un homme dont les talens font depuis quelque tems la plus grande fenfation, & qu'on avoit redemandé avec tant d'ardeur, il y a deux ans, lorfque fes démêlés avec l'Académie l'avoient fait exclure de l'expofition. Vous le nommez avant moi, Monfieur, & à ces regrets univer-fels vous reconnoiffez M. *Greuze.* Mais ne prématurons point ce que j'ai à dire fur fon compte; ce Peintre viendra à fon rang. Pour plus de commodité je vais fuivre l'ordre du Tableau qui, comme vous favez, n'eft pas toujours celui du mérite.

Je commence par M. *Boucher,* premier Pein-tre du Roi, ancien Directeur & Recteur. Il n'a expofé qu'un feul tableau: il eft d'une as-fez grande étendue: il repréfente une *Marche de Bohémiens,* ou *Caravanne,* dans le goût de *Benedette di Caftiglione,* à ce qu'il prétend. Vous favez que notre Artifte eft renommé, pour la correction de fon deffin, pour les graces de fon pinceau; voué particuliérement aux Bergeries, fon défaut eft d'ajouter trop de finefle & d'efprit à fes phyfionomies: c'eft le *Fontenelle* de la Peinture. Jugez s'il étoit propre à nous rendre des Bohémiens. Envain a-t-il voulu donner de la force à fa touche, tous fes minois font à la françoife & ne font nullement dans le cofthume étranger. Ce dé- faut n'eft rien en comparaifon du manque d'or- donnance dans fa compofition, & de la confu- fion générale qui de tous fes grouppes forme un monceau d'hommes, d'animaux, de fem- mes, de marchandifes, où l'œil ne peut rien débrouiller. D'ailleurs nulle intelligence de clair-obfcur, point de repos: auffi toutes les couleurs fe confondent & s'excluent réciproque- ment & ne préfentent au Spectateur qu'un nuage blanchâtre. Enforte que ce tableau, Monfieur, eft un des plus médiocres du Sallon.

M. *Michel Vanloo*, Ecuyer, Chevalier de l'Ordre du Roi, premier Peintre du Roi d'Ef- pagne, Directeur de l'Ecole Royale des Ele- ves protégés, & fucceffeur en cette partie du fameux *Carle Vanloo*, lui eft bien inférieur dans le refte. Il a donné cinq Tableaux, ou- tre plufieurs portraits. Le premier repréfente M. le Marquis & Madame la Marquife de *Ma- rigny*. Celle-ci eft à fa toilette & femble fe détourner pour écouter fon mari & lui ré- pondre. Il tient un bâton à la main, & l'on prétend que l'intention du Peintre eft de le repréfenter partant pour la campagne, prenant congé de fa moitié & lui confiant l'adminiftra- tion de fa maifon. Tout cela n'eft point ex- primé fur les phyfionomies. On diroit que M. de *Marigny* querelle fa femme & que celle-ci s'excuse ; voilà ce que l'on en peut interpréter. Du reste, le premier est très-ressemblant, & l'autre n'est rien moins que jolie. Aussi est-elle absolument manquée. *Une Allemande jouant de la Harpe* ; *une Espagnole pinçant la Guitarre* sont deux tableaux qui ne contrastent pas assez. Le costhume national devoit être encore plus varié par les caractères de tête des actrices & des auditeurs, que par les habillemens. Tous deux sont d'une froideur monotone, & les étoffes même, quoique d'une vérité absolue, manquent de la vérité locale, essentielle à la fidélité du Peintre historien. Son *éducation de l'Amour* n'a aucune expression. Il y en a davantage dans sa *Femme représentant l'étude.* On y trouve une touche large & vigoureuse; mais ce tableau ne rend pas, à beaucoup près, tout ce qu'il devroit rendre.

Le gros du Public rit en général en voyant les deux tableaux de M. *Jeaurat*, dont l'un représente ce qu'il appelle son *Pressoir de Bourgogne*, & l'autre, *une Veillée de Paysannes du même Canton.* Il y a des détails amusans, de la gaieté, de la vérité dans ces deux morceaux : mais ils ne sont pas assez empâtés, & manquent absolument de relief. Sa *Femme convalescente* a plutôt l'air d'une moribonde. Elle fait détourner les yeux au Spectateur.

Les Amateurs ne peuvent que louer M. *Hallé* de réfister conftamment à la frivolité du fiecle & de fuivre l'impulfion de fon génie, qui le porte aux grandes chofes, aux ouvrages d'une riche & vafte compofition. Il nous offre aujourd'hui un Tableau de 15 pieds de long fur 10 pieds de haut, deftiné à être exécuté en tapifferie aux Gobelins. Le fujet eft *Achille reconnu à la Cour de Déïdamie, par le choix qu'il avoit fait des armes qu'Ulyffe avoit mêlées avec des bijoux de femmes, à deffein de le découvrir.* On y compte environ vingt-cinq figures. Tous les plans de cette magnifique ordonnance y font bien développés. En général, ce Peintre a beaucoup d'ordre dans fon fujet, en fait embraffer l'enfemble & le maîtrifer. Il entend à merveille la perfpective & fait promener le Spectateur à travers fes grouppes. L'architecture, les richeffes de détail n'échappent pas à fon pinceau, mais il ne manie pas de même les paffions. *Achille* a l'air d'un furieux, & non cette ardeur noble dont il devroit être animé. La figure d'*Ulyffe* manque de cette fineffe qui fait fon caractere, furtout ici. La Reine n'a pas ce tendre intérêt, cette émotion vive qu'elle devroit éprouver à la vue d'*Achille*. D'ailleurs les figures font trop petites pour la machine. Malgré ces défauts, cette hiftoire attache & occupe, & fera encore plus amufante en tapifferie, lorfque l'aiguille aura donné plus de vérité aux couleurs & plus de jeu aux figures.

L'Inauguration de la Statue équeſtre du Roi eſt un tableau de M. *Vien*, qui fixe d'abord l'attention en entrant au Sallon. Il a 14 pieds 6 pouces de large ſur 10 pieds de haut. Il eſt deſtiné pour l'hôtel de Ville de *Paris*, & delà l'Auteur s'eſt cru obligé de tout ſacrifier aux objets du premier plan, qu'il a voulu rendre de grandeur naturelle pour en faire autant de portraits qui puſſent frapper les yeux du public. Mais premierement aucun de ces Portraits n'eſt reſſemblant, tous ces perſonnages ſont mal à cheval, & l'on eſtime qu'il auroit dû renoncer à cette vérité, peut-être de costhume, en faveur de la nobleſſe du ſujet. En ſecond lieu, toutes les têtes ſont également éclairées. Il s'excuſe ſur ce qu'aucun de Meſſieurs les Echevins n'a voulu reſter dans la demi-teinte. Ils auroient plutôt dû ſe plaindre de l'air bénêt ou ſtupide qu'on a donné à leurs figures. En troiſieme lieu, jamais on n'a repréſenté de ſpectacle ſans ſpectateurs. Et tout le Peuple de Paris ſe trouve figuré ici par deux Savoyards qui ſe battent pour de l'argent qu'on a jetté. Ce grouppe eſt pourtant le meilleur du tableau, & un autre enfant qui ſe gliſſe à travers les jambes des chevaux, eſt d'une invention ſavante & hardie. On a critiqué auſſi le premier Cavalier de la marche, qui, en détournant, semble porter sur une colonne du bâtiment; ce qui indique que M. *Vien* n'avoit pas assez digéré son plan & qu'il n'étoit pas maître de son espace. Du reste, on fait que l'Auteur a un coloris sage & agréable, un pinceau doux & moëlleux, qualités qu'il a été maître de développer dans cette composition dénuée de toutes passions.

On est bien dédommagé de ce grand sujet froid & ennuyeux en jettant les yeux sur les sujets galans de M. *de la Grenée*, qui, placés au dessous, semblent faits pour ranimer le public. Ce Peintre, toujours fécond, a enrichi le Sallon cette année de quinze tableaux, dont dix roulent sur différens sujets de la fable, très-susceptibles d'être embellis par une imagination voluptueuse. Des surprises, des fuites, des désertions, des jouissances; tout cela est du ressort de notre Artiste, & il le rend ordinairement à merveille. On lui reproche cependant dans presque tous ces morceaux d'avoir introduit un petit Amour, tantôt du côté de l'amant, tantôt du côté de l'amante, comme si cet être moral & allégorique pouvoit cadrer avec un sujet historique, quoique de la fable. C'est sur la figure de ses personnages qu'il faut peindre la passion, disent les connoisseurs, & non par une petite figure postiche qui gêne la composition, donne à tous ces tableaux un air monotone & refroidit le specta-

teur. En général, l'Artiste en question excelle par les graces des attitudes, la suavité
du pinceau, par des chairs animées, mais qu'il
ne fait pas affez rafraîchir dans les personnages
tranquilles ; ce qui donne un ton rougeâtre à
presque tous ses ouvrages. C'est ce qu'on
trouve surtout dans son grand Tableau de *Cérès*
enseignant l'agriculture au Roi Triptoléme, dont
elle nourrissoit le fils de son propre lait. Tableau de 9 pieds & demi de haut, sur plus de
7 pieds de large, & destiné à décorer la Salle
à manger du nouveau Pavillon de *Trianon*. Il
est vrai que la scene de l'action étant la campagne, & le tems celui de la moisson ; le moment, le midi du jour, toute la nature doit
être embrasée alors. Mais ce tableau ressemble plus à une conflagration générale , qu'à
cette teinte animée qui, en réchauffant les objets, ne leur ôte pas leur couleur naturelle. Le
grand & vrai défaut de cette composition est
dans le choix & l'expression de la fable. *Trip-*
toléme a une faucille à la main ; les gerbes font
faites ; il semble s'adresser à *Cérès* pour lui
annoncer qu'il vient d'exécuter ses instructions
& lui en demande sur le reste. Tout cela se
suppose ; du reste, on ne voit point ce que lui
dit la Déesse, & l'action est absolument passi-
ve, défaut de génie dans le compositeur. Les
morceaux de détail font assez bien rendus ; les
gerbes, les épis d'une grande vérité, &c.

M. *de la Grenée* a traité auffi trois fujets de dévotion: *La Vierge aux Anges* ; *le Bain de l'Enfant Jéfus* ; *la Vierge faifant jouer l'Enfant Jéfus, & le petit Saint - Jean avec un mouton.* On a trouvé le fecond fujet indécent, digne des fiecles barbares & de l'ignorance des Peintres Flamands. L'Enfant Jéfus qui montre fon derriere, a fait rire les impies & révolté les dévots. Le troifieme a paru vrai, mais peu convenable en ce fiecle, où il ne faut point trop humanifer la Divinité. A ne regarder ces jolis morceaux que comme Peintre, ils font doux & rians. M. *de la Grenée* paroît pénétré de fon *Albane*, & prendre pour modele ce nourriffon des Graces.

Ce n'eft point dégrader la majefté de l'hiftoire, que de mettre au rang de fes fujets le portrait en pied du Roi de Pruffe, par M. *Amedée Vanloo.* Ce Héros eft un germe fi fécond pour elle, qu'il lui appartient tout entier. Il eft repréfenté debout, la main appuyée fur fon fauteuil. On le reconnoît aux couronnes de Pruffe dont eft parfemé le manteau Royal jetté derriere lui, mais encore mieux à fon vêtement fimple & guerrier. Il a pourtant la tête nue. On voudroit que l'Artifte, non content de rendre le martial de la figure, le feu des yeux, la nobleffe & l'impofant du maintien, eût mis ce Monarque dans quelque attitude qui caractérifât fes fonctions & fît con

noſtre ſon ame toute entiere. C'eſt cette omiſſion qui, ſans doute, a donné lieu au quatrain
ſuivant, qu'un admirateur de ce Prince écrivit
ſur ſes tablettes, dans un accès d'humeur:

Eſt-ce-là FRÉDÉRIC, l'amour de ſon Royaume,
    Et de ſes ennemis l'effroi?
J'y vois ſes traits, ſon port, un beau Prince, un
    fier homme;
Mais ce n'eſt qu'à l'hiſtoire à nous peindre le Roi.

Je trouve parmi les Conſeillers, M. *Chardin*,
renommé dans ſon genre pour une imitation
naïve & ſavante à la fois de la nature muette.
Son Tableau des *Attributs des Arts & des Ré-*
compenſes qui leur ſont accordées, répétition avec
quelques changemens, du même ſujet exécuté
pour l'Impératrice des Ruſſies, peu frappant
aux yeux du gros du public, eſt regardé par
certains connoiſſeurs comme un morceau distingué par un coloris vigoureux & tranſparent,
& par une intelligence ſupérieure du clair-
obſcur qui leur fait illuſion. Quelques tableaux
de fruits, de gibier; d'autres repréſentant des
bas-reliefs; une *femme qui revient du marché*,
ſont d'une vérité plus à la portée de tout le
monde, & ſe font conſidérer davantage, quoique d'un mérite bien inférieur.

Nommer M. *Vernet*, c'eſt en avoir fait l'é-
loge. Ses ouvrages, répandus dans les deux
mondes, ont étendu ſa réputation auſſi loin

qu'il eſt poſſible à un mortel d'atteindre. Il n'a rien offert de bien nouveau cette année. On retrouve même des morceaux déjà connus de lui, & toujours curieux, toujours admirables. Les connoiſſeurs ſavent très-mauvais gré à M. de la *Borde*, l'ex-banquier de la Cour, de ne pas vouloir laiſſer expoſer au public les tableaux que ce grand Maître a compoſés pour la galerie du ſuperbe château de *la Ferté*, appartenant à ce financier. Il auroit dû ſavoir que la vraie magnificence eſt de communiquer ſes richeſſes, comme l'art de jouir de ſes tréſors eſt de les répandre à propos. Je reviens à M. *Vernet*, dont je ne puis quitter les Marines & les Payſages, ſans vous citer un trait qui vaut toutes les louanges poſſibles. Dans le tems que ce grand Maître prenoit les vues de nos Ports, un manœuvre dit à un autre qu'il feroit bien aiſe de voir les ouvrages d'un Peintre auſſi renommé : *Que verras-tu*, lui dit ſon camarade, *tout ce que tu vois ici?*

On ne peut parler de M. *Vernet* ſans ſonger à M. *Loutherbourg*, ſon digne émule. Déjà pluſieurs connoiſſeurs lui font partager la Couronne du premier. Quelle abondance ! quel feu ! quelle énergie dans 16 tableaux que nous avons eus de lui ! Il n'en eſt aucun qui ne mérite des éloges. Tantôt c'eſt un Artiſte ſavant, qui rend les vapeurs de l'air, les divers effets du Soleil & la dégradation des lointains

tains avec toute la magie qu'on admire dans *Claude le Lorrain*. Tantôt c'eſt un *Salvator Roſe*, qui donne à ſes figures une touche libre & ſpirituelle, des attitudes agréables & pleines de goût. Ici c'eſt un Poëte, dont l'imagination exaltée par un enthouſiaſme divin ſemble atteindre à la ſublimité du *Pouſſin* & exprimer toute l'horreur des élémens conjurés. Là, c'eſt un *Berghem*, c'eſt un *Wouvermans* qui ſe plaît à détailler la nature dans ſon repos, & à délaſſer ſes ſpectateurs fatigués, pour ainſi dire, d'avoir parcouru tant de ſcenes pleines d'action, de mouvement & de vie. Son tableau de *la grande Tempête*, avec un coup de tonnerre : *des Bergers avec un troupeau, pourſuivis par des maraudeurs*: Ses *deux Amis, qui font un goûter au retour de la chaſſe*; & ſon *Départ pour la chaſſe au vol*, ſont ſes compoſitions le plus généralement goûtées; mais il y a d'excellentes choſes dans toutes, juſques dans ſes *Pélerins d'Emmaüs* qu'on critique fort. Il devoit éviter de prendre un ſujet porté à ſon plus grand effet par *Paul Veroneſe*. En-vain, afin de le réduire à ſon genre, a-t-il traité en payſage un morceau hiſtorique réſervé pour une verve ſublime: *Jéſus-Chriſt* ſe promenant avec deux autres voyageurs ne forme plus qu'un grouppe ordinaire, & l'action eſt trop commune pour attirer la principale attention du ſpectateur, qui ſe partage

C

entre tous les acceſſoires du tableau & les perſonnages, ou plutôt ceux - ci ne ſont eux-mêmes qu'acceſſoires dans un ſpectacle de la campagne, où ils ne ſont placés que pour l'enrichir & en varier la décoration. Cette critique, Monſieur, m'a paru très - ſenſée, & il eſt ſurprenant que M. *Loutherbourg* s'y ſoit expoſé.

Aux deux grands Artiſtes dont je viens de parler, on peut joindre M. de *Cazanove*, qui s'élevant ordinairement juſqu'au genre le plus ſublime de l'hiſtoire, s'en eſt tenu cette année aux ſujets de chaſſe & de payſage. Vous connoiſſez, Monſieur, le brillant & la chaleur de ſon coloris. Il n'a point dégénéré, & le Peintre ſemble l'avoir monté ſur le ton le plus haut & le plus harmonieux.

Après vous avoir annoncé les ouvrages de ces hommes étonnans, le moyen de vous rien dire des payſages de M. *Milet Francisque*, de M. *Antoine le Bel*, de M. *Juliart*? Ce ſont des pieces de comparaiſon, qui ne peuvent que perdre infiniment & relever le mérite des premieres. Je me réſerve à vous rendre compte dans ma Lettre ſuivante du reſte de nos Artiſtes, & ſurtout de Mrs. *Robert* & *Greuze*, qui excellent ſans contredit & fourniſſent matiere à de nouveaux éloges.

J'ai l'honneur d'être, &c.

LETTRE II.

Sur les Peintures, Sculptures & Gravures de Messieurs de l'Académie Royale, expofées au Sallon du Louvre le 25 Août 1769.

Paris le 20 Septembre 1769.

La multitude de Portraits, Monfieur, qui fe préfentent de toutes parts à mes yeux, m'oblige malgré moi d'en parler à préfent, & de traiter cette matiere aride & monotone que j'avois réfervée pour la fin. Envain le Public fe plaint depuis longtems de cette foule obfcure de bourgeois qu'on lui fait paffer fans ceffe en revue. La facilité du genre, l'utilité qu'il procure & la vanité de tous ces petits perfonnages encouragent nos Artiftes naiffans, gâtent même ceux que des talens plus diftingués pourroient couvrir d'une gloire durable & font du bel Art de la Peinture une efpece de métier qui rapproche fouvent le Peintre de génie & le Peintre médiocre. Graces au malheureux goût du fiecle, le Sallon ne fera plus infenfiblement qu'une galerie de portraits. Ils occupent près d'un grand tiers de celui-ci ! Encore fi l'on ne nous offroit que des hommes importans par leur état ou par leur célébrité, ou de jolies femmes du moins, ou de ces têtes remarquables par de grands caracteres, &

C 2

qu'on appelle *têtes à médailles*, en termes de
l'art. Mais que nous importe de connoître
Madame *Guesnon de Ponneuil*, Madame *Journu*
la mere, M. *Darcy*, M. *le Normand du Cou-*
dray, Mlle. *Gougy*, M. *Couturier* ancien Notaire, Madame *Couturier*, M. l'Abbé *Jour-*
dans, &c? Les noms ne flattent pas plus les
oreilles que les figures ne plaisent aux yeux.
Permettez-moi, Monsieur, ce moment d'humeur par l'indignation générale de voir vingt
têtes plattes & ignobles occuper des places ré-
servées à ces têtes précieuses, l'amour, les
délices ou l'admiration de la France. Au reste,
le sujet du Peintre ne diminue pas le mérite
de son travail. On ne vante pas moins, par
exemple, dans les têtes de M. *de la Tour*, le
Roi du pastel, la beauté, le précieux fini de
son *faire*, le grénu moëlleux de ses chairs, qui
en découvrant les pores presqu'imperceptibles
de la peau, ne lui ôte rien de son uni, de son
velouté. Ce genre de perfection le distingue
infiniment du pastel crû, dur, rembruni de
M. *Peronneau*, dont les portraits à l'huile ont
aussi un caractere de rudesse qui doit l'exclure
à jamais de peindre les Graces, mais le rend
très propre à tracer les rides de la vieillesse,
la peau tannée d'une paysanne, ou la morgue
d'un Turcaret. M. *Valade* a plus d'aménité dans
sa touche, & sans allier aussi entierement que
le premier Maître que nous venons de nom-

mer, l'agrément & la vigueur, il a une grande vérité. Le Public a nommé fur le champ M. le Duc de *Noailles* fur fon Portrait, le meilleur des trois tableaux de ce Peintre.

M. *Roflin* fe remarque de plus en plus, par la richeffe & l'ondoyant de fes étoffes. Le portrait de M. l'Archevêque de *Rheims*, Grand Aumônier de France, eft faillant. La reffemblance auftere de la figure & les détails des vêtemens attirent tour-à-tour les connoiffeurs. Le feu qui fort des yeux du Prélat rend à merveille ce zele brûlant de la Maifon du Seigneur dont, fans doute, il eft dévoré & qui répand fur le refte du vifage la maigreur & la maccértion. On retrouve dans le tableau repréfentant M. *Bertin*, Miniftre, la manfuétude de fon caractere & la tranquillité de fon ame. *Une Dame appuyée fur fon clavecin*, ayant fon mari près d'elle & fon beau-frere, M. le Chevalier *Gennings*, forme un grouppe hiftorié d'une grande magnificence. Le velours ponceau de l'habit du Chevalier, inviteroit à le toucher, s'il étoit à la portée de la main.

Le pinceau de M. *Drouais* s'eft exercé cette année fur les Graces mêmes en la perfonne de S. A. S. Madame la Princeffe *Jofephine de Carignan*. Il paroît avoir mieux réuffi dans celui-là que dans celui de Madame la Comteffe *Dubarri*, qu'il a rendue fous les habillemens d'homme & de femme. Ceux qui ont l'hon-

C 3

neur de la connoître, trouvent que bien loin
de la flatter, comme c'est l'usage, il ne l'a
pas rendue dans toute la vérité de ses charmes.
Des deux côtés il lui donne également un regard minaudier, appellé par les Petits-Maîtres *regard en coulisse*, qui n'est point du tout
celui de cette Dame, très-net, très-franc,
très-ouvert. Du reste, le Public est partagé
sur les deux figures, auxquelles on a fait le
grand reproche de ne pas se ressembler. Madame *Dubarri*, en femme, est peinte en blanc,
avec une guirlande de fleurs. En homme elle
est en espece d'habit de *Gilles*, la chemise dé-
colletée. Les femmes aiment mieux, en général, ce portrait-ci: l'autre plaît davantage
aux hommes, ce qui a donné lieu aux vers
suivans:

Sur ton double portrait, le spectateur perplexe,
Charmante *Dubarri*, veut t'admirer partout;
 A ses yeux changes-tu de sexe,
 Il ne fait que changer de goût:
 S'il te voit en femme, dans l'ame,
 D'être homme il sent tout le plaisir:
 Tu deviens homme, & d'être femme
 Soudain il auroit le desir.

M. *Duplessis* donne beaucoup de chaleur &
d'expression à ses portraits. M. l'Abbé *Ar-
nauld*, de l'Académie des Inscriptions & Belles-Lettres, est parlant. Il a rendu Me. *Ger-*

bier dans toute la nobleſſe de ſa phyſionomie.
M. le *Ras - de - Michel* eſt remarquable par le
fané d'une tête de près de cent ans, dont toû-
te la vie n'eſt plus que dans les yeux encore
pétillans de feu. Une pareille figure quelconque eſt intéreſſante pour l'humanité en génér-
ral, & les détails en ſont curieux pour les
connoiſſeurs. Mais, pourquoi avoir peint en
peignoir comme un petit - maître, un vieillard
caduc qui ne doit plus s'occuper de toilette ?
C'eſt manquer aux bienſéances pittoresques.

M. *Hallé*, qui paroît ſe vouer à la miniature, reproduit à nos regards les Enfans de
France. Ces trois têtes, outre le léché de
l'art, ont toute la vérité des grands tableaux.
Mais on eſt fâché de voir réduire en petit
ces Princes illuſtres qu'on ne ſauroit montrer
à trop de Speckateurs à la fois, & dont le
peuple avide ſe diſpute ſans ceſſe le coup
d'œil.

Je ne puis mieux finir cet article, Monſieur,
qu'en vous rendant compte des deux portraits
en tapiſſerie du *Roi* & de la *Reine*. Ces morceaux, le premier d'après M. *Vanloo*, le ſecond d'après feu M. *Nattier*, ont été tra-
vaillés à la manufacture royale des Gobelins,
ſous la conduite de M. *Cozette*, l'un des En-
trepreneurs de cette Manufacture. Celui de
la Reine a été exécuté par M. ſon fils. Ils
ſont deſtinés à être placés dans la Salle du

Conseil de l'Ecole royale militaire, & ont trois
pieds de haut sur deux pieds six pouces de
large. Ces deux Chefs · d'œuvre nous appartiennent, & c'est ce qu'aucune nation ne peut
nous disputer. Le portrait de la *Reine* surtout est d'une ressemblance que le pastel,
l'huile & tous les autres procédés de l'art ne
sauroient atteindre : ajoutez · y une vérité plus
parfaite des étoffes. On reproche à l'auteur
du Portrait du *Roi* d'avoir trop rembruni son
fonds. Mais en tout, ces ouvrages sont admirables, & étonneront la postérité la plus
reculée.

Après cette excursion je reviens, Monsieur,
au reste des tableaux. Je tombe sur *deux Ser-
vantes Saxonnes*, écloses sous le pinceau de
M. *Hutin*, Académicien, Directeur de l'Académie de Peinture de S. A. S. Mgr. l'Electeur
de *Saxe*. Toute la Nature est du ressort de
cet Art, ainsi que de celui de la Poésie ; mais
le goût du compositeur le porte ordinairement
à saisir le noble & le beau qui se trouvent
dans tous les genres. Assurément *deux Ser-
vantes Saxonnes* ne peuvent exciter aucune sensation, pas même la curiosité, & le costhume
national n'y est pas assez frappant pour mériter l'attention du Spectateur. Ce choix & son
exécution ne donnent qu'une idée mesquine
de l'Académie à laquelle préside M. *Hutin*.

M. *Le Prince* continue à nous faire passer
en

en revue toute la Nation *Ruffe*. Entre cinq tableaux qu'il a expofés, on diftingue un *Cabak, ou efpece de Guinguette des environs de Mofcou*, où, dit l'Auteur, la fituation de cette grande Ville préfente fouvent la variété de Nations & d'ajuftemens que l'on peut remarquer dans ce Tableau. Quoi qu'il foit du fait, que bien des gens révoquent en doute, fi l'Artifte a exécuté en imagination cette réalité qu'on lui contefte, les détails immenfes de cette collection font honneur à fa patience, & la gaieté qui y eft répandue, fixe agréablement les yeux des paffans.

Cet Artifte eft plus original encore par un procédé particulier, dont il s'eft fervi pour graver vingt-neuf eftampes à l'imitation du lavis, & que, malgré les fuccès de plufieurs de fes Confreres, l'Académie a jugé fupérieur aux autres par la facilité, la promptitude de l'exécution & la juftefle de l'imitation du lavis, foit au biftre, foit à l'encre de la Chine.

Entre les différens petits tableaux à gouaffe de M. *Baudouin*, le Public fe porte en foule vers le *Modele honnète*, qui, malgré plufieurs défauts de bon fens, excite l'intérêt du fpectateur. C'eft, Monfieur, une jeune fille toute nue, d'une part entre les bras d'une femme, tandis qu'un Peintre devant fon chevalet femble en efquiffer les traits fur la toile. Au haut eft écrit: *Quid non cogit egeftas?* On demande, 1o. Comment concilier la réſiſtance du modele avec l'ouvrage déjà commencé ſur la toile, qui annonce pluſieurs heures de ſéance? 2º. Quel rôle fait la vieille, qui embraſſe & ſerre la jeune perſonne? Eſt-ce une matrône qui la force au rôle qui ſemble lui répugner; eſt-ce ſa mere qui la ſurprend, au contraire, dans cette attitude, & voudroit la dérober à ce métier infâme? L'humeur qu'on découvre dans les replis de cette figure ignoble, annonce-t-elle ſa douleur de trouver ſa fille en pareille poſture? Ou l'Auteur a-t-il voulu rendre une femme méchante, fâchée que ſa pupille ne ſe prête pas à ſes vues? Enfin qui concerne la deviſe? Eſt-ce la mere, eſt-ce la fille? Les regarde-t-elle toutes deux? Nouvel embarras. C'eſt le défaut général de cet Artiſte, qui pour vouloir mettre trop d'eſprit dans ſes compoſitions, eſt ſouvent obſcur. D'ailleurs, que ſignifie un tableau, ainſi qu'on l'a déjà obſervé il y a deux ans, auquel il faut un mot, comme à une énigme?

Des amateurs, Monſieur, aiment le déſordre d'un Cabinet de M. *de la Porte*, les Tableaux de fruits & de fleurs de M. *Bellengé*; mais je ne fais pas grand cas du génie concentré dans la nature inanimée. M. *Guerin* donne plus de vie à ce qu'il fait; je trouve une compoſition gaie & du coloris dans ſon *Concert* & d'autres petits ſujets de fantaiſie; mais qu'entend-il par ſon *jeune homme qui converse avec une jeune Demoiselle sur les Sciences.* Quel sujet! Que peut-il rendre? Il faut le renvoyer au nombre des énigmes pittoresques dont fourmille le Sallon.

Je ne vois rien du fameux *Machy*, mais M. *Robert* nous en console. Cet Artiste étonnant orne aujourd'hui le Sallon d'un nombre considérable de Tableaux. Ici ce sont de magnifiques édifices enrichis de tous les détails possibles. Là, des ruines effrayantes attestent trop bien les injures & les dégradations du tems destructeur. Coulent ensuite des eaux transparentes, dont l'œil perce le cristal. Plus loin, s'ouvre une grotte profonde, où le Spectateur semble craindre de pénétrer. Partout, une grande vérité, une entente admirable de la perspective, des reliefs, des lointains à perte de vue. Le pinceau de l'auteur paroît se jouer à travers toutes ces masses : l'amateur s'y promene, s'y égare & se retrouve tour-à-tour.

Je reviens à l'histoire, Monsieur, & verse en passant des fleurs sur le tombeau de M. *Amand*, enlevé cette année au commencement de sa carriere. On a exposé son morceau de réception à l'Académie. Le sujet est *Magon, frere d'Annibal, après la bataille de Cannes demandant de nouveaux secours au Sénat de Carthage.* L'ordonnance en est bien entendue & dans le genie des grands Maîtres. La

C 6

figure principale a du caractere, de la noblesse, de l'éloquence. Le Sénat paroît frappé de son discours & rêve.. .x moyens d'y répondre. Un personnage ~cceffoire répand un grand vase rempli des anneaux des Chevaliers Romains tués dans le combat, & *Magon* foule aux pieds l'Aigle Romaine. Pensée sublime, mais répétition de celle de *Sebaftien Slodtz*, rendue en Sculpture par l'*Annibal* des Tuilleries, & que notre Auteur a eu le bon goût de s'approprier.

La naiffance de Vénus, par M. *Briard*, est d'une compofition feche, & n'a pas ce coloris vif, brillant, aërien, néceffaire à un pareil fujet. On a loué dans fa *mort d'Adonis*, la pensée de faire pourfuivre le fanglier, auteur de ce meurtre, par les Amours armés de lances. Pensée forcée, puérile, plus ingénieufe que vraie. M. *Brenet* est tombé dans un pareil défaut, en repréfentant le Tems fous la figure d'un génie ou d'un enfant, pas plus gros qu'un Amour. Il a voulu donner de neuf & s'est jetté dans le ridicule.

L'Adonis, *changé en Anémone par Vénus*, fait honneur à la fenfibilité de M. *l'Epicié*. La figure de la Déeffe est intéreffante & invite le Spectateur à la plaindre. Il y a beaucoup de foupleffe, de délicateffe dans la maniere dont elle foutient la tête défaillante de fon amant & cherche à la faire repofer mollement fur fon bras. On n'admire pas également *le Cen-taure Chiron*, du même Auteur, *inftruifant Achille dans la Mufique*. Le premier n'a pas une peau affez bafanée, ou plutôt un cuir affez tanné. D'ailleurs, il eft dans une atti-tude forcée, & l'on ne peut plus mal deffiné. C'eft une figure eftropiée.

M. *Taraval*, dans fon *Triomphe de Bacchus* paroît avoir voulu rendre exactement le Dieu du vin; c'eft-à-dire un perfonnage ventru, fans dignité & fans ces graces féduifantes qu'il déployoit à *Naxos*. En ce cas, il ne falloit pas lui donner une compagne; perfonnage fu-perflu dans ce fpectacle, & dont les appas groffiers dégradent la compofition; ou plutôt il falloit renvoyer ce Tableau à la taverne & en faire un plus noble, plus relevé, pour fervir de décoration à la *galerie d'Apollon au Lou-vre*, lieu auquel il eft deftiné. Sa *Baigneufe* eft fans contredit le meilleur de fes tableaux. Elle eft peinte avec facilité, &, comme di-fent les gens du métier, *d'une feule palette*.

J'avois promis, Monfieur, de parler de Monfieur *Greuze* cette fois; mais l'abondance des matieres m'oblige de le renvoyer pour ma troifieme lettre. Cet Artifte mérite un article à part. Je finis rapidement ceux des autres Peintres.

M. *Huet*, qui s'eft voué particulierement aux animaux, charme la multitude par *un Do-*

gue *se jettant sur des Oyes*, par un *Renard
dans un Poulailler*, &c. Cela prouve, Monsieur, qu'il y a de la vérité dans ces Tableaux,
que critiquent pourtant les gens de l'Art, car
que ne critique-t-on pas? On trouve le do-
gue trop outré; que les poules ressemblent à
des chauve-souris.

M. *Jollain* est toujours agréable, par un coloris séduisant, par un beau choix de figures.
Son grand Tableau du *Réfuge* mérite quelque
détail. Il représente *Elisabeth de Ranfin*, fondatrice de l'Institut de *Notre-Dame* du réfuge
des vierges & filles pénitentes de l'Ordre de *St.
Augustin*, avec ses trois filles, implorant l'intercession de la *Vierge* pour le pardon des filles pénitentes. La *Vierge* offre leur répentir
au *Pere Eternel*, qui arrête l'*Ange exterminateur*
prêt à les punir. Une des filles de la fondatrice
présente l'habit de l'Ordre aux filles répenties.
Ce Tableau, de 12 pieds de haut sur 6 pieds
6 pouces de large, a du dessin, de l'exécution & de l'intelligence. Les figures principales en sont très-belles. Des plaisans ont prétendu que c'est à la *Magdelaine*, & non à la
Vierge, que devoit s'adresser la Dame de *Ranfin*. Le *Pere Eternel* a l'air encore courroucé,
& l'*Ange exterminateur* n'a pas ce terrible qui
doit le caractériser; deux autres critiques, dont
il est difficile de garantir l'auteur, plus propre
pour les sujets galans.

Je ne trouve dans tout le reste, Monsieur, qu'un très-beau *Christ* de M. de *Beaufort*, destiné pour la Salle de la Compagnie des Indes à *Pondicheri*. Il représente *Jésus-Christ expirant sur la Croix, & les saintes femmes occupées à secourir la sainte Vierge qui s'évanouït.* Par ces détails, l'Auteur a sçu donner un air de nouveauté à ce sujet déjà manié & remanié par les grands Maîtres, & par les faiseurs de croûtes de toute espece.

J'ai l'honneur d'être, &c.

LETTRE III.

Sur les Peintures, Sculptures & Gravures de Messieurs de l'Académie Royale, exposées au Sallon du Louvre, le 25 Août 1769.

Paris le 28 Septembre 1769.

Vous avez entendu parler, Monsieur, du différend de M. *Greuze* avec l'Académie de Peinture : vous avez sçu comment, agréé depuis plusieurs années, il avoit toujours différé de présenter son tableau de réception, & étoit tombé enfin dans les délais fatals, après lesquels il étoit dans le cas d'être exclus pour jamais. L'Académie, soit par égard pour les talens de cet Agréé, soit par respect pour le public, dont il s'étoit concilié de plus en plus l'admiration & l'amour, soit par honte pour elle-même, de répudier de fon fein un Membre de ce mérite & d'une auffi grande célébrité, avoit fufpendu depuis plufieurs années la peine comminatoire ; elle avoit fait prier, folliciter, preffer cet Artifte de fatisfaire aux Réglemens. On prétend que celui-ci avoit reçu cette invitation avec beaucoup de hauteur & de mépris ; que fe prévalant du fuffrage & du goût décidé du public en fa faveur, il n'avoit tenu aucun compte des exhortations, des prieres, des fupplications de fes confreres, & provoqué lui-même par une pareille conduite l'indignation de fa Compagnie qui l'avoit empêché de rien expofer en 1767.

M. *Greuze*, frappé de cette interdiction, a conçu combien elle lui pourroit être funefte ; que privé par cette défenfe du véritable moyen, non-feulement d'étendre fa réputation avec rapidité, mais même de la conferver, en ramenant fans-ceffe les yeux du Public fur fes ouvrages, il courroit rifque de rentrer bientôt dans l'obfcurité dont il étoit forti avec tant d'éclat. Il s'eft hâté de fatisfaire à ce qu'on exigeoit de lui, & a préfenté fon Tableau de réception à l'Académie, en demandant une place de Peintre d'Hiftoire. C'eft ce Tableau expofé au Sallon, dont je vais d'abord vous parler, Monfieur. Vous faurez avant, que l'Académie ufant envers cet Artifte d'une févérité trop juftement méritée, n'a

point jugé que l'Auteur, fur un Chef-d'œuvre auffi médiocre, fût digne d'être reçu
Peintre d'Hiftoire, & que, par grace fpéciale,
il a été feulement reçu *Peintre de genre*.

Le fujet du Tableau en queftion eft expofé
ainfi par l'auteur lui-même dans le livre des
Explications, &c. *L'Empereur Sévere reproche
à Caracalla fon fils, d'avoir voulu l'affaffiner
dans les défilés d'Ecoffe, & lui dit : Si tu defires
ma mort, ordonnes à Papinien de me la donner
avec cette épée*. Il n'y a que quatre acteurs
dans cette fcene : l'Empereur, qui fe fouleve
fur fon lit, & étend le bras vers un perfonnage éloigné, auquel il adreffe la parole & qu'on
foupçonne aifément être ce fils perfide. De
l'autre main il défigne une épée qui eft à côté
de lui. Derriere fon chevet font deux perfonnages debout, moins aifés à déchiffrer :
l'un, la tête penchée, fe cache le vifage avec
les mains, tandis que l'autre femble témoigner
fa furprife de ce qu'il entend.

On attaque d'abord le fujet de ce Tableau.
Envain fait-on valoir en faveur de l'auteur un
paffage de l'Abbé de *St. Réal*, où cet Ecrivain
prétend, *qu'il feroit mieux de peindre des hiftoires
dont le point effentiel confiftât dans un état de
repos*, &c. N'en déplaife à ce Critique plein
de goût, il faut de la vie & du mouvement
partout ; & quand un Artifte peut joindre l'action théâtrale à l'expreffion des paffions, fon

ouvrage n'en eſt que plus parfait. La premiere
qualité dans tous les Arts eſt d'être clair.
Dans le fameux Tableau, ſi vanté, du *Timante*, ſi à la variété ſublime dont il peignoit
les différens dégrés de douleur des ſpectateurs,
il n'eût peint le ſpectacle du ſacrifice d'*Iphigénie*, ſon ouvrage auroit perdu la moitié de ſon
mérite, ou plutôt ne fût devenu qu'une énigme
plus pittoresque, telles que nos Peintres nous
en préſentent beaucoup aujourd'hui. Le premier défaut de M. *Greuze* eſt donc d'avoir
choiſi un mot & non une action à peindre.
Faute de ſavoir ce mot, on n'entend rien à ſa
compoſition, on ne peut en déchiffrer les
perſonnages, & les paſſions même qui ſe
peignent ſur leurs différens viſages, ne font
qu'induire dans une plus grande erreur. Comment', par exemple, reconnoître *Papinien*, qui,
les mains ſur ſon viſage ſemble ſe cacher la
figure & déſigne tout auſſi bien le déſeſpoir
que la honte? Pour rendre le mot de l'Empereur autant qu'il étoit poſſible, il falloit, au
lieu de lui faire étendre le bras vers *Caracalla*, qu'il l'eût dirigé vers *Papinien*. Sa maniere de regarder ſon fils & l'action de ſon viſage auroient ſuffi pour rendre tout auſſi bien
le diſcours qu'il lui adreſſe.

2°. *Caracalla*, dont la tête eſt deſſinée d'a-
près l'antique, quoique le ſecond perſonnage,
n'a pas le viſage monté, pour ainſi dire, au

plus haut dégré de paffion, & *Papinien* fe couvrant la figure, fimple aƈteur fubalterne, en exprime bien davantage. Le troifieme, qu'on affure être *Geta*, frere de *Caracalla*, n'a l'étonnement que d'un fpeƈtateur indifférent à l'aƈtion, & n'eſt caraƈtérifé en rien comme fils de *Sévere*. Le grand nombre de fpeƈtateurs & même de connoiſfeurs, ont pris les deux perfonnages au chevet du lit de l'Empereur pour deux fimples Généraux, dont ils n'ont eu garde de faire la diſtinƈtion qui devoit être fi remarquable entre eux, puifque l'un d'eux eſt le complice de *Caracalla*, & que l'autre eſt un frere vertueux, qui apprend pour la premiere fois le complot atroce de fon frere contre leur pere & leur fouverain.

3°. On reproche au Peintre des défauts énormes dans fon deffin; d'avoir forcé le bras droit qu'étend *Sévere*; d'avoir difloqué la jambe & la cuiffe droite, au point de ne plus favoir fi elles appartiennent au reſte du corps.

Outre ces vices effentiels, on veut que M. *Greuze* ait omis le coſthume jufque dans les habillemens; qu'en choififfant pour lieu de la fcene une chambre à coucher, au lieu d'une tente, il fe foit privé de toutes les richeffes de détail que pouvoit lui fournir le local; ce qui auroit donné plus de vraifemblance & de dignité à fa compofition. Telles font, Monfieur, les principales obfervations des Ama-

teurs, contre lesquelles il n'eſt pas poſſible de
juſtifier l'auteur, dont le Tableau étranglé,
pauvre, mesquin, a été plaiſamment appellé
par M. *Boucher, un bas-relief.*

Les autres ouvrages de cet Artiſte le ven-
gent bien de la ſévérité qu'on a exercée envers celui dont je viens de vous entretenir.
Le Tableau qui repréſente *une jeune fille faiſant
ſa priere au pied de l'autel de l'Amour*, a réuni
le grand nombre des ſuffrages, non qu'il n'ait
des défauts eſſentiels: le corps de la jeune
fille eſt mal deſſiné; l'Amour a l'air d'un ma-
got de la Chine; la couronne qu'il tient n'a
aucune proportion avec les figures: mais l'expreſſion de la tête de la petite femelle eſt ſi
belle; ſa figure eſt ſi ingénue; il y a tant
d'onction dans ſon recueillement, qu'on oublie
tout le reſte, & que le Peintre paroît lui avoir
tout ſacrifié à deſſein. On ne fait pas même
attention aux autres détails, tels que les bos-
quets ſombres, lieu de la ſcene, des fleurs,
des tourterelles très agréablement rendues. On
ne voit que la fervente dévote du Dieu; & le
ſpectateur ſeroit tenté d'exaucer ſur le champ
ſa priere.

Une jeune fille qui envoie un baiſer par la
fenêtre, appuyée ſur des fleurs, qu'elle briſe,
eſt une compoſition ingénue, mais trop pleine
d'eſprit, & où l'auteur a prodigué mal à propos une expreſſion qu'il faut réſerver pour des

momens plus heureux. *Un petit enfant à moitié nud fur fa chaife, jouant avec un chien*, eft d'une vérité intéreffante. En général, M. *Greuze* donne une ame à tout ce qu'il touche. Ce mouvement fait fon talent principal & le caractere effentiel de fes ouvrages. Il rend furtout les enfans avec ces traits de vivacité, cette furabondance de vie, qu'aucun Peintre n'a encore rendus. Ses Tableaux même fe reffentent de l'action de fon pinceau, & les perfonnages femblent au moment de s'échapper de la toile.

Dans fix Deffins qu'il a expofés cette année, il nous rappelle le genre qu'il a créé en quelque forte. Je veux parler de ces détails de la vie privée, qu'on pourroit nommer le comique larmoyant de la peinture, & qui forment une fuite de drames très-intéreffans. Toutes ces fcenes font extrêmement variées. Dans l'une, c'eft une multitude *d'enfans qui amufent le pere de famille* par des jeux pleins de gaieté, & contraftent fi bien avec fa vieilleffe dont ils font la confolation. Dans l'autre, c'eft *le pere de famille qui donne la bénédiction à fes enfans.* La troifieme nous repréfente *la mort du pere bien-aimé, entouré de fes enfans, dont la douleur s'exhale en regrets impuiffans.* Mais *la mort du pere dénaturé, abandonné de fes enfans*, fixe furtout l'attention du Spectateur, lui déchire l'ame & lui fait dreffer les cheveux à la tête. Le corps de ce malheureux mourant

eſt à moitié hors du lit; ce qui caractériſe les
convulſions affreuſes dans lesquelles il a dû
expirer. On enleve ſa bourſe, ſon drap même
qui le couvre. Sa maiſon eſt au pillage: le
cierge placé au pied de ſon lit ſe briſe, & la
flamme le dévore en un inſtant. En un mot,
tout annonce le déſeſpoir du mort, le déſordre
de ſon abandon & l'horreur de ſon état. L'im-
preſſion forte, profonde & révoltante d'un
pareil ſpectacle, a fait reculer pluſieurs ſpectateurs. Quelques Critiques ont prétendu qu'il
ne falloit pas offrir de pareilles ſcenes: c'eſt
l'*Atrée & Thieſte* de *Crébillon*. Mais vous ſavez, Monſieur, qu'il y a un ſublime de terreur d'autant plus beau, qu'il eſt peu d'ames
en état de le ſoutenir. Faut-il que la foibleſſe
du Spectateur ſoit la meſure du mérite du
Compoſiteur? Et ne le doit-on pas admirer
d'autant plus qu'il s'éleve davantage au-deſſus
de la ſphere ordinaire? Au ſurplus, M. *Greuze*
nous remet tout de ſuite à l'aiſe par un deſſin
naïf & amuſant. C'eſt *le Départ de Barcelon-
nette*. La mere d'un petit Savoyard lui montre
le chemin de Paris. Ce jeune homme a une
marmotte dans une boîte à côté de lui & eſt
prêt à partir. Son petit frere, âgé de trois
ou quatre ans, ne veut pas le quitter; il ſe
met en chemin, & un bâton à la main ſemble
vouloir prendre les devants; mais ſa ſœur le
retient, parce qu'elle ſait bien qu'il n'eſt pas

encore tems qu'il parte. Dans un coin de la
fcene on apperçoit la grand' maman, qui s'af-
flige du départ de fon petit-fils. Un autre
de fes petits-enfans cherche à la diftraire.
Tout le monde admire, Monfieur, l'onction,
la douceur, la variété de ce deffin, plus terminé que les premiers.

La plume me tombe des mains en ce moment, Monfieur, & il n'eft pas poffible de
vous parler d'aucun autre Peintre après celui-
là, qui donne trop à penfer, & remplit l'ame
au point de ne pouvoir s'arrêter fur aucun autre objet du même genre.

Je paffe aux Sculptures, Monfieur, fur lef-
quelles je ne jetterai qu'un coup d'œil rapide.
Ce genre ne nous offre cette année rien qui
mérite une attention bien particuliere.

Les premiers morceaux, & ceux qui frappent le plus, font le bufte en marbre de M.
le Chancelier *Maupeou* le pere, & celui de
Madame la Comteffe *d'Egmont*. M. *le Moyne*
a, fans doute, choifi deux des plus beaux
modeles en fait de têtes d'homme & de femme. Vous connoiffez, Monfieur, la nobleffe
du premier & les graces du fecond. Celui-là
prêtoit davantage au cifeau & eft mieux rendu.
Ou trouve que celui-ci n'exprime pas toute
la fineffe, toute l'élégance de la beauté en
queftion.

A l'égard de deux Bas-reliefs de M. *Allé-grain*, figures de femme, qui repréfentent *le Sommeil & le Matin*, les connoiffeurs ont cru retrouver dans l'une l'expreffion d'un rêve délicieux ; dans l'autre la molleffe, la nonchalance, l'abandon du réveil d'une beauté épuifée des plaifirs de la nuit.

Une figure fymbolique de la feue Reine, par M. *Pajou*; fon *Efquiffe d'un Tombeau pour le feu Roi Staniflas*, offrent une compofition fage, mais aucun trait de génie. Son *Amour dominateur des élémens*, eft une allégorie froide, qu'on ne peut fentir. Quant à fes quatre figures pour le bâtiment du *Palais-Royal*, repréfentant *Mars ou les Talens militaires*, *la Prudence*, *la Libéralité*, *les Beaux-Arts* ou *Apollon*, il eft difficile d'en découvrir le mérite, du point de vue où on les a placés ; mais deux êtres moraux, figurant avec deux Dieux de la fable, font un mélange mal-adroit & de mauvais goût.

Le Pacte de famille eft le fujet d'une Allégorie qui s'exécute pour le Cabinet de M. le Duc de *Choifeul*, Miniftre de la guerre & des affaires étrangeres, par M. *Caffieri*. Ce grouppe compliqué n'excite ni intérêt ni curiofité. *L'Efpérance qui nourrit l'Amour*, eft une autre allégorie froide, bifarrement imaginée & d'une exécution ridicule.

La

La *Fontaine des Graces* de M. *d'Huès* eſt
une eſquiſſe qui ne rend pas ſon ſujet, mais
qui ſe fait regarder avec plaiſir.

On admire la douceur, la tranquillité du ciſeau de M. *Mouchy* dans ſon *Berger qui ſe
repoſe.*

On trouve de la vigueur dans le *Milon de
Crotone qui eſſaie ſes forces*, de M. *Dumont.*
Mais on lui reproche de traiter ce ſujet ſi beau
dans l'antique & qui n'eſt pas ſuſceptible d'une
autre expreſſion.

M. *le Comte* déploie un ciſeau ſavant dans
ſon *Eſclave accablé de douleur.* Il y a de la
délicateſſe dans celui de M. *Monot.* Sa *Jardi-
niere Grecque, portant ſur ſa tête un panier de
fruits*, eſt ſwelte & d'un bon goût. Il s'eſt
trompé dans l'expreſſion de ſa *Tête de Bacchante dans une douce ivreſſe*, qu'il appelle
douce & ne doit pas être celle d'une *Bacchante.*

L'Art de la Gravure, Monſieur, eſt pouſſé
à un grand point de perfection. Il s'en faut
bien que le Sallon ſoit auſſi riche en Peintures.
Il faudroit vous détailler preſque tous les Ouvrages du premier genre expoſés cette année,
pour rendre juſtice à tous les Artiſtes dont il
eſt queſtion. Mais il ſuffira de la leur rendre
en général. D'ailleurs, les Eſtampes ſe mul-
tiplient, ſe tranſportent, ſe communiquent

D

avec une facilité merveilleuse & les Tableaux ne se retrouvent pas de même.

Je ne puis pourtant m'empêcher de m'arrêter un instant sur les desseins allégoriques de M. *Cochin*, destinés à être gravés pour l'ornement de *l'Abrégé chronologique de l'histoire de France, par M. le Président Hénault.* Vous admirerez, Monsieur, la richesse de l'invention de cet Artiste. Chaque estampe est un résumé des faits principaux qui ont été traités, & forme un petit Poëme complet, dans lequel les Allégories répondent à la sagacité & à la précision de l'historien.

M. *Le Bas* nous offre une des seize estampes qui sont gravées à Paris pour l'Empereur de la *Chine.* Elle représente un *Combat de Chinois contre les Tartares.* Elle est gravée d'après le dessin fait en *Chine* par le *P. Castillon*, Jésuite, & fait autant d'honneur à l'invention de ce Religieux qu'à l'exécution finie de M. *Le Bas.*

Il faut que je vous entretienne encore, Monsieur, du *Concert de famille* de M. *Wille*, dont le burin devient de plus en plus admirable & vrai, & rend surtout les étoffes d'une manière unique.

Mais l'Estampe, Monsieur, par laquelle je finirai, & qui attire l'attention générale, est de M. *Demarteau*, Agréé. Elle est gravée

dans la maniere qui imite le crayon, & repréfente *Lycurgue* bleffé dans une fédition. C'eft
d'une chaleur, d'une beauté, d'une harmonie,
d'une précifion, d'un *faire* qui enlevent. Encore un coup, Monfieur, cette partie nous
confole un peu du dépériffement de notre
Ecole de Peinture: dépériffement, au refte,
qu'on doit moins attribuer au défaut de talens
dans les Artiftes, qu'au goût actuel, tourné
abfolument vers le colifichet & la bagatelle,
& qui porte l'empreinte du génie fuperficiel
de la nation, paffionnée pour tous les Arts &
les dégradant tous.

J'ai l'honneur d'être, &c.

ANNÉE MDCCLXXI.

LETTRE PREMIERE.

Sur les Peintures, Sculptures & Gravures de Messieurs de l'Académie Royale, exposées au Sallon du Louvre, le 25 Août 1771.

Paris, le 7 Septembre 1771.

SI la réputation de l'Ecole Françoise croissoit, Monsieur, en proportion de la multitude des ouvrages qui sortent de son sein, chaque Sallon ajouteroit un nouveau dégré à sa célébrité. Le dernier, plus nombreux que le précédent, est encore surpassé par celui-ci. On y compte trois cent vingt morceaux, ce qui est sans exemple. Mais, hélas! cette abondance cache une stérilité trop réelle. Avec l'air de la richesse nous sommes fort indigens. En effet, de l'exposition actuelle, qu'on ôte les Portraits, les Tableaux du petit genre, qui ne peuvent donner aucune gloire à la nation ni à l'artiste; ceux de plus grande maniere qui ne méritent pas la peine d'être regardés, ou qui ne sont que médiocres, ou dans lesquels quelques excellentes qualités sont effacées par des défauts énormes: cette superbe collection dont on est ébloui au premier coup d'œil, se réduit bientôt à rien,

c'eſt à dire, à preſque rien. Cependant, Monſieur, pour contenter votre curioſité, je vais
parcourir le Sallon, & ne pouvant m'étendre
que ſur très-peu de chef-d'œuvres ou d'ouvrages d'un mérite ſupérieur, j'entrerai dans
le détail des productions médiocres, dont les
auteurs méritent de l'indulgence par leurs talens, ſoit connus, ſoit annoncés. Je ne m'as-
ſervirai pas à l'ordre des genres, parce que
les premiers ſont les plus pauvrement traités, ni au rang des Artiſtes, parce qu'il faudroit débuter par bien du mauvais. Je ſuivrai
une route plus ſûre en général, & qui vous
donnera du moins une idée du goût du jour;
je vous parlerai indiſtinctement des Tableaux,
à meſure qu'ils m'auront paru affecter le public.

Celui que je remarque frapper d'abord les
ſpectateurs, c'eſt un Tableau de M. *Roslin*. Il
repréſente *Guſtave*, Roi de Suede, dans ſon
Cabinet d'étude, s'entretenant ſur des Plans
avec les Princes *Charles* & *Adolphe-Frédéric*,
ſes freres. Un Peintre de portraits, hiſtoriés
ſi l'on veut, & très-fameux dans ſon genre,
ne devoit pas s'attendre naturellement à é-
clipſer cette année tous ſes confreres & à détourner les regards d'une vingtaine de Tableaux d'hiſtoire qui l'entourent, pour les ramener ſur lui. Ce phénomene eſt dû en partie à la médiocrité de ſes voiſins, en partie à

la célébrité du jeune héros qu'il a choifi, &
dont le féjour à Paris nous a donné une grande idée, & plus encore à la magie de fon
coloris. Le velours éclatant de l'habit du
Prince *Charles*, celui plus doux dont eft
couvert le Prince *Adolphe - Frédéric*, ont moins
étonné que le vêtement broché en or de
S. M. Suédoife. On avoit déjà des imitations
heureufes des premieres étoffes, mais la vérité de l'autre eft fans exemple. Il eft difficile de concevoir par quel art on peut à ce
point tromper les yeux...... A mes excla-
mations, vous en joignez une autre, Monfieur, & vous me demandez à quel état dé-
plorable notre Ecole eft réduite, fi c'eft - là
le chef - d'œuvre le plus digne de notre attention? Récriez - vous plus fort encore, s'il
eft poffible, en apprenant que ce Tableau
fi merveilleux pour la richeffe & la couleur
des draperies, dont les figures font d'ailleurs
bien pofées, bien deffinées, n'a pas le fens
commun, quant à l'expreffion. Le Roi, affis dans un fauteuil, étend la main vers un
Plan, tenu par le fecond Prince & fur lequel
l'autre frere mefure quelque efpace avec un
compas. Croiriez - vous qu'aucun de ces perfonnages n'eft à ce qu'il fait? Des trois, cen-
fés dans l'intérieur du Cabinet du Roi, &
s'entretenir entr'eux, aucun non - feulement n'a
les yeux fur le Plan, objet de la differtation

& de l'expérience actuelle, mais ne les a vers un des interlocuteurs réciproques; tous regardent uniquement le public. On fent parfaitement que l'Artifte ayant pour but principal de faire les portraits des trois Princes, qui pourtant ne reffemblent gueres, a évité toutes les attitudes qui pourroient mafquer en tout ou en partie leurs figures. Mais alors il ne falloit pas choifir une action, dont l'Auteur ne pût fe tirer fans pécher auffi effentiellement contre la premiere des regles, celle des convenances & des vraifemblances.

On affure que ce Tableau a été acheté dix mille écus; ce qui fait beaucoup d'honneur à la magnificence du Roi de Suede, fans relever davantage le mérite de l'Artifte.

On ne quitte gueres, Monfieur, ce triple portrait fans fixer une immenfe machine qui le furmonte. C'eft un Tableau de 25 pieds de large, fur 13 pieds 6 pouces de haut. Il eft de la compofition de M. *Reftout.* (*) Il y décrit *la Préfentation de Notre Seigneur au Temple, au moment où Siméon prononce le Nunc dimittis.* La premiere critique qu'en fait d'abord le plus ignorant, c'eft que le perfonnage principal, le Grand-Prêtre, n'a pas la tête fur les épaules, ou autrement, en termes de

---

(*) Ce M. *Reftout* eft un jeune homme, fils de l'ancien Peintre de ce nom.

l'art, *que sa figure n'est pas ensemble.* Au coloris près de feuilles mortes', qui n'offre de
toutes parts qu'un assemblage de Sœurs grises
& de Capucins, les autres parties du Tableau
ne sont point mal. Il y a de l'harmonie, de
l'unité, de la variété dans les grouppes, &
l'on ne peut sans une sorte de génie embrasser
un plan aussi vaste & le conduire aussi heureu-
sement.

Pendant que je me morfonds & me perds
dans ce Temple auguste de M. *Restout,* je me
trouve réveillé par l'admiration qu'excite autour de moi M. *Vernet.* Réjouissez - vous ,
Monsieur ; le goût sain n'est pas encore perdu.
On ne se lasse point d'exalter cet Artiste &
de regarder ses chef - d'œuvres. Cinq morceaux de sa composition, quoique pareils en
grande partie à d'autres de lui, déjà exposés,
continuent à réunir les suffrages, & font toujours une sensation nouvelle. Dans sa *tempête*
avec le naufrage d'un bâtiment, on se trouve
le cœur serré ; on sent tout ce qu'éprouvent
ces malheureux qu'il peint ; on voit le ciel
s'entr'ouvrir, la foudre en tomber, & la mer
engloutir un vaisseau. Le calme renaît à la
vue d'un *Paysage & Marine, au coucher du*
Soleil ; on oublie toutes les calamités de l'autre scene, & l'on participe aux occupations
tranquilles des nouveaux habitans, où l'on
jouit de leurs plaisirs. Ces deux morceaux
ap-

appartiennent à l'Electeur Palatin. On regret-
teroit de voir l'étranger s'en enrichir, si la
fécondité de l'Auteur ne pouvoit nous dédommager. Un *Paysage au Soleil couchant* de
notre Artiste, n'offre peut-être pas assez de
variété après le même sujet dont on vient de
parler. Mais si les ciels se ressemblent, il y
a des richesses de détail dans l'un, que ne présente pas l'autre. Une *Marine avec des Bai-
gneuses*, & *une Marine au clair de la Lune*, en
reproduisant leurs beautés connues, ne peuvent qu'exciter les mêmes éloges. On doit regretter, sans doute, que le genre circonscrit
qu'a embrassé ce grand homme, ne lui permet-
te pas de s'étendre autant qu'il auroit pu faire dans une autre carriere, & l'on doit s'étonner de son abondance dans une nature aussi
monotone, si elle pouvoit jamais l'être.

Malgré l'admiration dont on est saisi pour
M. *Vernet*, j'observe, Monsieur, qu'on le
quitte sans regret pour son voisin, M. *de la
Grenée*. Ce Peintre voluptueux ragaillardit le
vieillard dont les desirs ne sont pas encore
éteints, & porte le trouble jusques dans le
cœur de l'*Agnès* la plus innocente. Quelles
belles nudités ! Quelle variété d'attitudes !
Quelles postures séduisantes ! Mais *ab Jove
principium*...... Commençons par un Tableau
de dévotion de cet auteur. Preuve qu'il ne
brûle pas toujours des feux de la concupiscence

& qu'il se laisse pénétrer quelquefois du saint enthousiasme de la grace. Le sujet en question est *St. Germain donnant à Ste. Géne-vieve une medaille où est empreinte l'image de la Croix, pour en orner son col.* Le Saint est en ornemens pontificaux ; il est assis dans son fauteuil, & de la main droite il présente à la Bergere son présent, tandis qu'il l'embrasse de l'autre & semble l'attirer doucement à lui. Attitude qui pourroit indiquer quelque paillar-dise dans le Prélat, & dont le Peintre sévere auroit dû s'abstenir. Du reste, il a sur le front toute la majesté d'un Evêque. Il ne tire point sa grandeur, comme nos Prélats modernes, de la vaine pompe qu'ils étalent jusqu'aux pieds des autels & de cette multitude de va-lets insolens qui les entourent. Un simple Chapelain porte sa crosse de *bois.* Un beau contraste dans les étoffes, une grande sagesse dans l'exécution, cette tranquilité, ce calme, ce repos, qui caractérise les ouvrages des grands Maîtres, & qui n'est autre chose que l'accord de toutes les parties, se fait sentir dans cette composition.

Une *Sainte Famille*, du même Artiste, mais qui se trouve confondue au milieu de ses ou-vrages profanes, fait se récrier le devot attra-bilaire ; il se plaint de ne pouvoir la considérer sans craindre sans cesse les tentations qu'é-prouve sa chair fragile par toutes les nudités fcandaleufes qui l'avoifinent. Vous n'êtes point fi fcrupuleux, Monfieur; je puis, fans vous allarmer, vous tracer ces principaux ouvrages. L'*Infomnie* eft caractérifée par une jeune perfonne, qui fe leve en chemife, qui cherche ce qui l'empêche de dormir & découvre un petit Amour fous fon lit; lutin qui fe plaît à la tourmenter. Cette idée ingénieufe eft joliment exécutée. On trouve que les acceffoires de l'appartement ne répondent pas affez au galant du refte de la compofition; qu'il ne regne pas dans le lit un défordre auffi grand qu'il le faudroit; que les draps ont plutôt le brillant du fatin, que le grénu, le rond de la toile; que la chambre paroît trop éclairée, & que dans une nuit profonde le fecours d'une lampe, avec plus de vérité, auroit mieux fait reffortir la demi-teinte des chairs. Le pendant de ce morceau eft *une Nymphe qui fe mire dans l'eau*; fujet froid & qui ne répond pas au premier. Une *Baigneufe, qui regarde deux Colombes fe careffer*, a plus d'expreffion. Elle a un pied encore dans l'eau: fa jambe, trop plongée, paroît pécher contre les regles de la Dioptrique. Le refte de l'ouvrage eft traité en homme de l'art & avec beaucoup d'intelligence. Je paffe *Loth énivré par fes filles*, qu'on ne trouve pas affez lafcives; *Mars & Vénus*, allégorie fur la Paix, feche & fans caractere, quoique l'idée des

Colombes faisant leur nid dans le casque de
Mars, soit douce & riante : je m'arrête à
Léda, dont j'aime beaucoup le *Cigne* becqué-
tant le voile envieux qui cache les appas secrets de la nymphe, comme pour l'arracher.
Mais le sujet mieux rendu à mon goût, c'est
Eglé, *jeune Nymphe*. Vous vous rappellez,
Monsieur, les deux vers d'une Eclogue de
Virgile : *Malo me Galathea petit, lasciva puella,*
& *fugit ad salices & se cupit ante videri.* C'est
la même image exprimée avec tout l'esprit
possible, & de la maniere la plus piquante.
On ne finiroit pas, Monsieur, de détailler tous
les ouvrages de M. *de la Grenée*, au nombre
de dix-sept. Après lui avoir payé le tribut
d'éloges qu'il mérite, je ne puis m'empêcher
de lui reprocher d'avoir voulu traiter deux sujets aussi ingrats que ceux de *Termosiris, Prê-*
tre d'Apollon, qui rencontre Télémaque, auquel
il enseigne l'art d'être heureux dans l'esclavage;
& de *cette Mere Lacédémonienne, qui armant*
son fils d'un bouclier lui dit ces mots: Aut infra,
aut supra: ou dessus, ou dessous. Ou dessus,
parce que les guerriers morts en combattant
se rapportoient sur leurs boucliers. Dans le
premier Tableau, *Termosiris* ressemble à un
Feuillant colossal, & présente une flûte à Télémaque, qui a l'air d'un écolier, plus que
d'un jeune héros. Dans le second, une femme
offre un bouclier à un guerrier. Comment le

spectateur peut - il saisir les grands principes de sagesse de l'un & le sublime de l'autre? On ne doit se hasarder à des peintures aussi difficiles, que lorsqu'on se sent le génie de les rendre.

C'est échauffé de cet enthousiasme ravissant que M. *Casanova* a entrepris de peindre deux fameuses batailles du grand *Condé*: savoir, *le premier des trois Combats de Fribourg*, donné le 3 Août 1644, entre sept & huit heures du soir, entre l'Armée de France, commandée par S. A. S. Monseigneur le Duc d'*Enguien*, & l'Armée des Bavarois, sous les ordres du Général Comte de *Mercy*; & la *Bataille de Lens*, par S. A. S. Monseigneur le Prince de *Condé*, contre l'Armée Espagnole, commandée par l'Archiduc *Léopold*, le matin du 20 Août 1648.

Dans le premier, sur le devant du Tableau, à gauche, on voit les débris d'un combat qui a été livré pour vaincre l'obstacle d'un abattis d'arbres qu'avoit fait faire en cet endroit le Général ennemi.

Un peu plus haut, & vers le milieu du Tableau, on apperçoit le Duc d'*Enguien* qui, voyant ses troupes, après avoir forcé les abattis, rester immobiles sous le feu des redoutes qu'elles ont encore à surmonter, est descendu de cheval, & après avoir jetté son bâton de commandement dans les retranchemens des

ennemis, environné de plufieurs Généraux
fe met à la tête du Régiment de *Conti*, qui eft
foutenu par celui de *Mazarin*, commandé par
M. le Comte de *Tournon*; il'enfonce les Bavarois, dont il ne fe fauve qu'une très - petite
partie à la faveur du bois qui eft au milieu de
la montagne. Au - delà de cette montagne,
on découvre dans la plaine, l'Armée du Général *Mercy* en bataille.

Dans le fecond, au milieu du Tableau on
voit le Prince *de Condé*, devant lequel l'épais
Bataillon de l'Infanterie ennemie tombe à genoux & rend les armes, abandonné de la
Cavalerie, rompue & mife en fuite par M. *de
Châtillon*, qu'on apperçoit un peu plus haut
fur la gauche. Cette Infanterie implore la
clémence du jeune Héros, qui donne ordre à
M. *des Roches*, Lieutenant de fes Gardes, de
lui fauver la vie. Plus haut, dans le centre
du Tableau, on voit le fameux Général *Beck*
pris prifonnier.

A la hauteur de *Lens*, on voit le Camp des
Ennemis, & l'Archiduc qui fe fauve avec les
débris de fon Armée. La droite du fecond
plan repréfente la Cavalerie Françoife victo-
rieufe, à la pourfuite des Ennemis.

Je ne puis mieux, Monfieur, vous donner
une idée de ces deux grandes actions, qu'en
vous difant que tous les détails ci - deffus font
amenés fucceffivement, avec la plus exacte

vérité & dans l'ordre le plus parfait; qu'il en résulte un ensemble propre à étonner les plus fortes têtes; que l'exécution est d'une chaleur dont j'ai vu s'enflammer de jeunes militaires. Leur front se couvroit d'une noble rougeur à la vue des Héros auxquels ils sembloient prêts à se joindre. Le Héros principal se fait remarquer dans les deux Tableaux sous deux attitudes différentes, & après avoir déployé d'un côté cette ardeur bouillante, qualité distinctive de son caractere, il montre de l'autre cette humanité qui sied si bien après la victoire, & qui s'allie à merveille à la plus intrépide valeur. Le premier Tableau a plus d'opposition, fait plus d'effet. On reproche pourtant au Peintre de n'avoir pas marqué assez le feu des redoutes par des traits de flamme qui, ainsi que des éclairs, devroient percer l'obscurité de la nuit, & des tourbillons de fumée. C'est la seule critique que j'en ai entendu faire. Le désordre du premier plan forme un spectacle effrayant, qui prépare au bel ensemble du second, & l'œil se perd de nouveau dans la confusion du troisieme, où l'armée ennemie est en déroute, pour se reposer enfin sur l'armée du Général *Mercy*, qu'on découvre dans l'éloignement.

Le second n'a pas ces mêmes beautés: mais il y regne un autre genre de choses & le total se ressent du calme tranquille du Héros, dont la clémence fait l'objet principal. Les fureurs de la guerre ne doivent s'y montrer que comme accessoires pour donner plus de relief à celui-ci. On a peine à découvrir le Général *Beck*. Peut-être que ces Tableaux, un peu trop élevés, voudroient être détaillés de plus près; mais celui-ci est admirable par l'entente de la perspective, qui laisse pénétrer à travers un lointain immense.

Au reste, Monsieur, vous ne serez pas surpris des talens rares de Monsieur *Casanova* pour décrire les Batailles & les faits des guerriers, quand vous saurez que le sang de la Maison de *Brunswick* coule dans ses veines; qu'il passe pour bâtard du dernier Roi d'*Angleterre*, qui lui donna naissance à *Rome*, & que des circonstances contraires ne lui ayant pas permis de prendre parmi les Héros un rang auquel il étoit destiné, il s'est voué à les peindre. Nous avons deux autres paysages du même maître, où l'on découvre toujours un Peintre chaud de couleur, & dont l'ame est sans cesse en mouvement.

Entre les deux batailles de M. *Casanova*, & un peu au dessous, est un Tableau du dernier des *Vanloo*, du *Vanloo de Prusse*. Il représente *Vénus & l'Amour couronnés par les Graces*. Par quelle fatalité cette famille, dont le pinceau semble principalement guidé par ces Divinités, ne peut-il les rendre ?

Vous vous rappellez, Monfieur, le Tableau du fameux *Vanloo* fur ce fujet. On trouva les Graces lourdes : celles-ci ne font pas plus fweltes. Il faut convenir que la matiere étoit extrêmement difficile à traiter. Comment faire à la fois cinq belles figures, devant fe reffembler, & pourtant contrafter enfemble ? Quelle attitude donner à Vénus & à fon fils ? Comment jetter un certain intérêt dans l'action ? Comment varier les trois Nymphes ? Ce font de ces projets qui fe préfentent à tout le monde, dont l'idée rit d'abord à l'imagination, dont l'exécution paroît aifée & où l'on échoue prefque toujours.

Le même Auteur a expofé un autre Tableau, qui offre *l'expérience phyfique d'un oifeau privé d'air, fous le Récipient de l'ancienne machine pneumatique.* Le coloris en eft bon, les détails en font bien traités. Il s'y remarque pourtant le même défaut de fens commun reproché à M. *Roflin.* C'eft que le Docteur fe morfond feul à fa machine ; que des trois autres fpectateurs aucun n'y a d'attention. La femme fur le devant de la fcene paroît ne s'occuper de rien, pas même de on chien qui eft à fes pieds ; ce qui auroit pu faire épigramme & contre la pédanterie ennuyeufe du Savant, & contre la frivolité des Curieux. Au lieu que l'inattention de ces perfonnages s'impute plutôt au défaut de génie du Peintre, qu'au caractere futile de ceux-là.

J'espere, Monfieur, vous rendre compte la premiere fois du portrait en pied de Madame la Comtesse *Dubarri*. Le Public le defire avec grande impatience. En attendant, il confidere le Cadre déjà placé. C'est un chef-d'œuvre de fculpture & de dorure, dont on admire à la fois la richeffe & l'élégance. Le haut eft ombragé d'un feuillage très-délicatement fait, au milieu duquel fe trouvent deux Amours, dont l'un bande fon arc, & l'autre, qui reffort en avant, tient une couronne fufpendue, & femble attendre la Déeffe qui doit s'y placer. Au bas, & comme à fes pieds, font deux Colombes qui fe becquetent de la façon la plus voluptueufe. Tous ces entours promettent quelque chofe de très-galant ; les graces du Portrait s'affortiront à merveille avec eux, ou plutôt les éclipferont fans doute.

J'ai l'honneur d'être, &c.

LETTRE II.

Sur les Peintures, Sculptures & Gravures de Messieurs de l'Académie Royale, exposées au Sallon du Louvre, le 25 Août 1771.

Paris, le 14 Septembre 1771.

On se consoloit, Monsieur, de voir la Mere des Amours manquée par Monsieur *Vanloo*, dans l'espoir que son confrere nous la reproduiroit sous une forme plus séduisante. Vous concevez aisément que je veux parler du Portrait en pied de Madame la Comtesse *Dubarri* par M. *Drouais*. Ses talens brillans pour ce genre de travail, la double esquisse de cette beauté, qu'il nous avoit donnée avec succès il y a deux ans, les secours que son imagination pouvoit emprunter de l'allégorie, tout nous promettoit un chef-d'œuvre ravissant. Il a paru enfin, Monsieur, &, comme les merveilles trop annoncées, trop prônées d'avance, il n'a pas répondu à notre attente; la copie s'est trouvée fort inférieure à l'original. Tout Paris ne s'empresse pas moins d'accourir le considérer. Il faut vous en donner une idée & je vais le détailler.

Madame la Comtesse *Dubarri* est peinte en Muse. Elle est gazée en partie d'une draperie légere & transparente, qui se retrousse au des-

fus du mamelon gauche, laiſſe les jambes découvertes juſques aux genoux & marque le
nud dans tout le reſte du corps. De ſa main
droite elle tient une harpe & une couronne de
fleurs ; de la gauche, elle en porte pluſieurs
autres. Le devant de la ſcene eſt parſemé
de livres, de pinceaux & de divers attributs
des arts. Le fonds repréſente une belle architecture, & le Tableau, en général, eſt riche
d'ornemens ; mais on y remarque une foule de
défauts. Le premier, & le plus eſſentiel, ſans
doute, c'eſt que le Portrait n'eſt pas reſſemblant. C'eſt un viſage en quarré-long, mal
coëffé, & qui n'a rien des graces & du jeu de
la phyſionomie de Madame *Dubarri*. En outre, l'auteur, à raiſon de la Muſe qu'elle repréſente, a voulu donner à ſa figure les grandes proportions de l'antique ; enſorte que celle-
ci debout auroit ſix pieds & demi de haut.
Cette taille coloſſale, qui peut imprimer plus
de nobleſſe & d'impoſant à un être fantaſti-
que, ne va point à une femme, dont toute
l'habitude du corps doit être agréable, & dont
le principal caractere eſt un air de volupté
répandu ſur l'enſemble de ſa perſonne. Au
contraire, c'eſt ici un perſonnage roide & ſans
ſoupleſſe ; une virtuoſe pédanteſque, qui malgré l'appareil galant de ſon vêtement & la ſé-
duction de ſon attitude dans ſa façon d'être
aſſiſe, repouſſe plus qu'elle n'attire, & défait

d'une part le charme qu'elle produit de l'autre. En un mot, la grande mal-adreſſe du Peintre, c'eſt d'avoir choiſi une allégorie peu aſſortie à la beauté qu'il vouloit rendre. Il n'a pas moins échoué dans cette partie, & pour figurer la protectrice des Arts, à la muſique près, il les fait fouler aux pieds par cette Muſe. Emblême louche & dont le ſens naturel eſt l'inverſe de l'idée du Poëte.

Depuis que j'écris ceci, Monſieur, Madame la Comteſſe *Dubarri* eſt venue au Sallon, &, ſoit mécontentement de ſa part, ſoit qu'elle fût inſtruite de celui du Public contre le Peintre, ſoit égard pour les clameurs des dévots, qui voudroient ne voir une femme que voilée, depuis les pieds juſqu'à la tête, elle a fait ôter ſon Portrait, & il ne paroîtra plus.

M. *Drouais* a beaucoup mieux réuſſi, Monſieur, dans le Portrait en ovale de Madame la Comteſſe de *Provence*. Cette Princeſſe eſt peinte tenant une roſe à la main. On la trouve très-reſſemblante: elle a un air d'affabilité qui plaît à tout le monde. Le peuple, qui n'a pas eu le bonheur de la voir encore, ſe fait, dès l'entrée, indiquer l'endroit où il la trouvera & ne ſe laſſe point de la conſidérer. Il demande avec le même empreſſement où eſt le portrait de Madame la *Dauphine*, s'imaginant que c'eſt le premier objet qu'on

auroit dû offrir à ſes regards. Il apprend
avec douleur qu'il ne jouira point encore cette
année de ce bonheur, & il eſt obligé de ſe contenter d'une petite figure en émail qu'en a
expoſé M. *Pasquier*. Vous ſentez, Monſieur,
que ce travail délicat, quelqu'agréable, quelque fini qu'il ſoit, n'eſt point ce qui peut ſatisfaire les regards d'une multitude groſſiere.
Il a beau ſe tuer pour l'admirer & ſe l'em-
preindre dans la mémoire, il n'en conſerve
aucune trace, & ſa curioſité ne peut être remplie.

On remarque à cette occaſion avec douleur
que jamais Sallon n'a été ſi fécond en portraits, & ſi peu garni de ceux de la famille
Royale. A l'exception de ces deux · ci, & de
celui du Roi, en miniature, par le même Artiſte, on ne trouve rien qui ſatisfaſſe l'amour
du François pour ces objets de ſon idolâtrie;
à moins qu'on ne veuille mettre dans ce rang
un Tableau que je trouve récemment ſubſtitué
au Portrait de Madame *Dubarri*. Il eſt de
M. *Monnet*, Agréé. Il repréſente feu Monſeigneur le *Dauphin* & feue Madame la *Dauphine*, occupés de l'éducation des trois Princes
leurs enfans, & partageant les ſoins de M. le
Duc de la *Vauguyon* & de M. l'ancien Evêque
de *Limoges*, leurs Gouverneur & Précepteur,
préſens à cette inſtruction.

Le milieu du Tableau eſt occupé par feu

Monfeigneur le *Dauphin*, affis. A fa droite
eft debout M. le *Dauphin* actuel, qui, un livre
à la main, femble réciter fa leçon. Sur les
genoux de l'augufte pere eft le plus jeune,
qu'on fuppofe M. le Comte d'*Artois*, & debout à fa gauche, M. le Comte de *Provence*
fait le pendant de fon frere. A l'extrêmité
du Tableau, & près de celui ci, eft dans un
fauteuil feue Madame la *Dauphine* devant un
métier. Elle a l'air de fufpendre fon ouvrage
pour écouter fon fils. A l'oppofite font affis
M. le Duc de la *Vauguyon* & l'ancien Evêque
de *Limoges*.

Quoique l'ordonnance de ce Tableau foit
fage & dans les vraifemblances, comme il n'en
réfulte nul effet piquant, il eft froid, monotone & fans intérêt. Les figures, d'ailleurs,
font pour ainfi dire enfevelies les unes dans les
autres, faute de gradation dans la diftribution
des plaifirs. Les deux Inftituteurs forment
par cette confufion deux têtes qui femblent
fortir du même tronc. On y trouve auffi peu
de reffemblance. Quant aux phyfionomies,
nul coloris, des teints blafards & tous d'une
même teinte, malgré la différence des tempé-
ramens & des âges. En un mot, de l'aveu
de tous les Spectateurs, c'eft une mauvaife
portraiture, & l'importance des perfonnages
qu'on y fait figurer, peut feule fixer quelque
tems les regards.

Le Coloris brillant des *Loutherbourg*, qui entourent ce Tableau, l'obscurcit encore.

C'est un malade qui se trouve à côté de visages florissans de santé. Quelle verve, Monsieur ! quelle expression ! quel enthousiasme dans cet Artiste, dont le pinceau anime tout ce qu'il touche ! Quelle abondance, quelle variété dans ses sujets ! Je compte vingt-quatre morceaux de ce Peintre, tous ayant leur mérite, & se faisant regarder avec intérêt. Il est plein de feu dans sa *bataille des Cuirassiers*; plein de vigueur dans sa *Lutte de Jacob*. Son *action de grace de Noé & de sa famille, au sortir de l'Arche*, porte l'onction dans le cœur & élève l'ame par son sublime. Ses *Orages*, ses *Tempêtes* répandent autour d'eux l'effroi & l'épouvante. Son *Amant curieux*, le *Mouton chéri* sont agréables. Sa *petite Laitiere*, sa *Mangeuse de cérises* pétillent d'esprit. On se repose avec plaisir sous la fraîcheur de ses ombrages; on se mire dans le transparent de ses eaux: on voit ses mers agitées; on croit qu'elles vont vous ensevelir sous leurs vagues mugissantes...... Tant de talens cependant ne sont point sans défauts. On lui reproche, Monsieur, de n'avoir pas creusé ses Tableaux & ménagé la perspective; d'avoir donné une teinte presque semblable à ses différens ciels, de ne pas assez les rembrunir dans ses tempêtes; de ne pas jetter dans les airs le même choc

choc qu'il peint fi bien dans les flots & dans
le défordre de toute la nature, mais furtout
d'enluminer toutes fes figures, de rougir toutes fes chairs & d'échauffer tous fes perfonnages comme fortant d'un embrafement. Ce
défaut eft auffi celui de beaucoup de Peintres,
& de M. *le Prince*, entr'autres, qui d'ailleurs
eft digne d'être critiqué, parce qu'il eft aifé
de lui payer en louanges l'équivalent de la
cenfure. Je ne parlerai pas de fon *Géometre*,
Tableau peu agréable, mais favant & vrai. Je
gliffe même légérement fur *l'intérieur de fon
Cabaret*, fcene extrêmement amufante par la
luxure caractérifée d'un buveur, qui a toute la
gaieté des Peintres Flamands. Je m'arrête à
celui que le Public confidere le plus, & qui,
foit par fa compofition, foit par fon expreffion, fait beaucoup d'honneur à l'invention du
Poëte. C'eft le *Médecin aux urines*.

Ce Docteur a été appellé pour une jeune
perfonne malade & alitée. Il eft à confidérer
fon urine à travers une phiole, & pour mieux
en voir le tranfparent il la préfente au jour,
enforte qu'il tourne le dos au lit. Devant lui
eft un Eleve, qui femble avoir difpofé tout
l'appareil du Charlatan, & les yeux fixés fur
fon Maître va recevoir avec avidité la doc-
trine admirable qu'il doit débiter. La mere,
affife à côté de fa fille, ne regarde pas ce
Médecin avec moins d'attention. Son genre

E

d'intérêt eſt caractériſé & l'on diſtingue aiſément
ſur ſa phyſionomie les divers mouvemens de
crainte & d'eſpoir dont elle eſt agitée. Pendant ce tems un galant s'eſt gliſſé dans la ruelle
du lit; il eſt dans la demi-teinte &, penché
ſur une des mains de ſon amante, la baiſe
amoureuſement. La Suivante, complice de
ce larcin, ferme la ruelle, regarde le Docteur
avec un ſourire ironique, & d'un geſte malin
indique qu'il va être bien attrapé.

On ne ſe laſſe point, Monſieur, de détailler
ce Tableau piquant, & dont l'action eſt un
petit drame très-ingénieux. Tous les perſonnages y tendent au dénouement ; chacun eſt
animé du genre de paſſion ou d'intérêt qui lui
convient : il eſt bien diſtribué, plein d'invention & de vie. C'eſt dommage que l'auteur,
accoutumé à peindre la nature Ruſſe, n'ait pas
donné plus d'agrément à la figure de la malade & plus de fineſſe à celle de la Soubrette.

Le dernier Tableau vers lequel ſe porte le
public avec plus de foule après celui-ci,
c'eſt la *Repréſentation d'une audience donnée à
M. le Chevalier de Saint Prieſt, Ambaſſadeur à
la Porte, par le Grand-Seigneur.* La ſingu-
larité en fait le principal caractere, & la ſcene neuve qu'il préſente, excite un inſtant la
curioſité.

Le Grand-Seigneur eſt aſſis ſur un Trône
en forme de lit à quatre colonnes ; & ce

Trône est de vermeil, enrichi de pierreries. Les boules d'or pendues en haut, représentent des œufs d'autruche : ornement que les Turcs mettent ordinairement pour parade dans leurs Mosquées. Les glands qui pendent à ces boules d'or sur le devant du Trône, sont de perles. Les autres sont de petites lames d'or. La couverture du Trône est brodée en perles.

Le Sultan a son sabre à sa droite, & une écritoire à sa gauche. Les deux Turbans qu'on apperçoit sur une petite fenêtre, sont toujours portés lorsque le Grand - Seigneur marche. Les aigrettes en sont différentes ; l'une est de plumes jaunes, & l'autre de plumes jaunes & noires : celui que porte le Sultan est orné de plumes noires & blanches. Ces trois Turbans signifient l'Empire des trois Mers.

Le Grand - Visir est à la droite du Prince, la pelisse & les mains croisées. L'Ambassadeur est dans l'action de parler, & tient de la main gauche les Lettres du Roi. A sa droite est le Drogeman de la Porte. L'Ambassadeur est tenu, ainsi que ceux de sa suite, par deux Capigis - Bachis, couverts, de cafetans avec le grand bonnet de cérémonie : il n'y a que le Grand - Visir qui en ait un différent. Le cafetan du Ministre est doublé de martre ; ceux des gens de sa suite sont fort communs ; M. le Chevalier de *Pontécoulan* est à côté de l'Ambaſſadeur, qui a derriere lui ſon Drogeman avec le bonnet de martre, coëffure commune à tous les Drogemans. La chambre n'eſt éclairée que par une ſeule fenêtre: à droite, on voit une cheminée en forme d'entonnoir renverſé; elle eſt de vermeil & enrichie de pierreries.

A cette deſcription hiſtorique, l'auteur, M. *Favray*, ajoute que le Grand - Seigneur eſt reſſemblant. C'eſt bien le cas de dire qu'*on aime mieux le croire que de l'aller voir.* Mais ce qu'on peut vérifier aiſément, c'eſt que M. le Chevalier de *Saint Prieſt* ne reſſemble point. Défaut peu intéreſſant au ſurplus, & qui n'ôte pas à ce Tableau le mérite d'un coſtume rare.

Quant au reſte des Tableaux, Monſieur, chacun ſe diſtribue ſuivant ſon goût, excepté toutefois les ouvrages de Mlle. *Vallayer.* Cette jeune Académicienne, âgée de 23 ans, qui réunit les graces aux talens, a expoſé pour la premiere fois, cette année, onze morceaux qui, la plupart, ont le mérite de peindre une nature muette, mais ſenſible, aux ſpectateurs les plus groſſiers. Les fruits, les fleurs, les légumes, les herbages, les morceaux d'hiſtoire naturelle ſont de ſon reſſort. Sa repréſentation des *inſtrumens de muſique militaire* eſt d'un faire plus grand, & ne ſeroit point indigne des études d'un Peintre d'hiſtoire. Tous ont pris corps fous fon pinceau ; mais furtout le tambour eft d'un relief propre à faire l'illufion la plus entiere. Un *Lapin*, imité de grandeur naturelle, annonce que cette favante fille traite auffi les animaux, & *une jeune Arabe*, *en pied*, pleine de graces & de douceur, prouve que fes talens peuvent s'élever jufqu'à faire refpirer la toile, & à donner de l'ame aux figures. ✦

La cohue générale qu'attire cette admirable perfonne fe repartit enfuite, Monfieur, comme j'ai l'honneur de vous dire, en différens groupes, fuivant les âges, les inclinations, la façon de voir & les connoiffances naturelles ou acquifes. Les amateurs de l'Architecture admirent M. *Robert*, dont la fécondité ne s'eft point démentie à cette Expofition, mais dont l'amour · propre s'eft étendu au point de croire pouvoir balancer M. *Vernet*; parce que dans quelques · uns de fes Tableaux il y a des cafcades, des fontaines, des rivieres, &c. il les appelle des *Marines*, & le public rit de cette folle prétention. On rend juftice à fon *Incendie dans les principaux Edifices de Rome*, dont l'embrafement, d'un grand effet, femble éclairer toute la Salle. On fe repofe agréablement la vue fatiguée en ramenant les yeux fur la forêt de *Caprarole*. Son verd doux & dégradé forme un contrafte agréable & féduifant. En général, trop de monotonie dans

E 3

cet auteur, fait qu'on ne s'y arrête qu'en partie. Son prédéceffeur, M. *de Machy*, qui n'avoit rien offert aux amateurs l'année derniere, a auffi donné quelques morceaux & a femblé vouloir éviter cet inconvénient en ne fe prodiguant pas trop. Mais auffi il s'eft tellement atténué, qu'il fe trouve prefqu'é. - clipfé fous la fécondité impofante de fon rival. Toujours correct, toujours délicat, il n'a pas ces maffes majeftueufes dont l'autre s'eft enrichi dans fes voyages d'*Italie*. Celui-ci, avec moins de régularité, frappe davantage la multitude. On trouve que le premier a lourdement péché contre le clair-obfcur & l'entente de la perfpective dans fa *vue de la Chapelle de la Sainte Vierge à Saint-Roch*, dont les figures collées les unes aux autres repouffent les yeux, qu'on porte bien vîte fur fon voifin. Il eft queftion, Monfieur, d'une plume, d'une écritoire & d'un mouchoir, de M. *Roland de la Porte*; mais la vérité eft belle & féduit partout. Par la raifon contraire, on ne peut goûter les payfages de M. *Milet Francisque*, toujours jaunes & arides; les allégories de M. *Boizot*, plattes & fans coloris; la miniature eftropiée de M. *Venevault*; le *Silene* de M. *Hallé* & fon *Adoration des Bergers*, Tableaux de la même teinte, qu'on prendroit pour deux Paftiches, où le Pere des buveurs & la Mere de Dieu font d'une même palette & fe reffem.

blent merveilleufement ; le *Saint-Michel* de M. *Belle*, armé du foudre de *Jupiter*, & fa *Pfyché* vêtue de guenilles achetées fur la place du *Louvre* ; le *Narciffe* de M. *l'Epicié*, qui n'eft ni homme ni fleur ; Son *quos ego* de *Neptune*, qui n'eft qu'un bourru ; le *Saint-Sebaftien* de M. *Brenet*, flasque & fans fenfibilité ; l'*Affomption* de M. *Parocel*, qui n'ira jamais aux nues, & tant d'autres ouvrages dont le détail ne finiroit pas.

Les connoiffeurs trouvent de l'ordonnance dans *l'Entrée de Jéfus-Chrift à Jérufalem*, par M. *Jollain*, de la richeffe même dans le coloris, en blâmant toutes fois l'air benêt dont il affuble la face de l'Homme-Dieu : défaut prefque général à tous nos peintres François, fauf *Jouvenet*. Ils s'élevent contre l'indécence du Tableau du même Auteur, où *Jupiter* fous la forme de Diane féduit *Califto*, la baife fur la bouche, lui darde fa langue, & préfente aux ineptes le fpeĉtacle de deux vraies Tribades. Le *St. Paul prêchant dans l'Aréopage*, de M. *la Grenée* le jeune, quoique non terminé, leur femble d'un bon ftyle ; ils ne dédaignent pas fa *Préfentation : la Defcente de Croix* de M. *Martin* n'eft pas fans mérite, felon eux.

Mais ces Tableaux divers, Monfieur, n'ont pas un éclat affez fupérieur pour fixer la multitude par cette vérité d'expreffion propre à captiver l'ignorance même & à l'éclairer. Auffi remarquai-je que les Portraits font ce qui attire l'attention la plus générale. On trouve toujours quelqu'un de connoiſſance, & graces au peu de choix avec lequel on admet toutes fortes de perſonnages, nul n'y eſt en pays étranger. Un Praticien y remarque ſoudain la figure avantageuſe de M. *Dufreſnoy*, Notaire. M. *Despote*, Avocat au Conſeil, y en impoſe encore à ſon Clerc par ſa morgue. M. *Grand-Clas*, Médecin obſcur, y eſt reconnu de quelque malade échappé à ſon art aſſaſſin & dont il ſembloit meſurer la vie avec le ſable qu'il tient en main. M. *Felix*, Marchand de la rue Saint-Denis, d'un air ſatisfait, invite ſes confreres à venir s'y placer à côté de lui. Enfin M. *Suir*, Tailleur, & ſa digne moitié, malgré leur face ignoble, atteſtent que perſonne n'eſt exclus.

Après avoir ri de la fatuité, on plaint la bêtiſe de ces particuliers. Il faut, Monſieur, vous rendre compte des différentes manieres de nos Peintres de Portraits & des perſonnages plus intéreſſans qu'ils nous ont reproduit. Le pinceau vif & ſpirituel de M. *Vanloo* s'eſt exercé ſur deux têtes d'enfans de l'un & l'autre ſexe, ſe ſervant de pendans, & bien dignes de l'être, mais d'un coloris trop uniforme. On voudroit que M. *l'Epicié* réſervât ſa touche ſeche & éraillée pour les rides de la vieilleſſe ou les figures hideuſes. Il a pourtant

réuſſi

réuffi à mettre de la fineffe dans quelques jeunes perfonnes, de la grace même, quoiqué
fans coloris & fans empâtement.

M. *Drouais*, auffi fécond que varié dans fes
caricatures, nous a donné des Bambochades
de toute efpece. D'un côté, c'eft un petit
garçon qui montre fon cul ; de l'autre c'eft
fon pendant qui porte un polichinelle fur fon
dos : là une petite fille met du rouge & des
mouches à fon chat ; ici fa compagne joue
avec fon chien. On fe plaint toujours de la
couleur plus brillante que vraie de cet auteur.

On ne fe plaint pas moins du ton rembruni
de M. *Voiriot*, qui auroit bien dû égayer fa
palette pour nous rendre Mlle. *Allard* dans
toute fa vivacité, d'autant qu'il la repréfente
dans fon triomphe, c'eft-à-dire danfante,
mais fans graces, fans légéreté, fans cette
facilité, caractere diftinctif de notre Coryphée
femelle du Théâtre Lyrique.

M. *Reftout* a de la dureté dans fon pinceau, mais il eft vrai, & en ne s'attachant
qu'à des fujets mâles, comme le Portrait de
M. *Houdon*, Sculpteur, il pourra tourner en
beauté ce défaut.

Si l'on ne trouve pas une grande reffemblance dans le Portrait de M. *Pigale* en habit
de Chevalier de l'Ordre de Saint-Michel,
par Madame *Roslin*, on voit qu'elle a été à
l'école de fon mari pour le coloris & qu'elle

E 5

trempe quelquefois fon pinceau dans fes couleurs.

Le brillant de M. *Drouais* eft tempéré chez M. *Deshayes* par une maniere plus fage & conféquemment plus vraie. L'Evêque, la jolie femme, le Robin, font rendus avec les couleurs qui leur font propres, & les carnations font variées au dégré qu'il convient.

On loue M. *Dupleffis* de s'être affranchi du ridicule ufage de faire toujours regarder le public par fes perfonnages. Son *portrait de M. le Marquis de l'Hôpital* eft une preuve qu'on peut conferver la plus parfaite reffemblance fans s'affervir à cette regle.

Le dernier en rang des Peintres à Portrait, mais qui s'annonce par les plus grands talens & qui laiffera bientôt derriere lui fes confreres, c'eft M. *Aubry*. Une vigueur mâle, de la hardieffe, du caractere dans toutes fes têtes le diftinguent déjà fingulierement. Son *Portrait de M. Jeaurat* eft d'une vérité de figure & de coftume frappante ; mais celui d'un Peintre, dans la maniere libre de M. *Greuze*, a arraché le fuffrage de ce dernier, au point de lui donner de l'humeur, & de ne pas contribuer pour peu à l'empêcher de rien mettre de fes ouvrages au Sallon.

Mifericorde ! Monfieur : je m'apperçois avoir manqué de vous parler d'un Tableau d'hiftoire qui, tout imparfait qu'il eft, mérite

plus que beaucoup d'autres d'être remarqué.
C'eſt *Brutus*, *Lucretius*, pere de *Lucrece*, &
Collatinus, ſon mari, *jurant ſur le poignard
dont elle s'eſt tuée, de venger ſa mort & de
chaſſer les Tarquins de Rome.*

Quatre coleres différentes exprimées dans
cette compoſition en font le caractere diſtinctif. La rougeur du viſage du premier perſonnage annonce la fureur de *Collatinus*, oppoſée
à la pâleur de *Brutus*, plus politique, plus
réfléchie, tandis que la douleur ſe mêlant à
l'indignation dont eſt pénétré le pere, lui donne une teinte plus propre à ſon rôle. Enfin
un perſonnage éloigné ne participe à l'événement qu'avec le dégré d'intérêt qui lui
convient. Du reſte, nul coloris, de la roideur dans les attitudes & de la monotonie,
qui n'empêchent pas que le génie ne perce.

En voilà plus qu'il n'en faut, Monſieur,
pour vous faire apprécier nos richeſſes pitto-
reſques. Vous en concevrez aiſément pourquoi, loin de s'étendre, elles décroiſſent en
proportion de l'augmentation des Tableaux.
La cupidité qui gagne nos Artiſtes, le luxe
qui s'introduit chez eux, leur fait abandonner
les genres difficiles & de longue haleine, pour
adopter le goût futile du ſiecle, & s'aſſervir
à toutes les fantaiſies bizarres des prétendus
Amateurs. De-là, plus de ces compoſitiens

fuperbes & bien entendues, que le génie ordonne, digere & diftribue lentement & dans
le filence. De-là, cette négligence de la
partie qui a toujours diftingué l'École Françoife. Plus de pureté, plus de correction
dans le deffin, au point qu'il n'eft peut-être
pas un Tableau au Sallon qui ne pût mériter
ce reproche à quelqu'égard. De-là ces allégories froides, triviales, ces idées difparates
& ridicules. Encore fi nos peintres gagnoient
de quelque côté ce qu'ils perdent d'un autre!
Mais leur coloris, leur partie foible, n'a ni
plus de vigueur ni plus de vérité. Tel voit
bleu, tel autre gris, celui-ci jaune, celui-
là rouge: nulle part on ne trouve cet empâtement, ces teintes fondues, ces couleurs
rôties qui feules donnent le fceau aux bons
ouvrages, en les garantiffant des injures du
tems.

Nous verrons dans la Lettre fuivante,
Monfieur, fi la Sculpture & la Gravure continuent à fe foutenir mieux que la Peinture.

J'ai l'honneur d'être, &c.

LETTRE III.

Sur les Peintures, Sculptures & Gravures de Meffieurs de l'Académie Royale, expofées au Sallon du Louvre, le 25 Août 1771.

Paris le 28 Septembre 1771.

Au moment où je comptois, Monfieur, vous entretenir de nos Sculptures, un nouveau Bufte a paru & s'eft offert à nos regards. Il a fait d'autant plus de plaifir, qu'on défefpéroit de le voir, & que l'Artifte craignant, fans doute, de ne pouvoir le montrer au Public cette année, ne l'avoit point fait annoncer dans le livre. C'eft le portrait en marbre de Madame la *Dauphine*, dont il eft queftion. Cet ouvrage précieux, du Sr. *le Moyne*, ancien Directeur & Recteur, a d'abord été préfenté le Dimanche 15 au Roi, à toute la famille Royale & a fubi à Verfailles les diverfes obfervations des Courtifans. L'Artifte, après avoir reçu des fuffrages auffi difficiles, l'a fait mettre au Sallon. Comme aucune diftinction ne caractérifoit ce Bufte, qu'on n'en avoit pas encore parlé, & que le Peuple, en général, n'a pas le bonheur de connoître la Princeffe, elle a été expofée, pour ainfi dire, *incognito*, pendant quelques jours. Enfin cette heureufe nouvelle s'eft infenfiblement trans-

E 7

mife de bouche en bouche , & la foule a redoublé pour jouir de ce fpectacle defiré.

Ce Bufte, Monfieur, a d'abord la qualité la plus effentielle du genre ; c'eft-à-dire qu'il eft parfaitement reffemblant, & beaucoup plus que le même portrait en émail du Sr. *Pasquier*. Celui-ci, dont le talent devroit être particulierement deftiné à peindre les femmes & à rendre toute la délicateffe, tout le fini des traits d'une figure mignonne, a vieilli, groffi, allongé la tête de Madame la *Dauphine*, au point de la méconnoître. Le cifeau du Sr. *le Moyne*, également précis, exact, élégant, fans flatter fon fujet, ne lui a rien ôté de fes agrémens. La Princeffe porte la tête du côté de l'épaule gauche, & a ce regard augufte tempéré par la douceur, qui annonce & la majefté de fon rang & la bonté de fon cœur. Le refte de la phyfionomie eft plein de graces & de vie; la vérité y eft entiere, & l'Artifte a confervé à ce portrait la levre un peu renflée, appellée *la levre Autrichienne*, parce que ce genre de traits eft plus particulierement affecté aux perfonnages de cette Maifon. La gorge eft couverte d'une draperie à l'antique, attachée par une agraffe, qui revient à l'épaule gauche & donne au tronc du Bufte une ampleur & une richeffe dignes du fujet. Tout le monde a paru extrêmement content d'un tel chef-d'œuvre.

Je ne vous parlerai point, Monſieur, du Pórtrait de Madame la Comteſſe *d'Egmont*, par le même. Je ſuppoſe que c'eſt celui expoſé il y a deux ans, dont il a déjà été queſtion. Je m'arrêterai à une jeune fille de cet Artiſte, ſoi-diſant repréſentant la *Crainte*. Cette figure eſt droite, la tête un peu renverſée & tient dans ſa main gauche une Colombe, les aîles déployées. Sans ce ſymbole allégorique, on ne liroit jamais, Monſieur, ſur le viſage de la jeune perſonne le ſentiment dont elle eſt atteinte; il n'y a pas cette contraction de muſcles, ce ſpaſme de l'ame, qu'il eut fallu rendre.

La *Douleur* eſt infiniment mieux dépeinte, Monſieur, dans une femme qu'on voit pleurante, appuyée ſur un cube qui ſert de baſe à une urne cinéraire, ſuppoſée renfermer les cendres de M. *de Brou*, Garde des Sceaux, dont le médaillon eſt au bas du monument. Cette figure de M. *Vaſſé* fait honneur à ſes entrailles & à la ſenſibilité de ſon ame. Elle a tous les caracteres d'un cœur navré de triſteſſe & abandonné à ſon déſeſpoir. Mais on ne trouve pas juſte d'avoir mis au bas le héros de la ſcene & de l'avoir ainſi ſouſtrait aux regards de celle qui le pleure. Il n'eſt pas moins ridicule d'avoir enveloppé ce Magiſtrat dans ſon énorme perruque, qui, quoique dans le coſtume, eſt un ornement ridicule, à proférire d'une pareille compofition. Le crêpe qui furcharge cette mafcarade, eft plus propre à faire rire qu'à exciter le fentiment qu'on veut infpirer.

Je paffe les autres ouvrages de cet Artifte pour n'être pas trop long; mais je ne puis omettre fon Bufte de M. *Quefnay*, Médecin du Roi. Les Philofophes fe font empreffés de confidérer avec attention la figure d'un Docteur, moins renommé par fes connoiffances & par fes cures dans fa profeffion, que par le nouveau fyftême qu'il a introduit dans l'Agriculture, qui l'a rendu le Chef de la Secte des Economiftes, & lui a fait déférer d'un aveu unanime par fes difciples le nom fublime de *Maître*. A travers les rides dont cette tête eft parfemée, on y démêle la morgue pédantesque d'un *Agromane* enflé de fes prétendues découvertes: on y découvre un amour - propre de mauvaife humeur, qui fait la moue à la Critique, & trouve mauvais qu'on ne lui accorde pas une admiration exclufive. J'ai vu, Monfieur, quelques gens du peuple prêts à brifer la ftatue de cet homme, en apprenant qu'il étoit l'auteur de la cherté actuelle des grains par les fpéculations fauffes & les vues funeftes qu'il avoit infpirées au Gouvernement.

Le cœur qu'une telle figure avoit refferré, fe dilate, Monfieur, à la vue du Bufte de Madame la Comteffe *Dubarri*, par M. *Pajou*. La

Sculpteur l'emporte de beaucoup fur le Peintre. Il n'eft perfonne qui ne retrouve dans cette tête toute l'élégance, tout le voluptueux, échappés au pinceau de M. *Drouais*. Mais fi celui-ci avoit eu le défaut de vouloir rendre Madame *Dubarri* coloffale, l'autre a celui de l'avoir fouftraite aux proportions naturelles. La tête eft trop petite & annonceroit une jeune perfonne encore à fon adolefcence.

La tête de *Satyre* du même auteur, prouve qu'à la délicateffe du faire il fait joindre la vigueur & le feu d'un cifeau mâle. Le hazard qui, fans doute, a placé le Héros lubrique au milieu de plufieurs buftes de jolies femmes, produit un contrafte remarquable aux connoiffeurs, & qui femble relever les attraits des unes & la luxure de l'autre.

Ici, Monfieur, la plume tombe des mains, tous les fens font fufpendus, on refte dans une extafe à ne pouvoir rien rendre fur le papier...... Il eft queftion d'*une tête de jeune fille*, par M. *Caffiery*. Elle eft en marbre, beau comme l'albâtre. L'Antiquité n'a rien produit de plus gracieux, de plus divin. Les plus juftes proportions dans les traits; les contours les plus doux & les plus moëlleux; l'élafticité la plus parfaite dans les chairs; une vie répandue fur toute cette phyfionomie, jointe à ce repos, dernier caractere des ouvrages finis

& le vrai fceau de l'immortalité, enchan-
tent les connoiffeurs & fufpendent devant elle
les plus ignorans. Le col répond au Bufte;
la même grace, la même aifance, la même volupté dans les muscles, la même blancheur é-
blouiffante...... Il eft dommage que le refte
de la gorge, d'un marbre plus grénu, ne réponde pas au premier, & que d'ailleurs l'Artifte fatigué, fans doute, épuifé du chef-
d'œuvre de la tête, ait négligé cette partie au
point de placer les mammelons trop bas.

Malheureufement, Monfieur, le modele du
portrait en queftion n'exifte pas. M. *Caffiery*
convient avoir travaillé, en partie, d'imagination, fur un fujet déterminé cependant qu'il a
eu fous les yeux, mais qu'il a embelli dans
certaines parties. Au furplus, comme la Critique trouve à mordre partout, quand on eft
revenu de la premiere admiration qu'impofe
cette merveille, on trouve la tête un peu
hommaffe pour une jeune fille.

Ceux qui veulent chercher noife à l'Artifte,
ont un plus beau champ à s'exercer fur fon
grouppe, dont le fujet eft *Omnia vincit Amor:
L'Amour triomphe de tout.* Imaginez-vous,
Monfieur, le Dieu *Pan* terraffé par cet Enfant. Et comme *Pan* en Grec veut dire *Tout,*
l'auteur croit avoir rempli ce *rebus* pittorefque.
Vous avez le mot de l'énigme, voyez fi elle
eft jufte, ou plutôt riez avec moi de l'ineptie

de l'invention d'une allégorie auffi mesquine, auffi froide, auffi fauffe.

Revenons aux Buftes, Monfieur, qui n'exigeant des Artiftes que de la main, ou du moins qu'une intelligence médiocre, ne font pas fufceptibles de ces fortes de platitudes. Le Portrait de M. *de la Condamine* par M. *d'Huès* eft d'une vérité unique. Outre la reffemblance la plus exacte des traits, il y a mis cette inquiétude, cette vivacité, cette agitation continuelle de défenfeur de l'inoculation, qui doivent rendre fa figure extrêmement difficile à fixer. L'invention de cet Adjoint à Profeffeur ne fe manifefte pas davantage que celle de fes confreres dans fes grands morceaux. Jugez-en par l'expofition feule. Dans le modele d'un Fronton pour l'Ecole-militaire, la *France*, fous la figure de *Minerve*, prend fous fa protection les jeunes Eleves. D'un côté eft la *Nobleffe* qui les lui préfente, & de l'autre la *Bonté*, caractérifée par le Pélican. Qu'eft-ce que c'eft que deux êtres moraux, tels que la *Nobleffe* & la *Bonté*? Et ne falloit-il pas animer toute cette machine triviale & froide? A l'égard de fon modele, où eft un Cadran accompagné de deux figures allégoriques, l'*Etude* & la *Vigilance*, j'obferverai que cette derniere a l'air très-endormi & paroît s'en repofer fur fon Coq.

Oedipe détaché par Arcas de l'arbre où il avoit été expofé, fait plus d'honneur à M. *Le Comte.*

La position du Berger, rehauffé fur la pointe du pied, fon extrême délicateffe à délier l'enfant, fa crainte de lui faire mal, toutes ces parties font traitées avec beaucoup d'intelligence. Il y a d'ailleurs un grand art dans l'exécution, une profonde connoiffance de l'anatomie & un cifeau très favant.

Quelle fécondité, quelles reffources de génie dans fes fept Sacremens, bas-reliefs, feulement efquiffés en terre cuite! C'eft fommage que le genre foit peu goûté. Son *Triomphe de Terpficore*, autre bas-relief, modelé pour être exécuté à la maifon de Mlle. *Guimard*, fixe beaucoup plus longtems le fpectateur. C'eft, d'ailleurs, un petit poëme charmant, dont le détail vous fera plaifir.

Terpficore pince de la harpe, affife fur un Char trafné par les Amours avec des guirlandes de fleurs; des Bacchantes précedent la marche en danfant; les Graces & la Mufique, inféparables de la Danfe, marchent fur fes traces; deux Satyres, par leur action, défignent la Danfe de caractere.

On détaille avec un plaifir infini, Monfieur, toutes les parties de l'action, où il regne beaucoup d'unité & de variété. Les *Bacchantes* contraftent à merveille avec les *Graces*, & les *Satyres* relevent les *Amours*. La Déeffe reffort au milieu de cette fête & domine comme il convient au fujet principal.

On ne peut qu'applaudir au goût de l'Artiste. Il ne pouvoit choisir aucune annonce plus convenable au Temple de la Déesse de la Danse.

Remarquez en même tems, Monsieur, la souplesse de son génie, qui de la gravité des sujets d'Eglise passe avec cette facilité au genre gracieux, & du même ciseau rend tour à tour les augustes mysteres de notre sainte Religion & les fêtes prophanes de la Volupté. M. *Le Comte*, simple Académicien, est sans doute un des hommes les plus propres à faire honneur au siecle.

Morphée, l'un des Enfans & Ministre du Dieu du *Sommeil*. „ C'est le plus habile de „ tous les *Songes* pour prendre la démarche, „ l'air, le visage & le son de la voix de ceux „ qu'il veut représenter. C'est lui qui fut en-„ voyé par ce Dieu à *Alcione*, sous la figure „ de son Epoux. "

On ne sait à propos de quoi M. *Houdon* nous fait tout cet étalage d'érudition, à l'occasion d'un modele de grandeur naturelle, très-belle figure assée dans la position d'un personnage qui dort. Les pavots, dont il est enlacé, caractérisent assez *Morphée*. On n'en découvre pas davantage. Au surplus, la figure est très belle & a quelque chose de céleste. Son attitude, ses contours, la mollesse de ses membres répondent très-bien à l'idée de l'Art

tiste. Il regne une douceur merveilleufe dans
fon repos, au travers duquel on démêle un être
vivant & dont la refpiration femble fe faire
fentir.

Dans les différens buftes expofés par le
même Auteur, on trouve avec déplaifir M. *Bignon & fa femme* : non que fa qualité de *Prévôt
des Marchands* ne femble donner droit au mari de
figurer en pareil lieu; mais le Public voudroit
qu'on ne reproduisît pas fous fes yeux un homme, dont l'ineptie a caufé, il y a un an, une
fi funefte cataftrophe. J'ai remarqué que perfonne le voyoit fans fe rappeller le maffacre de
la rue *Royale* du 28 Mai & fans frémir d'indignation. S'il n'a pas eu la délicateffe de fentir qu'il étoit plus fage de refter dans l'attelier
du Sculpteur, que ne profitoit-il de la leçon
d'un Miniftre (*) plus fameux que lui, mais
qui, preffé par l'impérieufe néceffité de fouler
le peuple, a cru devoir au moins fe fouftraire
à fes regards & ne pas paroître infulter à fes
malheurs en s'affichant dans cette efpece de
Panthéon, où l'on ne voudroit reconnoître que
les Bienfaiteurs de la nation en tout genre.

Quant à Madame *Bignon*, fi elle eût conful-
té fon amour-propre bien entendu, elle nous
auroit épargné fon ignoble & laide figure,
ainfi que Madame de *Mailly*, époufe de M.
de *Mailly*, Peintre en émail.

(*) L'Abbé *Terrai*.

Ce n'eft fûrement pas de l'avis de M. *Dide-*
rot que fon Bufte s'eft trouvé en fi mauvaife
compagnie. Auffi femble t-il faire bande
à part & renier fes camarades. Quoique les
grands traits de fa téte à médaille fourniffent
au cifeau, & que l'Artifte ait toute la liberté de
s'étendre fur une pareille phyfionomie exactement prononcée dans fes différentes parties,
on doit louer le feu, l'expreffion que M.
Houdon a fçu mettre dans fon ouvrage, &
l'enthoufiafme du brûlant auteur des *Bijoux in-*
difcrets femble avoir gagné l'Artifte, dont les
autres ouvrages n'annoncent pas un caractere
chaud & ardent.

Un morceau d'un genre plus nouveau pour
le Sallon, réveille l'attention en quittant les
Sculptures. C'eft le modele en relief d'un
efcalier qui doit être exécuté à *Mont-Mufart*:
(*Mons Mufarum*,) maifon de plaifance de
M. *de la Marche*, Premier Préfident du Parlement de *Bourgogne*, par M. *de Wailly*, Académicien, Architecte du Roi & Contrôleur de
fes bâtimens. Il en impofe de loin, Monfieur;
mais à l'examen on n'y trouve aucune invention, puifqu'il eft exactement femblable à celui de la *nouvelle Halle* par M. *le Camus*, à la
différence près qu'il eft renfermé dans une
efpece de tour; ce qui lui ôte fa grace & lui
donne un air d'efcalier de Baftille qui fait fuir
d'une lieue de loin. D'ailleurs on juge le pé-

riftile étranglé. Le deffin de l'efcalier de la Comédie Françoife, du même Architecte, a quelque chofe de plus grand, mais on le trouve pauvre d'ornemens. Au furplus, fi ces deux efquiffes ne peuvent procurer à leur auteur les fuffrages qu'il efpere, il a de quoi fe venger & forcer la Critique au filence: il défie tous les Artiftes paffés, préfens & futurs, de le contredire fur fon *Trône du Pere Eternel......* Vous vous éclatez de rire, Monfieur !..... Ce n'eft pas plaifanterie. Oui, le fublime Compofiteur, élevé, comme *Saint - Paul*, jufqu'au troifieme Ciel, a vu vraifemblablement cette merveille, & nous en donne un échantillon...... J'ai beau me frotter les yeux & regarder de nouveau pour qu'on ne s'y trompe pas ; je lis écrit en bas du deffin : *Trône du Pere Eternel.* Croiroit - on, fi l'on ne le voyoit, qu'un Artifte du XVIIIe. fiecle préfehtât dans Paris une femblable Capucinade ! Et qu'eft - ce que c'eft, Monfieur, que ce *Pere Eternel*, & fon *Trône ?* C'eft un *Mamamouchi* empêtré d'une efpece de robe de bure fort ample, ayant une barbe très - longue, qui ombrage toute fa phyfionomie. Ses cheveux, qui lui retombent fur le front, dérobent le refte de la figure. Il eft affis comme *Thomas Diafoirus*, les deux mains fur les genoux, & femble dans l'attitude d'un homme qui pouffe fa felle. Les *Michel - Ange*,

les

les Raphaël ont quelquefois ofé tracer la Divinité de leur foible pinceau, mais loin de la dégrader jufques à eux, ils s'efforçoient de s'élever jufques à elle......

Ce feroit ici le cas de refter fur ce chef-d'œuvre de platitude, Monfieur ; mais je dois vous dire un mot des Gravures. Je dis *un mot*, car toutes mériteroient un détail particulier, fi l'on vouloit rendre juftice au mérite de chaque Artifte. Je vois douze grands Maîtres qui femblent lutter les uns contre les autres, & laiffer la couronne fufpendue entre eux.

Trois Eftampes, faifant partie des feize qui font gravées à Paris pour l'Empereur de la *Chine* & qui repréfentent fes Conquêtes ou des Cérémonies Chinoifes, attirent le plus l'attention par la fingularité du fpectacle & l'immenfité des détails. Le burin de M. *Le Bas*, femble fe jouer au milieu de cette multitude de figures, & fon exécution nette & facile répond à la hardieffe de fon entreprife. M. *de Saint Aubin* a entrepris la même tâche, & s'eft tiré avec beaucoup de fuccès d'une eftampe de genre pareil.

On n'eft pas moins furpris de l'invention, de l'abondance, du fini des gravures de M. *Roettiers* le fils, Académicien, Graveur général des Monnoies de France. Sa médaille *de la*

F

Corſe vous donnera une idée de la richeſſe de
ſa compoſition & de la juſteſſe de ſes allégories.

Paoli, à la tête de la Nation *Corſe*, avoit
pour armes une tête de Negre avec un bandeau ſur les yeux. Dans une aſſemblée, il ſit
mettre ſous un Dais la Tête noire, le bandeau
relevé ſur le front. On lui demanda pourquoi ce changement? Il répondit: *Actuellement
la Nation voit clair.*

Dans cette Médaille, la *France* a ôté to-
talement le bandeau, & expoſe l'écuſſon aux
rayons des trois fleurs de lys. Au moyen de
cette grande lumiere le pays ſe défriche; l'on
y fait des chemins; l'agriculture, la marine, la
pêche produiſent l'abondance, que l'on voit ſur
le devant: les horreurs de la guerre & les nuages ſe diſſipent.

Il faut voir, Monſieur, l'exécution de la
Médaille pour concevoir comment le Graveur
s'eſt tiré d'un ſujet qui a peut-être le beau
défaut d'être trop compliqué, mais dont la
préciſion de l'Artiſte a réparé la confuſion.

Quelle douceur dans les Deſſins de M.
Beauvarlet, qui ſemble avoir adopté M. *Carle
Vanloo* pour ſon Peintre! La maniere ſéduiſante de ce dernier étant vraiſemblablement
plus analogue au moëlleux du travail de
l'autre, on ne peut rien voir de plus terminé:

on diroit que les Graces mêmes ont conduit son burin.

M. *Cochin* est toujours spirituel & piquant; M. *Demarteau* vigoureux : le genre du Portrait, que semblent avoir adopté Mrs. *Moitte* & *Mellini*, convient à la sagesse & à la vérité de leur faire. Le burin de M. *Wille* a de la finesse; celui de M. *Flipart* de la gaieté : M. *Levasseur* est voluptueux : M. *Aliamet* annonce du goût & de la chaleur. Tous ces Artistes, variés dans leur maniere, tendent à la perfection & l'atteignent.

En visitant les Gravures, Monsieur, je suis fort aise de trouver sur mon chemin M. *Pasquier*, dont le genre se confond aisément avec l'autre. J'avois oublié de vous rendre compte du Portrait de M. *de Voltaire*, par cet Artiste. Celui-ci nous annonce qu'il a peint son héros à son château, au mois d'Avril 1771. Il auroit été miraculeux que le pointillé de la miniature nous eût rendu le feu, le génie, la causticité d'un visage presqu'octogénaire. Aussi est-il absolument manqué. Quelle différence de cette figure à celle esquissée par M. *Pigale* ! Le premier donne de la rondeur, de l'empâtement & presque de l'embonpoint au Philosophe de *Ferney*; il le matérialise pour ainsi dire. Sous le crayon du second la matiere s'évapore, au contraire : il ne reste qu'une vapeur aërienne. Elle se fixe à nos regards pour envelopper l'efprit de M. *de Voltaire*, qui femble pétiller & percer à travers les tégumens.

On ne peut mieux finir, Monfieur, qu'en vengeant le Chantre des Vertus, des Arts & des Talens du mauvais goût d'un Artifte médiocre. Les grands hommes ne font pas faits pour être réduits, pour être portés en braffelet ou dans une tabatiere. Il n'eft donné qu'au génie de rendre le génie.

J'ai l'honneur d'être, &c.

ANNÉE MDCCLXXIII.

LETTRE PREMIERE.

Sur les Peintures, Sculptures & Gravures de Messieurs de l'Académie Françoise, exposées au Sallon du Louvre le 25 Août 1773.

Paris, le 7 Septembre 1773.

ON doit regarder, sans doute, Monsieur, comme une très-belle institution l'exposition des Peintures, Sculptures & Gravures de Messieurs de l'Académie Royale, qui se fait tous les deux ans au Sallon du Louvre. (1) Inviter ainsi les Artistes d'y montrer leurs productions, c'est établir entr'eux une émulation louable qui devroit, ce semble, contribuer au progrès des Arts. C'est former à la fois des Amateurs, qui puissent par leurs suffrages récompenser dignement ceux qui seroient enflammés de l'ardeur d'une gloire, la vraie &

_____

(1) Elle commence le 25 Août, & dure un mois. La premiere exposition a eu lieu en 1737. Elle revenoit autrefois tous les ans. La difficulté de remplir le Sallon dans ce court intervalle d'ouvrages nouveaux, & les plaintes des Artistes molestés par les Critiques, ont engagé le Ministere à se relâcher de cette Institution, & à prolonger le tems du Concours : depuis 1745 il n'y a de Sallon que tous les deux ans.

la feule récompenfe du génie. Par quelle
fatalité donc, malgré la multitude de Peintres qui fe forment aujourd'hui chez nous,
l'Art de la Peinture, non-feulement n'avan-
ce-t-il plus, mais dégénere fenfiblement, s'a-
bâtardit, & à chaque nouveau Sallon fait,
par une comparaifon humiliante, regretter
les effais des grands hommes qui ont paru les
premiers dans cette lice moderne? La complaifance trop grande du Gouvernement à
ménager l'amour-propre des concurrens, en
étouffant ou émouffant les critiques utiles
qu'on pourroit faire de ces ouvrages mis fous
les yeux du Public, n'eft pas, à coup fûr,
une des moindres caufes du dépériffement
dont on fe plaint. Les louanges exceffives
& fans choix dont on les enivre fucceffivement
dans les divers ouvrages péridioques répandus
fous fes aufpices, ne peuvent que gâter les
talens naiffans, encourager la médiocrité, perpétuer le mauvais goût. Jamais exemple n'en
fut plus frappant que cette année, où les
circonftances pouvoient enrichir le Sallon de
plus de morceaux du grand genre, & où la
rivalité plus particuliere, propofée entre les
meilleurs Peintres, auroit dû exciter une fer-
mentation noble, occafionner des efforts fublimes, & faire enfanter des chef-d'œuvres.

En effet, Monfieur, le défir d'orner plutôt
l'Ecole militaire, conftruite récemment, a fait

imaginer de donner à traiter les onze Tableaux
qui doivent décorer cette Eglise, à onze Peintres différens. Dix ont déja terminé leur ouvrage, & sans cette bonne fortune le genre
de l'histoire auroit été bien pauvre. Mais dans
ce nombre même, à peine deux ou trois excitent l'attention des connoisseurs & fixent leurs
regards. Faute de mieux cependant, nous allons parcourir ces diverses productions.

M. *Doyen* est en possession de s'emparer le
premier du Spectateur, & c'est par lui que
nous allons commencer. Il a fait le plus grand
Tableau, celui du Maître-Autel. Voici comme il expose lui-même son sujet.

,, *Saint - Louis* est attaqué de la maladie épi-
,, démique qui regnoit dans son camp de Tu-
,, nis, occasionnée par les sables brûlans que
,, les Sarrasins remuoient avec des machines
,, sur le haut des montagnes, & que les vents
,, poussoient sur les Chrétiens. Il demande
,, le Saint Vatique, qui lui fut apporté par
,, *Geoffroy de Beaulieu*, son Confesseur, de
,, l'Ordre des Freres Prêcheurs. Ce Saint Roi
,, étoit si foible qu'il ne pouvoit se soutenir;
,, mais sa ferveur & son profond respect pour le
,, Roi des Rois le ranimerent: il se jetta en
,, bas de son lit; *Philippe*, son fils, & ceux
,, qui entouroient le Roi, le couvrent de son
,, manteau Royal; il reçoit à genoux le Sa-
,, crement de l'Eucharistie, avec la dévotion

» la plus exemplaire, & recommande à fon
» fils fa famille, dont une partie étoit pré-
» fente.

„ On fut enfuite obligé de le reporter fur
» fon lit. Il mourut fur le rivage de *Tunis*,
„ près de *Carthage*, le 25 Août 1270, âgé
„ de 59 ans."

En voilà, fans doute, beaucoup plus que
n'en exprime le Tableau. St. *Louis*, à genoux
au bas de fon lit, reçoit le Viatique. Son
fils, derrière lui, l'entoure de fon manteau
Royal. A côté de celui-ci, fur un plan inférieur, eft une Princeffe qui fe couvre le vifage, figne de la plus profonde douleur. Le
Célébrant eft dans l'attitude du moment de
l'adminiftration du Sacrement; il eft entouré
de fes acolytes, & l'on voit dans le fond du
Tableau les flambeaux, le dais & autres in-
ftrumens du cérémonial faint. Voilà la compofition de cet ouvrage fimple, bien ordon-
né, où l'on reconnoît une tête forte, une
conception heureufe & facile, fecondée d'une
verve abondante.

Saint *Louis*, comme le perfonnage principal, fe préfente le premier aux regards; il a
le vifage exténué d'un mourant, & fes chairs
plombées, flasques, livides, caractérifent le
genre peftilentiel de fa maladie. La vivacité
de la foi femble ranimer fes yeux éteints.
Cette figure, certainement, eft d'une expreffion

fion grande & vraie; elle eft hors de toute critique. Il n'en eft pas de même de celle de *Philippe* : le Peintre, d'abord, lui donne un air prefque auffi vieux qu'au moribond; il femble plutôt regarder qu'écouter fon pere ; ce qui fe détermine encore mieux par l'atti-tude du Roi, derriere lequel il eft, qui ne fe retourne point vers lui, & qu'on juge uniquement occupé de la grande action qu'il va faire. D'ailleurs, le fils de Saint *Louis* ne pouvoit-il pas être occupé d'un emploi plus augufte ? Malgré la piété filiale qui ennoblit tout, il ne joue qu'un rôle fubalterne. Il n'eft pas affez caractérifé comme le fecond per-fonnage du Tableau. Mais le grand défaut qu'on reproche à M. *Doyen*, c'eft une touche trop ardente, une affectation de répandre beau-coup de couleur fans colorier, de fatiguer la vue, de la brûler pour ainfi dire par un rouge prodigué fans choix, qui confond tous les ob-jets & empêche les divers effets de la per-fpective. Le Spectateur repouffé par ce colo-ris dur & hagard baiffe les yeux en maudiffant le Peintre & l'ouvrage. Les envieux de l'hom-me à talent s'en prévalent pour le déprimer & mettre fon Tableau au dernier rang.

Voilà la raifon de la différence des juge-mens. Ceux pour qui l'entente du clair-obfcur, l'art de fondre les couleurs, de les varier, de les affortir, eft tout, ne peuvent que rabaiffer à l'excès cet Artiste. Ceux qui aiment une imagination féconde, une composition riche, la chaleur du Poëte & ses ressources étonnantes dans les sujets les plus stériles, l'admireront dans celui-ci, & préféreront son génie mêlé de grands défauts, à la composition sage & froide du Tableau, dans le même genre que les Grammairiens de l'art exaltent comme le premier. Il est question de M. *Brenet.*

C'étoit déjà une gloire suffisante pour ce Peintre, de sortir de la foule où il étoit confondu (2), de venir figurer parmi les grands Maîtres actuels de notre Ecole, de voir un de ses Ouvrages assimilés aux leurs, lutter contre eux...... Mais l'emporter, les écraser, les laisser loin derriere lui, est un triomphe moins honorable pour M. *Brenet,* qu'humiliant pour ses rivaux. En effet, son Tableau est estimable ; il est correct, sçavant même à quelques égards: on n'y trouve cependant rien de marqué au coin du génie, rien qui annonce un Artiste sublime, capable de s'élever aux plus hautes compositions.

---

(2) M. *Pierre*, premier Peintre du Roi, & qui, en cette qualité, a distribué les sujets, ne vouloit point admettre M. *Brenet* au concours : ce n'est qu'à force de sollicitations & par des circonstances particulieres qu'il l'a accepté. Il a promis à ce Peintre la premiere place d'Officier vacante à l'Académie, outre les 3,000 livres qu'il aura pour son Tableau, & qui est le prix de chacun de la même espece.

D'abord fon fujet eft fec, purement de décoration, nullement fufceptible des grands mouvemens de l'éloquence pittoresque. Voici l'expofition du Peintre.

„ Les *Tartares* & le *Vieux de la Montagne*, „ Prince des *Affaffins*, ayant fait une irruption „ dans l'Afie mineure, envoyerent en 1238 „ des Ambaffadeurs à la Cour de France, „ pour demander du fecours à Saint *Louis*. Leur „ réception eft l'objet de ce Tableau".

Le Prince eft affis fur fon trône; les Ambaffadeurs font debout en face de lui; l'un d'eux s'avance & préfente au Monarque la Lettre dont fon Maître l'a chargé. Il faut l'avouer, aucune nobleffe dans le caractere de tête de St. *Louis*. Et quelle majefté pourtant n'eût-il pas fallu lui donner dans un moment où il étoit fi fupérieur à un Brigand, qui avoit voulu le faire affaffiner, qui, frappé de fes vertus, imploroit fon fecours & ofoit lui propofer une alliance? La contenance de l'Envoyé n'eft pas non plus affez humble, ne marque pas affez la diftance immenfe qu'il devroit y avoir entre un vil chef d'affaffins & un des Potentats de l'Europe le plus puisfant. Le cortege de Saint *Louis* n'eft pas auffi nombreux qu'il le faudroit un jour de cérémonial nouveau ; les draperies font mesquines, & il ne regne pas dans tout ce Tableau une magnificence proportionnée à la

scene. A ces défauts près, il est bien or-
donné ; les figures sont bien posées ; il y a
de la hardiesse dans celle du premier Ambassadeur ; elle est en mouvement, son attitude
est fiérement dessinée. L'œil se repose avec
plaisir sur cette production pleine d'harmonie ; il perce dans la Salle d'audience, il en
développe toutes les parties : les teintes, les
demi-teintes, les reflets sont distribués avec
intelligence , & si l'Artiste est pauvre d'invention , il annonce une grande connoissance
du mécanisme de l'art.

Le *Lavement des pieds* est le sujet qu'on
trouve le mieux traité après celui-là. Suivant un usage antique , consacré à la Cour
de nos Rois, tous les ans, le Jeudi-saint,
ils remplissent cette pieuse cérémonie. Douze pauvres choisis reçoivent l'ablution de leurs
augustes mains. St. *Louis* n'avoit garde de s'y
soustraire. Le Peintre l'a représenté au milieu
de l'action. Un Vieillard d'une figure vénérable , élevé & assis sur une espece de trône,
tend la jambe nue ; un Aumônier la soutient :
l'eau est jettée, & le Monarque, debout, le
linge à la main , se voit occupé à l'essuyer.
Derriere lui est un second Chapelain, qui tient
une aiguiere. Des Gardes entourent le Roi,
pour contenir la foule qu'on ne voit point,
Sur le devant du Tableau & à ses pieds sont
des vases renversés ; ils indiquent que ce n'est

pas le commencement de la cérémonie, & que
l'auteur, suivant les préceptes de l'art, eſt
entré par le centre de ſon ſujet. Un ſecond
mendiant, placé à côté du premier, ſemble
attendre ſon tour: quelques autres, plus loin,
ſont ſuppoſés avoir exercé la charité de St.
Louis. Telle eſt la compoſition de ce Tableau,
eſtimé des Connoiſſeurs, malgré de grands
défauts de bon ſens. 1°. Le pauvre, au premier coup d'œil, ſemble le perſonnage principal: il domine ſur ſon ſiege; ſa figure eſt la
plus éclairée. 2°. Le Roi ne ſe reconnoît qu'à
ſon vêtement parſemé de fleurs-de-lys; ſon
viſage n'eſt que d'un quart de profil, il eſt
dans l'ombre, & l'Artiſte s'eſt ainſi privé du
ſeul moyen de jetter quelque intérêt dans cette ſcene froide & tranquille. 3°. Le Page qui
porte la robe du Roi, a l'air d'un *Savoyard*, le
viſage d'un Mulâtre, & au lieu d'égayer la
cérémonie par une figure ſpirituelle, ou même
par quelque eſpieglerie qui n'eût pas rompu
l'unité de l'action, il a un air mauſſade &
boudeur. 4°. Les phyſionomies du Pauvre &
des deux Aumôniers ſont belles, mais ſe res-
ſemblent comme s'ils étoient freres. 5°. Les
Mendians ſont revêtus d'étoffes trop éclatan-
tes, qui ne jettent pas aſſez d'ombre dans la
partie du Tableau où ils ſont. Enfin l'Artiſte,
qui entend l'harmonie des couleurs, n'a pas le
talent conſommé de les fondre: ſon coloris

eſt encore crud. Du reſte, le matériel de
l'action eſt rendu avec intelligence: la jambe
du pauvre eſt bien deſſinée, d'une anatomie
ſavante, & il y a une grande préciſion dans
tous les mouvemens des acteurs.

L'Auteur de cet ouvrage eſt M. *Du Rameau,*
Agréé, qui dès ſon apparition au Sallon en
1767, avoit donné des eſpérances. Il n'avoit
rien expoſé depuis, & l'on ne peut gueres
eſtimer s'il a vraiment acquis, le ſujet qu'il
vient de rendre ne pouvant échauffer beaucoup
ſon génie, ni lui donner de ces idées ſublimes
pour leſquelles on le croyoit deſtiné.

Il auroit fallu un pareil enthouſiaſme à M.
l'Epicié, afin de bien exprimer la matiere
qu'il avoit à traiter : *Saint Louis rendant la
Juſtice ſous un chêne à Vincennes.* On ſent
combien elle lui devoit élever l'ame......
Point du tout, le Monarque n'a pas l'air plus
auguſte qu'un Bailli de village. A ſes pieds
rampe un malheureux, dont la tête ſemble rentrer dans le ventre ; quelques autres levent les
mains en ſupplians. Un grouppe de ſpectateurs, ſur un p'an inférieur, mais aſſis à la
droite du Roi, ſans relever la ſimplicité de la
ſcene, la rend plus meſquine & la dégrade.

En général, dans tous ces Tableaux, à celui
de M. *Doyen* près, St. *Louis* a l'air d'un benêt.
On ſait que, ſuivant les effigies qui nous en
reſtent, il n'avoit pas la figure très-relevée,

& que la noblesse de son ame ne transpiroit
gueres jusques sur sa physionomie. Mais puisque, par un défaut de vérité bien frappant,
chaque peintre a jugé à propos de lui donner
les traits qu'il a voulu, ensorte qu'aucun de
ces dix *Saint Louis* ne se ressemble, il pouvoit, par une licence mieux placée, imprimer
plus de majesté à ce Monarque, surtout dans
les momens où le sublime de l'action transfor-
me l'homme en quelque sorte, & l'éleve au
dessus de lui-même.

M. *de la Grenée* a du moins éludé la difficulté. Il a peint *l'entrevue de St. Louis & du
Pape Innocent IV.* La figure du Pontife lui
paroissant plus belle à rendre, il a voilé celle
du Roi sous les caresses du St. Pere. Il l'a
fait d'autant plus adroitement qu'il s'est conformé au trait historique qui lui sert de texte.

,, *Lyon*, dit-il, fut le lieu indiqué pour
,, cette entrevue. Le Pape s'y rendit le
,, premier, accompagné de l'Empereur de
,, Constantinople, de plusieurs Patriarches,
,, Evêques & Cardinaux. Aussitôt que le
,, Pontife sçut que le Roi arrivoit, accompagné
,, de la Reine *Blanche* sa Mere, de son frere
,, & de leur Cour, il fut au devant de lui &
,, *l'embrassa très-affectueusement.*"

C'est cette *embrassade affectueuse* qui est proprement l'objet du Tableau, & que le Peintre
a très-bien caractérisée. Le reste des détails

eſt traité en habile homme, ſauf le Ciel, dont
le bleu reſſemble fort à celui de la robe de St.
Louis. Celle - ci eſt d'un éclat trop uniforme,
qui obſcurcit les autres parties & leur donne
un ton griſâtre.

La ſageſſe de M. *Vien* ſe fait reconnoître
dans la compoſition de ſon ſujet. C'eſt St.
Louis qui, à ſon avenement à la Couronne,
remet à la Reine *Blanche de Caſtille*, ſa Mere,
la Régence du Royaume, ſous l'emblême d'un
Gouvernail parſemé de fleurs - de - lys. Cela
ſe paſſe en préſence du Cardinal *Romain*, Légat du St. Siege. Le point hiſtorique & le
coſtume ſont exactement ſuivis. Le Roi avoit
alors douze ans, & porte ſur ſa phyſionomie
toute la candeur de ſon âge. La Reine, en
deuil de *Louis* VIII, ſon Epoux, eſt vêtue
de blanc, parceque c'étoit alors la couleur
affectée aux veuves; & comme le chapeau
rouge & le vêtement pareil ne furent donnés
aux Cardinaux qu'au Concile de *Lyon*, vers
1246, celui - ci eſt en violet. Mais l'orgueil
françois voit avec peine le Légat jouer en
quelque ſorte le premier rôle dans cette ſcene, dont il occupe le milieu, à laquelle il
préſide, & qu'il ſemble autoriſer par ſon ap-
probation: l'inſolence du Prélat, qui eſt couvert, & qui perce à travers ſa phyſionomie
bonaſſe, ne contribue pas peu à révolter le

ſpeſtateur indigné, auquel une pareille cérémonie rappelle le joug ultramontain.

Saint - Louis, âgé de douze ans, préſenté par
la Reine Blanche ſa Mere, pour être Sacré, eſt
le Tableau compoſé par M. Amedée Vanloo.
,, Jacques de Bazoche, Evêque de Soiſſons,
,, fait la fonction, le Siege de Reims étant
,, vacant; le Duc de Bourgogne porte la Cou-
,, ronne, l'Evêque de Laon tient la ſainte
,, Ampoule, le Sceptre eſt tenu par l'Evêque
,, de Langres: derriere le Duc de Bourgogne
,, ſont les Comteſſes de Flandres & de Cham-
,, pagne, repréſentant leurs maris abſens.
,, Dans le fond ſont le Chancelier & le Car-
,, dinal de Saint - Ange". Telle eſt la compoſition de cette action, où l'on ne remarque
qu'un perſonnage. C'eſt le Duc de Bourgogne,
déſigné ci - deſſus, dont l'attitude baſſe, jointe à une figure dure, ne déſigné qu'un eſclave inſolent; caractere aſſez diſtinctif des cour-
tiſans d'aujourd'hui, & qu'il falloit ſe donner
de garde de peindre ſur la phyſionomie d'un
Souverain, vaſſal, il eſt vrai, du Roi de France, mais faiſant quelquefois la guerre à ſon
maître.

La Cérémonie du Mariage n'eſt pas mieux
rendue par M. Taraval. Elle nous paroît fournir auſſi pluſieurs contreſens. D'abord St.
Louis avoit dix - neuf ans lorſqu'il épouſa Marguerite, fille de Raimond Berenger, Comte de

Provence, qui n'étoit que dans sa quatorzieme année, & tous deux n'ont l'air que de marionnettes. Le Roi ne paroît pas plus avancé que la Princesse. La cérémonie se fait dans l'Eglise de *Sens*, par *Gauthier*, Archevêque de cette ville. Au bas des marches de l'Autel, à droite, sur un prie-Dieu, est *Blanche de Castille*, Mere du Roi. Le Cardinal *Romain de St. Ange*, Légat du Pape, est près d'elle & lui adresse la parole. Il est vêtu de pourpre, défaut de costume évité par M. *Vien*. On ne sait pourquoi le Peintre a choisi de mettre le Prélat dans cette attitude, qui n'est ni nécessaire, ni placée, ni édifiante. L'air gaillard du Cardinal induiroit les prophanes à croire qu'il conte fleurette à la Reine, & il faut éviter ces mauvaises plaisanteties.

A combien de cette espece le Tableau de M. *Hallé* n'a-t-il pas déjà donné lieu ? Il a choisi de peindre *Saint-Louis* portant en procession, de *Vincennes* à *Paris*, la sainte Couronne d'épines. Il eut été difficile, sans doute, de mettre beaucoup de sublime dans cette action du Saint Roi, exaltée dans le calendrier, & qu'il y faudroit laisser. Mais le Peintre l'a rendue plus puérile encore par son exécution. C'est un amas de petites figures rouges, blanches & jaunes, entre lesquelles le Roi pygmée, les pieds nuds, comme le reste du peuple imbécille, se distingue à peine. Il eſt précédé du Clergé où, par une adulation bien digne du génie de M. *Hallé*, il a figuré un Prélat caffard ſous les traits de M. l'Archê-veque de *Paris* d'aujourd'hui. Nulle entente, nul effet, nul coloris dans cet ouvrage, véri-table enſeigne à bierre.

M. de *Beaufort* ferme la marche. Ainſi que M. *Doyen*, il peint *Saint-Louis* au lit de la mort. Celui-ci a traité le ſpirituel, l'autre vaque au temporel. Le Monarque, prévoyant qu'il ne peut revenir de la peſte, *remet à ſon fils qui lui ſuccéda, les inſtructions d'un grand Roi, d'un digne Pere & d'un Saint*. Du moins le Peintre en avertit le Spectateur, qui s'en rapporte & ne peut diſtinguer ces diverſes for-tes d'inſtructions. C'eſt bien mal-adroit à cet Académicien de s'être expoſé, non-ſeulement à concourir avec un pareil rival, mais à manier un ſujet qui l'oblige de ſe rencontrer en beau-coup de choſes avec lui. Tous deux ont re-nouvellé le trait du *Timante:* ils ont voilé la figure de la Reine, comme ne pouvant en exprimer la douleur. Mais ce qui étoit un trait de génie dans le Peintre Grec, ayant déjà épuiſé tout ſon art ſur pluſieurs perſonnages, n'eſt qu'une ſtérilité dans ces ouvrages-ci, où il n'y a pas aſſez de nuances à donner pour avoir recours à cette hardieſſe: elle n'eſt plus qu'une imitation ſervile.

Nous ne pouvons mieux finir la deſcription

de ces dix Tableaux, que par l'exclamation d'un plaifant férieux. En les voyant, il affecte d'ignorer ce que c'eft: il le demande; on lui répond que c'eft l'hiftoire de Saint·Louis......
L'hiftoire de St. Louis, répond·t·il, *c'eft bon pour ce que c'eft*. On n'a garde d'adopter la critique du Saint, mais on foufcrit fort à celle des Peintures. (3).

La fuite de ces Tableaux nous offrira, Monfieur, pour la prochaine fois, des chofes plus amufantes & plus gaies.

J'ai l'honneur d'être, &c.

LETTRE II.

Paris, le 14 Septembre 1773.

IL eft certain, Monfieur, qu'un Etranger, un Chinois, par exemple, qui viendroit pour la premiere fois en France; qu'on tranfporteroit au Sallon; & qui n'ayant jamais entendu parler de nous, en jugeroit par le premier coup d'œil qu'il lui préfenteroit, nous prendroit pour un peuple très·religieux: car, ou-

_____

(3) A l'occafion de ces Tableaux, on cite un Calambour de Mlle. *Arnoux*, en profeffion de dire des quolibets: ,, Ja-
,, mais (la fait·on s'écrier à leur vue) le proverbe, *Gueux*
,, *comme un Peintre*, ne fut plus vrai qu'aujourd'hui, *car à*
,, *dix ils n'ont pu faire Saint (cinq) Louis*.

tre l'hiftoire de Saint - *Louis*, plufieurs autres
fujets de l'Ecriture Sainte y frappent les regards, & prefque tous nos Tableaux volumineux ne font que des Tableaux de dévotion.
C'eft que le grand genre n'étant plus gueres
confacré que pour les Eglifes ou les Couvens,
les Artiftes n'ofent s'y livrer, de peur de n'en
avoir pas le débit. D'ailleurs, tous les traits
de génie font épuifés à cet égard. Nous ne
parlerons donc ni du *Samaritain* (4), ni de
Saint - Michel terraſſant le Diable (5), ni du
Baptême de Jéfus Chriſt (6), ni de l'*Education
de la Sainte - Vierge* (7); mais nous admirerons
le délire de M. *Robin*, Agréé, qui a pris pour
fon fujet de Tableau de réception, *Saint-Pierre, dans Jéruſalem, guériſſant les malades par
fon ombre*. La premiere queftion qu'on fait en
confidérant cette grande machine, c'eft de
demander où eft l'ombre du Saint, qui n'en
jette d'aucun côté? Car, il auroit fallu, pour
exprimer cette action bifarre, furtout en peinture, prendre le moment du lever ou du coucher du foleil, où les ombres font très - pro-
longées; divifer les malades en trois plans,

---

(4) De M. *Jollain*.
(5) De M. *La Grenée* le jeune.
(6) Par le même
(7) De M. *Martin*.

dont les guéris, plus éclairés, annonceroient par leur joie, par leurs geſtes de remerciement & d'acclamation, le miracle qui viendroit de ſe faire en eux : les autres ſeroient ſuppoſés dans le fort de l'opération, & les derniers atteſteroient par l'état déſeſpéré où ils ſe trouveroient, quelle va être la puiſſance de l'Ami de Dieu. Au reſte, en blâmant l'extravagance & le défaut de bon ſens du compoſiteur, il faut applaudir à ſon talent. Des plans bien diſtincts, de grandes maſſes & une touche aſſez large font dire aux Connoiſſeurs que cet ouvrage eſt dans le bon ſtyle.

Notre Chinois, Monſieur, en détournant bientôt ſes regards de cette multitude d'ouvrages conſacrés au Chriſtianiſme, prendroit une opinion plus juſte de nous, s'il les portoit ſur trois grands Tableaux de M. *Vien*, où des nudités accumulées ſemblent annoncer la néceſſité d'irriter les deſirs d'un peuple *Sybarite*.

Le premier eſt *Diane, accompagnée de ſes Nymphes, au retour de la Chaſſe, qui ordonne de diſtribuer le gibier aux Bergers des environs.* Ce Tableau appartient au Roi, & eſt deſtiné pour *Trianon.* C'eſt, ſans doute, pour ſe conformer au goût du Monarque, pour le flatter, en lui rappellant tout ce qui a trait à ce genre d'exercice, ſa paſſion favorite, que l'artiſte a choiſi un pareil ſujet, froid & dénué d'expreſſion.

Les deux autres, deftinés pour *Lucienne*, & appartenans à Madame la Comteffe *du Barri*, font plus galans, plus analogues à celle qui doit les poffeder. Dans l'un, deux jeunes Grecques font ferment de ne jamais aimer, & fe jurent un attachement éternel fur l'autel de l'*Amitié*. Le *Tems*, endormi, & fa faulx brifée, dont les débris fervent à entretenir le feu qui brûle fur l'Autel, indiquent que leur union fera durable. Mais l'*Amour*, qui fe rit de pareils fermens, & qui favorife les vœux du jeune homme qu'on apperçoit dans le fond du Tableau, profite du fommeil du *Tems* pour allumer fon flambeau à l'Autel même de l'*Amitié*. Les deux figures de femme, droites & fans chaleur, femblent plutôt converfer tranquillement, qu'être pénétrées de l'enthoufiafme d'une paffion. La figure du *Tems* eft fierement deffinée, & a plus de vigueur que n'en comporte ordinairement le pinceau de l'Auteur. Il y a de la fineffe & de la malice dans le petit *Amour* : l'*Amoureux* n'eft point affez caractérifé.

Le pendant de ce Tableau offre encore deux jeunes *Grecques* rencontrant l'*Amour* dans un jardin. Elles s'en approchent fans le connoître, & s'amufent à le parer de guirlandes de fleurs. Celui-ci, plus vague que l'autre dans fon exécution, ne rend que très-imparfaitement l'idée du Poëte.

On reconnoît dans les divers ouvrages de M. *Vien* le goût fain de l'antique. Il deffine correctement ; fon trait eft précis, fes contours font moëlleux ; fon coloris eft peu vigoureux, mais frais, pur, harmonieux. Ses figures font toujours fweltes, au moyen des grandes proportions qu'il employe ordinairement, qui donnent plus de nobleffe à fes femmes, plus de légéreté, & moins de ces graces, de ces gentilleffes, qu'on defireroit furtout dans fon dernier fujet.

M. de *la Grenée*, peignant auffi beaucoup le nud, mais plus voluptueufement que M. *Vien*, n'excelle pas en ce genre cette année, comme les précédentes. Ses corps de femme font toujours beaux, leurs chairs bien animées, leur figure tendre exprime le defir, mais les amans n'y répondent point. Nulle énergie dans fon *Appelles amoureux de la Maîtreffe d'Alexandre*, dans fon *Pigmalion amoureux de fa Statue* (8), dans fon *Orphée à qui Pluton rend Euridice*. *Une femme endormie fur un lit parfemée de rofes*, ne fait pas la fenfation que devroit produire cette pofture imaginée par un génie lubrique. Rien de gracieux dans

la

_____

(8) On admire dans celle-ci l'art avec lequel la Statue s'anime : le fang femble circuler & s'arrêter aux cuiffes, qui font encore de marbre.

la figure, un peu *ſtrapaſſée*, en terme de l'art, c'eſt-à-dire eſtropiée (9). Ses *trois Graces au bain*, mieux deſſinées, ſont d'ailleurs lourdes & n'ont pas beaucoup plus d'effet. Une d'elles jouant avec une Colombe qui tient ſon collier, eſt une image enfantine, vague, qui produit du mouvement dans le Tableau, mais ne caractériſe pas aſſez le genre de la Déeſſe, ni le moment précieux de l'action où elle ſe trouve. *Diane au bain, ſe faiſant rapporter ſon arc par un chien*; *Vénus nouant le bandeau de l'Amour*, ſont des idées folles, mais ſans intérêt. L'*Education de la Sainte-Vierge* eſt d'un pinceau ſuave, digne de l'*Albane*. *La Sainte-Vierge, promenant l'Enfant-JÉSUS ſur un mouton, au paſſage duquel pluſieurs enfans étendent leurs vêtemens*, préſente une ſcene vraie, mais où l'on ne peut reconnoître *l'homme-Dieu*, caché ſous les traits de l'innocence, & ſon auguſte Mere. *La Nymphe Salmacis*, du même Auteur, eſt ſon chef-d'œuvre, pour le ſçavant dont il eſt traité. Elle eſt dans le bain : l'humidité de l'eau exhale des vapeurs qui forment comme un nuage léger autour d'elle. A travers le tranſparent de l'élément liquide on diſtingue ſon pied, ce qui eſt la

---

(9) M. *Vien* n'a pas mieux réuſſi dans ſa *femme nue, auſſi endormie*, dont les extrémités, trop ſanguines, répugnent, bien loin d'attirer.

G

magie de l'Art. Mais malheur au Peintre qui n'excite qu'une admiration ſtérile; on ne revient gueres deux fois ſur ſon ouvrage.

Il n'en eſt pas de même de M. *le Prince.* Preſque tous ſes ſujets, pleins de vie & d'eſprit, raniment & fixent ſans ceſſe le ſpectatcur, toujours excité par un nouveau plaiſir. Ce Peintre, dont le *Médecin aux urines* avoit déjà fait une grande ſenſation au Sallon dernier, eſt plus fécond encore cette fois en idées ingénieuſes. Je remarque ſurtout trois de ſes Tableaux que la foule entoure.

Dans l'un , *une jeune fille ſe croit malade; elle conſulte un vieux Médecin qui , en lui tâtant le pouls , lui apprend que la maladie eſt dans ſon cœur.* La gravité du Docteur y eſt bien conſervée. Son pronoſtic eſt caractériſé par la main qu'il dirige vers le côté gauche de la jeune perſonne , intimidée d'une déciſion à laquelle elle n'oſe ſouſcrire & qui l'embarraſſe. Un Eleve, dans un coin du Tableau, concourt à déſigner la réponſe de ſon Maître, & jette de la gaieté dans la ſcene. Des livres, des machines enrichiſſent cette compoſition, & peuvent ſatisfaire les Amateurs de la vérité des acceſſoires.

Dans le ſecond, *une jeune Femme fait eſſayer à ſon Epoux des lunettes qu'un jeune marchand vient lui offrir.* Pendant que le premier a les yeux occupés à cet eſſai, le jeune galant en cente à la maîtreſſe. Le viſage du mari eſt de la plus grande expreſſion, par un ſourire de malice & de bonté, comme s'il ſe doutoit de ce qui va ſe paſſer & vouloit bien ne le pas voir. La femme a la figure animée, les yeux pétillans: il eſt fâcheux que l'Amoureux n'ait pas tout le feu qu'il lui faudroit dans une ſituation ſemblable.

Le troiſieme eſt d'une compoſition plus combinée, plus variée, plus difficile, & plus ſçavante conſéquemment; il repréſente *une Mere qui, ayant ſurpris une Caſſette, renfermant un Portrait, des Lettres & des Bijoux, fait les plus vifs reproches à ſa Fille: Celle-ci, malgré l'apparence de ſon repentir, reçoit encore un Billet, qu'une Servante lui donne en cachette. Le Pere cherche à pénétrer les ſentimens de ſa Fille dans ſes yeux, tandis que la Grand' mere lit une de ces Lettres.*

Tous les perſonnages de ce petit Drame jouent leur rôle convenablement à leur caractere, à leur âge, à leur qualité. La mere, comme de raiſon, a l'air le plus méchant; elle tient le Portrait ſurpris; elle lance un regard de courroux ſur ſa fille. Le pere, moins fougueux, apporte plus de ſang-froid dans l'action; & veut s'aſſurer ſi ſa fille eſt coupable, avant de la châtier. La grand' mere, indulgente par cette raiſon qu'elle n'a plus de prétentions comme ſa fille; chez qui le ſentiment

de curiofité, la dernicre paffion qui furvive dans
le fexe, domine, en lifant une de ces Lettres
voudroit voir fi l'amour fe traite encore ainfi
que de fon tems. A travers l'air agnès &
contrit de la jeune perfonne, la malice perce; on y démêle fa joie fecrette, en recevant
le billet doux que lui gliffe la foubrette, avec
la fineffe, la foupleffe qu'exige fon rôle.

Au refte, il y a des défauts fenfibles dans
cette jolie compofition. Le pere, qui pour
fe conformer au caractere que lui donne le
Peintre, devroit fixer fa fille & dévoiler fes
plus fecrettes penfées, ne femble la regarder
que de côté. La jeune perfonne eft auffi trop
coloffale. En général, on reproche à M. *le
Prince* de faire fes femmes hommaffes. Ha-
bitué à peindre la nature ruffe, il la voit
partout. Ses draperies font prefque toujours
dans le coftume étranger; & cependant le lieu
le plus convenable pour placer des fcenes de
cette efpece, c'eft la France; c'eft à Paris,
féjour de la galanterie, où fe font les tours
les plus ingénieux & s'attrapent fi adroitement les maris & les meres.

Je voudrois pouvoir, Monfieur, vous détailler les divers ouvrages de cet Artifte. Partout il occupe, il intéreffe, il donne à penfer.
Quelle vérité, quelle entente de la perfpective
& du clair-obfcur, dans fa *femme endormie*,
qu'un jeune homme veut éveiller au fon de fa

guitare! Quelle paillardife dans les yeux de
fon *Buveur*, *qui préfente de l'argent à une jeune
fille!* Quel recueillement, quelle onction dans
fa *Sainte Famille!* Quelle douceur, quel repos
dans une *Mere allaitant fon enfant, en écoutant
une Vieille qui fait la lecture!* Mais fon *Payfage
d'après nature* eft un autre genre de travail, où
il ne s'étoit pas exercé, & où fon coup d'effai eft un coup de Maître. Les fites font
beaux, riches & bien choifis; le devant de la
fcene eft occupé par une pêche au filet, qui y
jette un grand mouvement & lui donne lieu de
lutter contre M. *Vernet* même.

Je n'ai garde d'oublier ce Peintre-ci, Monfieur, l'honneur de la nation Françoife dans
fon genre, & qui va de pair avec ce que les
grands Maîtres y offrent de plus beau, avec
les ouvrages de *Guafpre*, de *Philippe Lauri*, de
Courtois, dit le *Bourguignon*, de *Claude le Lorrain*. Ses *quatre parties du jour*, en payfages
& marines, reffemblent beaucoup à d'autres
du même genre qu'il a expofés; ce qui fait
croire à bien des fpectateurs que ce font les
mêmes. En voyant fon *Soleil* & fon *Clair-de-
Lune*, on admire cet Art des reflets dans lequel il eft fi fupérieur. Les deux autres ne
font pas d'un fi beau *faire:* le ciel du premier,
repréfentant *la naiffance du jour*, eft trop ardoifé...... Son chef-d'œuvre, cette année,
c'eft une *Marine & Payfage fur les bords de la*

Méditerranée, terminé la veille même de l'exposition du Sallon: composition immense, où une multitude de grouppes forment autant de scenes, qui embelliffent le Tableau fans en rompre l'unité.

Je fuis fâché, Monfieur, de ne pouvoir vous parler de M. *Loutherbourg*, le digne émule de M. *Vernet*, & qu'on efpéroit voir un jour l'égaler, peut-être. Cet Artifte, actuellement en Angleterre, n'a rien expofé. On n'annonce qu'un feul Tableau qu'il a fait en commun avec M. *de Machy*. C'eft un morceau d'*Architecture, orné de figures & d'un embarquement d'animaux, éclairé du Soleil couchant*. Il eft très-beau; la teinte en eft feulement trop animée, & feroit prendre de loin l'action pour un embrafement. Puifque nous en fommes fur M. *de Machy*, cet Artifte continue à orner le Sallon de fes Tableaux, prefque tous impofans par leur magnificence, par des bâtimens d'une décoration noble & majeftueufe. *Monfeigneur le Dauphin & Madame la Dauphine aux Tuilleries, allant vers le Pont-Tournant, le* 23 *Juin* 1773, offrent un événement récent, paffé fous nos yeux, & dont les Spectateurs les plus groffiers peuvent admirer la vérité de la repréfentation. Elle eft telle, que dans le grouppe principal, fi les reffemblances n'ont pas une perfection que ne peut comporter la petiteffe des figures, le coftume y fupplée.

avec la plus grande exactitude, & chacun nomme fucceffivement tous les perfonnages. Point
de confufion même dans cette foule immenfe,
dont la fcene eft enrichie. Le premier plan
eft parfaitement diftinct , & l'ordonnance
des diverfes parties du Tableau, qui n'a que
deux pieds cinq pouces de largeur, fur dix huit
pouces de hauteur, annonce un Artifte maître
de fon deffein, qui en a bien conçu & digéré
l'enfemble & les parties différentes.

On ne peut gueres parler de M. *de Machy*
fans faire mention de M. *Robert*, Peintre du
même genre , mais d'une maniere & d'une
touche bien oppofées. Le pinceau du premier
eft toujours riche, moëlleux, brillant ; celui
du fecond eft plus fec , plus terne, plus
pauvre. On prendroit l'un pour un Artifte
faftueux, qui ne fe plaît que dans les Palais
magnifiques, parmi les chef. d'œuvres du luxe,
chez les Grands Seigneurs & les Princes ; l'autre, pour un génie mélancolique, méditant
dans la folitude, au milieu des ruines & des
dévaftations. Auffi eft-on attrifté en voyant
les ouvrages de celui-ci, qui nous remet fans
ceffe les monumens dégradés de l'ancienne
Rome, & nous attefte trop bien que rien ne
réfifte au tems deftructeur. Celui-là, au
contraire, réjouit par le fpectacle floriffant
des Arts à leur point de fplendeur, par des
Edifices impofans, qui femblent devoir être

immortels. Tous deux, au furplus, font d'un mérite fupérieur. On a vu que M. *de Machy* favoit faire autre chofe que l'Architecture: M. *Robert* prouve auffi fon talent dans un autre genre. *Une petite fille récitant fa leçon devant fa Mere; un enfant que fa Bonne fait déjeûner,* font des idées fimples, exécutées avec naïveté; tandis que fon rival, dans le Tableau dont nous avons parlé, aime encore les idées grandes, & cherche à déployer la majefté de fon pinceau.

Ces petits fujets de M. *Robert* font dans le goût de *Lépicié,* qui foutient mieux fa réputation en ce genre que dans le genre hiftorique. Il eft du moins naturel, s'il n'eft ni fpirituel ni plaifant. On diroit pourtant qu'il a vifé à l'épigramme dans fa *Politeffe intéreffée:* c'eft un Chien qui fait la révérence, dans l'efpoir d'avoir un morceau de pain que tient fon maître. Celui-ci eft un Ruftre, un Porte-faix, à qui le bon fens vouloit qu'on ne donnât pas un petit gredin de Dame. Du refte, le Tableau eft d'un bon ton de couleur. Dans les autres, à force de vouloir rendre les chairs vivantes, il les écorche & femble avoir oublié de revêtir fes figures de leur épiderme.

M. *Huet,* enchériffant fur fon confrere, a propofé une efpece d'énigme au public. Il lui préfente un petit chien grignotant un ruban, & grattant avec fes pattes un arc, des
flèches,

flèches, &c. Il prétend que c'eft *la Fidélité
déchirant le bandeau de l'Amour & foulant fes
attributs*. Du refte, il n'eft pas plus correct
dans fon exécution que dans fes penfées; fes
Tableaux fans couleur ont l'air d'efquiffes. On
fent qu'avec un pareil pinceau il ne peut rendre le brillant des fleurs, la fraîcheur, le vé-
louté des fruits, pour lesquels M. *Bellengé*
a infiniment plus de talens, mais où triomphe Mlle. *Valayer*. Cette fille admirable a
une vérité, un *favoir* unique ; . & toutes les
productions de la nature femblent éclore fous
fon pinceau. On remarque en outre une vigueur mâle dans fon *Portrait de Madame B****,
& une intelligence merveilleufe du clair-obfcur
dans fon Bureau chargé d'une figure de marbre & de différens attributs de mufique & de
géographie. Partout fa touche eft fûre, libre,
facile & gracieufe.

Nous voilà parvenus infenfiblement, Monfieur, à nos grandes richeffes; à une foule
de Portraits qui ont exercé les talens fublimes de nos Artiftes. Deux perfonnages en
pied, peints par M. *Aubri*, attirent d'abord
les regards. L'un eft *Madame Victoire*, dont
la tête n'eft point reffemblante, qui eft mal
affife, mais Tableau précieux par la vérité
des étoffes. C'eft furtout dans le fecond, de
*feu M. le Duc de la Vauguyon, Gouverneur
des-Enfans de France*, que l'Artifte a déployé

toute la richeffe de fon pinceau à cet égard.
L'or & l'argent y brillent de leur éclat : ce
riche vêtement dédommage le fpectateur,
qui voit avec indignation le Portrait d'un
Courtifan abhorré même par fes Eleves.
Heureufement à côté fe préfente celui de feu
M. le Comte de *Clermont*, auffi en pied. Les
yeux le contemplent avec intérêt, & je les ai
vu mouillés de pleurs à plus d'un patriote. Il
eft d'ailleurs d'une reffemblance parfaite, à la
taille près, un peu trop grande, à moins que
l'auteur n'eût voulu caractérifer par - là combien ce Prince s'étoit élevé au deffus de lui-
même dans fes derniers momens. C'eft le chef-
d'œuvre de M. *Drouais*, qui a échoué abfolument dans *le Portrait du Roi*, trop flatté, trop
rajeuni, dont il a rétréci les yeux, & qu'il a
dégradé par une pofition peu fpirituelle; dans
celui *de Madame la Dauphine*, peinte en *Hébé*;
de Madame la Comteffe de *Provence*, peinte
en *Diane*. Ces deux derniers n'ont aucun relief, & les étoffes ne font nulle illufion. Il
a raté encore une fois celui de Madame la
Comteffe *Dubarri*, qu'il nous préfente aujourd'hui fous les attributs d'une *Flore*, flétrie
& prefque fanée. Il lui a donné un regard
plus propre à exciter la compaffion que le defir.
Mais au deffus de celle-ci eft un *Bambin*,
carricature dans le genre de M. *Drouais*, &
où il réuffit aifément; c'eft le *Cent - fuiffe* Ju-

les : on appelle ainfi le fils du Duc de *Coſſé*,
que ce Seigneur avoit fait recevoir à un an
dans la Compagnie des *Cent-ſuiſſes*, dont il
eſt Colonel. M. *Dupleſſis* fe diſtingue toujours
par des figures vivantes, qu'anime ſon coloris
vigoureux. L'*Abbé Boſſut*, *de l'Académie des
Sciences*, prend du relief ſous ſon pinceau : il
reſpire, & ſa tête ſemble s'élancer hors de la
toile. Des teintes trop claires ſur ſa ſoutane
lui donnent un éclat blanchâtre, qu'elle ne peut
jamais avoir. Nous n'omettrons pas ſon Portrait de M. de *Boulogne*, l'Intendant des finances,
qui a eu la modeſtie de ne vouloir pas être
nommé, mais qui par ſon nom ſeul mérite les
hommages de la Peinture (10). Cet exemple
a été ſuivi par M. *Marmontel*, qui a voulu
auſſi reſter confondu dans la foule. On le reconnoît pour un Ecrivain, à la plume qu'il
tient, plus qu'au feu dont les yeux ſont animés ; ce qui donne de l'eſprit à cette tête,
mais en ôte la reſſemblance, l'Académicien
ayant, au contraire, l'air extrêmement froid.

Une diſſimulation plus prudente avoit engagé les originaux de deux Tableaux à garder
l'incognito, & même de ſe faire placer dans
un coin obſcur : mais la curioſité maligne du
public les y a démélés, & l'on a déchiffré avec

---

(10) Il deſcend de *Louis Boulogne*, Peintre illuſtré par
Louis XIV.

furprife Me. *Etienne*, ancien Bâtonnier dés Avocats, & M. *Lucker*, ci devant Chanoine, Grand-Chantre de Notre-Dame, aujourd'hui Confeiller du nouveau Tribunal: le premier, avili par fa foibleffe, de donner lâchement, à la rentrée de fon Ordre, un exemple funefte, & le fecond par fon empreffement coupable à prendre fur les fleurs-de-lis la place de fes Confreres. Quant au Peintre, M. *Robin*, on lui trouve la touche dans le genre de M. *Perronneau*, c'eft-à-dire, grave & pefante, propre à fillonner un front de rides, à rendre les phyfionomies dures, mauffades & rembrunies.

De tous les portraits celui qui a le plus occupé l'attention des penfeurs, c'eft *le Roi de Suede*, par M. *Roslin*. Il eft *dans l'uniforme des Gardes du Corps*, qu'il portoit *au jour de la révolution, le* 19 *Août* 1772, *où il avoit donné pour fignal à ceux qui lui étoient attachés, un mouchoir blanc au bras*. On critique cependant l'expreffion de la tête, qui paroît moins libre que vuide, & ne caractérife point le génie d'un Prince qui changeoit en ce moment les deftins de fon Etat. Son frere, *le Duc d'Oftrogothie*, eft plus militairement figuré dans fon armure guerriere. Le Comte *Stroganoff, dans fon Cabinet d'étude*, eft un chef-d'œuvre forti du pinceau de cet Artifte, toujours étonnant dans fon genre.

Je paffe fur une quantité d'autres portraits;

pour ne pas trop m'appéfantir; mais je né puis omettre le Tableau hiftorié de Mlle. *Cos-te*, Maîtreffe de M. le Maréchal Prince de *Soubife*, qui fixoit les yeux par fon ridicule rare. Cette Courtifanne étoit repréfentée en Nymphe couronnant l'*Amour*, après lui avoir arraché les aîles. Son attitude en l'air, les jambes écartées, défignoit l'efpece de la Nymphe; mais les plumes fanglantes du petit Dieu dégoûtoient les amateurs, que fon attitude lubrique auroit pu exciter. Cette idée, au fond ingénieufe & très-mal rendue, eft du Sr. *Rénou* qui, après avoir été fiflé au Théâtre comme Poëte, vient de l'être au Sallon comme Peintre. On a trouvé fon ouvrage fi indécent, qu'on l'a ôté depuis le jour où *Madame* eft venue voir les Tableaux.

M. *Pafquier*, M. *Hall* & M. *Courtois*, Peintres en émail, ont chacun des partifans; mais le fecond l'emporte affez généralement par des carnations plus animées, des airs de tête plus reffemblans & des étoffes plus vraies.

Tel eft le réfultat des jugemens des Connoiffeurs impartiaux fur les Peintures du Sallon, auxquels j'aurois ajouté beaucoup d'autres critiques, fi je n'avois voulu éviter de paroître un détracteur outré des Arts. Les éloges dont je vais combler les Sculpteurs, bien fupérieurs aux Peintres, prouveront que j'aime à louer avec non moins de fincérité & que je

ne fuis pas moins fufceptible de l'enthoufiafme
du beau, que du dégoût pour le mauvais &
même pour le médiocre.

J'ai l'honneur d'être, &c.

LETTRE III.

Paris, le 21 Septembre 1773.

IL eft certain, Monfieur, que la Sculpture
gagne prodigieufement à chaque Sallon, &
confole de la décadence de la Peinture. Il faut
convenir auffi que celle-ci eft infiniment plus
difficile.   Outre les parties de la perfpective,
du clair-obfcur, du coloris, qui manquent à
la premiere, elle eft rarement dans le cas de
groupper beaucoup de figures, & d'appliquer
fon génie aux grandes compofitions des vaftes
machines de fa rivale.   Mais fon Art a fes difficultés, fans doute, & ce même coloris dont
eft dénué la Sculpture, fert merveilleufement
aux illufions du Peintre, que foutiennent &
perfectionnent la perfpective & le clair-obfcur
bien entendus.   Celui-là n'a que fon cifeau
pour échauffer, faire refpirer, animer un marbre froid & monotone.   C'eft pourtant avec
ce feul fecours que M. *Pajou* lutte contre le
Sr. *Drouais* pour le *Portrait de Madame la Comteffe Dubarri*, & l'emporte de beaucoup au
gré de divers connoiffeurs.   Rien de fi beau

que ce Bufte, d'une vérité, d'un charme &
d'une expreſſion uniques. Il frappe les plus
ineptes par un air de volupté répandu ſur toute la phyſionomie: le regard & l'attitude ſe-
condent l'intention du Sculpteur: il n'eſt
perſonne qui, en voyant cette figure céleſte,
ne lui décerne, ſans la reconnoître, le rang
qu'elle occupe, ne s'écrie avec M. de *Voltaire :*

L'original étoit faſt pour les Dieux!

L'Artiſte ne ſe voue pas ſeulement à peindre les graces, ſon ciſeau ſier atteint aux traits
mâles du génie; ce qu'il prouve par *le Portrait
de M. le Comte de Buffon,* où l'on retrouve la
nobleſſe & la vigueur de la tête de ce Philoſophe, vraiment pittoreſque.

Je ne ſuis pas également content du *modele
de la Statue du Vicomte de Turenne,* qui doit
être exécutée en grand pour l'Ecole Royale
Militaire. Ce grand homme eſt dans une attitude triviale, & qui ne caractériſe ni ſes vertus guerrieres, ni ſes vertus pacifiques: d'ailleurs ſa chevelure platte peut être dans le coſtume du tems, mais ne contribue pas à donner un air de diſtinction à la figure d'un héros
ſi mémorable.

Trois autres concurrens en ce genre n'ont
pas mieux réuſſi. Il étoit queſtion de faire
quatre Statues pour le même lieu, propres à

rappeller à la jeune Nobleſſe qu'on y élève, les plus fameux guerriers du ſiecle dernier, ou de celui-ci; & toujours pour jouir plutôt, quatre Artiſtes différens ont été chargés de l'exécution. Nous venons de parler de celle du *Maréchal de Turenne*, par M. *Pajou*; M. *d'Huès* a malheureuſement eu à traiter *le Maréchal de Saxe*, & le moyen de réuſſir après M. Pigal! de ſoutenir quelque comparaiſon avec le chef-d'œuvre de ce rival! Il peut, en échouant, ſe conſoler par la difficulté de lutter contre un génie qui devoit néceſſairement étonner & confondre le ſien.

M. *Mouchy* paroît encore reſté au deſſous de ſon ſujet, quoiqu'il n'eût pas les mêmes raiſons & de craindre & de trembler; mais *le Maréchal de Luxembourg* portoit en lui-même des difficultés pour la repréſentation qu'il n'a pu ſurmonter. Le vainqueur de *Mons*, de *Fleurus*, de *Steinkerque*, de *Nerwinde*, plus propre à être chanté qu'à ſervir de modele à un Artiſte, ne pouvoit que déſeſpérer le plus habile. On remarque plus de méchanceté que de magnanimité dans ſa figure.

Le *Grand Condé* prêtoit infiniment davantage au talent de M. *Le Comte*. On eut crû que ſon ciſeau, plein de force & de feu, eût mieux rendu un guerrier qui brilloit par l'ardeur, la fougue, l'impétuoſité, qui caractériſent principalement notre nation; mais on ne voit pas que l'Artiste se soit pénétré de l'enthousiasme de son Héros. En général, ces quatre statues, presque toutes ressemblantes, par le costume, l'attitude & l'air de tête, tournée à droite ou à gauche, paroissent jettées dans le même moule : aucune ne se ressent des élans du génie, des sublimes hardiesses qu'auroient dû suggérer de tels hommes.

L'Académicien a mieux réussi dans sa statue *d'une jeune fille qui tient une Corne d'abondance remplie de fleurs.* C'est une des *Torcheres* destinées à décorer le pavillon de *Lucienne.* Elles doivent être quatre, & du milieu de ces Cornes d'abondance sortiront des flambeaux pour éclairer le vestibule du Palais. Madame la Comtesse *Dubarri*, à qui le Château appartient, a desiré que ces figures lui ressemblassent. On peut juger d'après un tel modèle si ce ne sont pas plutôt des *Graces* que des *Torcheres.* M. *Le Comte* a mis beaucoup de naïveté dans *un petit garçon qui pleure son oiseau :* la douleur de cet âge y est répandue avec un charme inexprimable, & la contraction des muscles des membres indique un sentiment de colere mêlé communément aux chagrins de l'enfance.

Deux grouppes de M. *Caffiery* détournent bientôt de ces sujets simples, & donnent à penser profondement. L'un est *l'Amitié surprise par l'Amour.* Ne le connoissant pas, elle

l'embraſſe avec confiance ; cet Enfant là ca-
reſſe & ſaiſit le moment de la bleſſer d'un de
ſes traits. On retrouve ici le beau faire de
cet Artiſte, qu'on avoit admiré il y a deux ans
dans ſa *tête d'une jeune fille*. Son ciſeau eſt
pur, doux & moëlleux : peut-être y a-t-il
trop de fineſſe dans la figure de l'*Amitié*, à
qui l'on eſt convenu de donner un viſage long,
caractere de la Franchiſe. Le geſte du Dieu
a une molleſſe, qui exprime ſa perfidie lente &
ſourde. Il y a beaucoup d'accord dans cette
compoſition, d'où réſulte le repos qu'on admire dans les chef-d'œuvres de l'antique. Le
modele d'un Tombeau, monument que M. l'Abbé de *Voiſenon* ſe propoſe d'ériger à ſon *irré-
parable amie*, eſt le ſecond grouppe qui attire
l'attention du ſpectateur. Il eſt du même Artiſte.

Cet Abbé, déſigné ſous l'emblême de l'*Amitié*, parce qu'on n'a oſé le figurer ſous celui de
l'*Amour*, *pleure ſur les cendres de ſon Amie, &
y répand des fleurs : l'Urne cinéraire eſt poſée ſur
un Autel ; une des Muſes eſt appuyée ſur une
harpe, & couronne le médaillon, qui eſt attaché à
une colonne funéraire ſurmontée d'une caſſolette :
la colonne eſt en partie enveloppée & accompagnée
de cyprès ; aux pieds de la Muſe ſont divers inſtrumens de muſique, un livre & un masque.* Si
l'on ne reconnoiſſoit à la figure du médaillon
l'Héroïne comique à laquelle eſt élevé ce ſar-
cophage, on ne pourroit plus en douter en li-
ſant le vers ſuivant :

Graces , tendre Amitié , Talens, Favart n'eſt plus !

Cette compoſition, trop chargée, trop recherchée, doit être exécutée en marbre, de
trois pieds de haut, pour être placée dans le
boudoir de M. l'Abbé, où elle ſera beaucoup
mieux qu'au Sallon. Madame *Favart* n'étoit pas
aſſez recommandable, ni par ſon état de Co-
médienne, ni par ſes qualités très-médiocres
d'Actrice & d'Auteur, pour fixer ainſi ſur elle
les regards du public, & les gens honnêtes ſeront toujours indignés de voir un *Prêtre* reproduire ſans ceſſe à leurs yeux le ſpectacle ſcan-
daleux de ſa douleur impudique.

On fait plus de gré à M. *Caffiery* de nous
ramener ſur le Buſte d'un Philoſophe précieux
à l'humanité, & fait pour honorer ſon ſiecle.
Il eſt fâcheux qu'à travers la bonté, dont les
traits brillent ſur cette belle figure en marbre, on y trouve mêlé un air de dédain, vrai
caractere de la philoſophie des *Encyclopédiſtes*,
mais qui n'étoit point celle de l'Auteur du
Livre *de l'Eſprit*.

Un monument érigé en l'honneur de M. le
Prince Michel Michailowitſch Gallitzin, nous
rappelle du moins un Héros étranger : il eſt
d'ailleurs traité dans la grande maniere, &
peut, à ce double égard, figurer parmi les
chef-d'œuvres de ſculpture offerts à nos yeux.
Il eſt d'une belle ſimplicité, qui fait honneur
à M. *Houdon*.

Un Génie militaire appuyé fur une Urne cinéraire éteint un flambeau : à fes pieds eft un Trophée
du cafque, de l'épée & du bouclier de ce Prince :
Des palmes, des lauriers & différentes couronnes
défignent les genres de victoires qu'il a remportées.

La figure, de grandeur naturelle, eft appuyée
fur un fond formant une pyramide, qui doit être
accompagnée de deux cyprès.

Le même Artifte a expofé auffi le Bufte de
l'Impératrice de Ruffie. Cette belle tête, plus
forte que la forme ordinaire, femble annoncer
que la Nature a fait un effort pour enfanter la
Souveraine immortelle qu'elle repréfente.

Je n'aime point l'allégorie froide & trop é-
nigmatique de M. Boizot, chargé de la Statue
pédefire du Roi, pour la Ville de Breft. C'eft
un monument que les Officiers de la Marine
de ce Département veulent élever à S. M.
Voici le programme de l'Auteur.

,, S. M. emploie fa force à maintenir la paix
fur la terre, ce qui eft défigné par une branche
d'olivier qu'elle ploie d'une main fur le globe ter-
reftre, placé à côté d'elle fur un trophee de Marine. De l'autre main le Roi préfente la gloire
de l'Immortalité aux Héros marins qui s'en rendent dignes ; ce qui eft caractérifé par les couronnes de laurier, unies au cercle d'or, fymbole de
l'Immortalité".

Je trouve d'une adulation extravagante que
le Poëte peigne le Roi comme le modéra-

teur de l'Europe, comme y maintenant la paix, après celle honteuse que nous avons reçue, & qui fait l'objet des plaintes de tous nos Ecrivains politiques, dans un moment où nous ne pouvons tranquilliser le Nord, agité depuis si longtems, & secourir une République alliée dont on partage les dépouilles sous nos yeux.

Qand on éleva à *Louis XIV* le fastueux monument de la *Place des Victoires*, cet orgueil, insultant pour les autres nations, étoit au moins fondé sur la vérité. Celui-ci n'est qu'un mensonge historique, dont ne pourront être dupes les Contemporains ni la Postérité.

Et par une ineptie encore plus grande, suivant l'imagination de l'Artiste, ce seroit avec sa Marine formidable que *Louis XV* en auroit imposé, lorsque depuis longtems c'est notre partie foible, lorsqu'elle a été écrasée dans la derniere guerre, lorsque la diminution de nos Colonies ne peut que la laisser dans un état de langueur Inévitable!

Que M. *Boizot* s'en tienne donc aux jeux d'un ciseau agréable & folâtre, tel que son *Grouppe représentant un sujet de Bacchanale*; ses *deux Grouppes*, dont l'un *l'Amour & l'Amitié*; l'autre *Zéphyre & Flore* soutenant des corbeilles. Tous deux sont gracieux; l'exécution en est libre, facile & légere.

C'est à M. *Clodion Michel* d'allier les idées

les plus sublimes aux plus riantes. *Jupiter prêt à lancer la foudre*; *le fleuve Scamandre desséché par les feux de Vulcain*, *implorant le secours des Dieux*; *Hercule qui se repose*; *le fleuve du Rhin séparant ses eaux*; sont dans le premier genre. On admire la majesté de l'un, l'expression de l'autre, l'anatomie savante du troisieme, la précision du dernier. Ses bas-reliefs, dans le second genre, reposent délicieusement le spectateur frappé de ces grands sujets.

Nos Sculpteurs n'ont pas moins bien réussi dans les matieres de dévotion. Le *Saint-Bruno en priere*, exécuté par M. *Gois* pour la Chartreuse de *Guillon*, est digne de figurer à côté de ce que nos fameux Artistes offrent de plus beau en ce genre. J'ai vu nos petits-maîtres, nos femmes vaporeuses détourner promptement leurs regards de cet austere pénitent, dont l'expression forte leur serroit trop le cœur. Il n'est pas possible de porter à un plus haut point la macération du visage, le dessechement des mains, les recueillement de l'ame, ainsi que celle des accessoires. La sculpteur a eu soin d'éviter dans la robe la grandeur & la dureté des plis; il n'y a laissé que cette roideur essentielle à l'étoffe grossiere d'un pareil Cénobite.

Le *Martyre de St. Barthelemi*, morceau de réception de M. *Bridan*, lui fait infiniment d'honneur. Dans ce grouppe en marbre, l'Artiste, pour ménager la délicateffe du fpectateur, a choifi le moment où le Bourreau attache fa victime. La fouffrance de fon attitude violente & forcée eft déjà peinte fur la phyfionomie de la derniere, où l'on voudroit démêler davantage un air de réfignation & ne pas le confondre avec celui d'un fuppliant qui implore la pitié. Du refte, l'ame atroce du premier fe peint à merveille fur fa figure; les détails font traités favamment, la corde eft parfaitement imitée, foit lâche, foit tendue; l'effort de l'Exécuteur, la compreffion des chairs, tout cela eft très-bien rendu.

Non loin de ce morceau eft une vafte machine qui, au premier coup d'œil, paroît préfenter un affemblage de maffacres de la même efpece, mais qui ne font que des amputations falutaires d'un Art auquel le monument eft confacré. C'eft un Bas-relief, qui doit-être exécuté en grand dans la largeur de 31 pieds, aux modernes Ecoles de Chirurgie.

Le Roi en ordonne la conftruction. Sous l'emblême de la Santé, la Chirurgie, accompagnée de la Prudence, de la Vigilance & d'un Génie, préfente à S. M. le plan du nouveau bâtiment. Auprès d'elle font Minerve & la Générofité. On voit au bas des grouppes de malades & de bleffés.

Ce grand ouvrage eft de la compofition de

M. *Berruer*, & ne fait pas moins d'honneur
à son génie qu'à son exécution. L'action
principale attire d'abord les curieux ; l'allégorie en est simple, juste, riche & expressive.
On auroit pourtant désiré plus de noblesse
dans la figure du Monarque. Les grouppes
accessoires sont plus ou moins dégradés, suivant les regles de la perspective. On trouve
dans tous de la netteté, de la variété, & il
en résulte un ensemble, partie la plus difficile
des ouvrages compliqués.

A la suite du travail qu'exige le développement de ce Poëme étendu, on se délasse de
nouveau avec M. *Monot*. On rit de sa *Tête de
Bacchante, ornée de feuilles de lierre & de rai-
sins*, bien propre à inspirer la joie. Son Génie du *Printems* qui enchaîne de fleurs le signe
du *Bélier*, est une image aussi poëtique & plus
noble, plus gracieuse. *Vénus dérobant l'arc de
l'Amour* est un sujet plus froid, d'ailleurs, en-
tortillé & sans expression, du moins quant à la
figure principale. Mais l'amateur admire la
pureté du *faire*, les beaux contours du corps
de la Déesse, les formes moins précises & plus
molles de l'Enfant.

M. *Tassaërt* a exposé vers le milieu du Sallon un grouppe colossal & allégorique. C'est
la *Population*, représentée sous la figure de
Pyrrha. De petits enfans, éclos des pierres,
qu'elle a jettées, l'entourent dans différentes
attitudes.

attitudes. L'un d'eux éleve les mains; il annonce les premiers befoins de la fubfiftance; il femble demander la pierre que la mere commune du genre humain va lancer derriere elle pour produire un nouvel être, premier inftinct de la Nature affamée, qui fe jette indiftinctement fur tout ce qu'elle rencontre. Cette imagination eft grande. Peut être la figure de *Pyrrha* eft - elle trop délicate, pour fa taille & pour le rôle qu'elle joue, mieux caractérifé par une femme vigoureufe.

Quatre Buftes terminent cette fuperbe collection, & par le grand intérêt dont ils font, ne laiffent point aller le fpectateur fans lui laiffer de quoi penfer & réfléchir. Le premier eft M. *Cappéronnier*, de l'Académie des Belles-Lettres; Savant, dont l'Artifte, par une attention qui a l'air d'une charge, a voulu, fans doute, défigner le genre d'érudition, en le drapant comme un Empereur Romain.

M. *de la Lande* eft à côté, & le Sculpteur a tourné à fon avantage la figure de finge de cet Aftronome; il l'a transformée en un rire fpirituel & fardonique très-analogue à la terreur générale qu'il nous avoit imprimée, en abufant de notre crédulité trop confiante dans fes connoiffances du globe célefte: il femble fe moquer encore du public.

L'Auteur du Bufte de M. *Diderot*, en nous le reproduifant une feconde fois, veut peut-

H

être nous dédommager de l'abfence de ce
favant & ne pas nous laiffer refroidir fur fon
compte. (11)

On admire enfin l'air de tête de M. d'*Au-
vergne*, un des Directeurs de l'Académie
Royale de Mufique, grand compofiteur lui-
même. Il eft dans l'attitude d'un homme qui
écoute, & l'on ne pouvoit mieux exprimer
fon genre d'étude. La tête, d'ailleurs très-
pittoresque, eft parfaitement reffemblante.

Vous voyez, Monfieur, par cette defcrip-
tion de la Sculpture dont, pour ne pas être
trop diffus, j'omets beaucoup de morceaux
eftimables, que nos richeffes en ce genre
augmentent journellement; que des Artiftes
célebres s'y reproduifent en foule & réparent,
autant qu'il eft poffible, le vuide des Peintres.

La Gravure monte confidérablement auffi:
une multitude de chef-d'œuvres de cette
efpece orne le Sallon; mais comme ils font
prefque tous connus, & par les fujets dont
ils font des copies, & par la publicité qu'ils
ont déjà, nous ne ferons mention que des
deffins deftinés à être gravés, de M. *Beau-*

(11) Il eft en *Ruffie*, & l'on ne fait s'il en reviendra. M.
Diderot, en annonçant au Duc *de la Vrilliere* le projet de
fon voyage en *Ruffie*, lui dit qu'il efpéroit que S. M. ne le
trouveroit point mauvais: ,, Point du tout ", lui répondit le
Miniftre; ,, on vous permet même d'y refter."

varlet : ils n'en ont befoin que pour les multiplier autant qu'ils le méritent, il n'eft pas
poffible que le burin faffe rien de plus doux
& de plus fini.

Les Médailles de M. *Duvivier* font un autre
genre de travail, où la nation fe diftingue de
plus en plus. Celles - ci, dont quelques - unes,
allégoriques & compofées, ont la légèreté, la
netteté, la correction du deffin le mieux
terminé.

Par une autre illufion, l'aiguille le difpute
aujourd'hui au pinceau, & les connoiffeurs
trouvent les Portraits en bufte du Dauphin,
de l'Empereur & de l'Impératrice - Reine,
exécutés en tapifferie par le Sr. *Cozette* fils,
bien fupérieurs à ceux fur la toile du Roi, de
Madame la Dauphine & de Madame la Comteffe de *Provence,* placés à côté d'eux.

J'aurois bien defiré, Monfieur, que les Ar-
chitectes euffent préfenté des plans pour la
nouvelle Salle de Comédie (12). C'étoit un

_____

(12) Depuis les détails connus fur le projet du Sr. *Lie-*
geon, une autre intrigue l'a fait rejetter. Par Lettres patentes enrégiftrées au nouveau Tribunal le 19 Août dernier,
la Salle de la Comédie Françoife doit être conftruite fur les
terreins de l'ancien hôtel de *Condé.* C'eft le Sr. *Moreau,*
Architecte de la Ville, qui eft chargé de l'exécution. Mais
comme ce font les troifiemes Lettres patentes expédiées fur
cet objet ; que la Ville réclame contre l'augmentation de
dépenfe énorme que doit occafionner cette conftruction ; que

ſujet d'émulation digne d'eux & d'un concours
propoſé à cette occaſion. Le ſeul M. *de
Wailly*, membre auſſi de l'Académie de Peinture, a expoſé le modele d'un eſcalier, exécuté chez M. le Marquis de *Voyer*, aux *Or-
mes*, & appareillé en petit de toutes ſes pieces en coupe, comme dans l'exécution. On
en a admiré la grace, la légéreté, la hardieſſe. On le diroit ſoutenu en l'air : il n'a
d'autre défaut que d'inſpirer au coup-d'œil
une ſorte de crainte d'y monter. L'Artiſte
eſt certainement un des hommes qui annoncent le plus de génie en Architecture, le
plus propre à contribuer à ſes progrès, ſen-
ſibles auſſi dans une foule de monumens qui
s'élevent de toutes parts.

    J'ai l'honneur, &c.

---

le Sr. *Moreau* n'a pas encore tracé une ligne de ſon plan
& que le local offre des inconvéniens qu'on ne peut vaincre, on eſpere que ce n'eſt pas encore le dernier *mot* du
Conſeil.

ANNÉE MDCCLXXV.

LETTRE PREMIERE.

Sur les Peintures, Sculptures & Gravures de Messieurs de l'Académie Françoise, exposées au Sallon du Louvre le 25 Août 1775.

Paris, le 7 Septembre 1775.

LE Sallon, Monsieur, attire cette année la même affluence de monde que de coutume; mais c'est moins à raison des chef-d'œuvres qu'il présente, que par suite de la routine, de l'oisiveté & de cet empressement avec lequel la foule se porte toujours où elle en voit. En effet, dès qu'on est entré dans ce lieu, l'on trouve les Spectateurs froids & distraits se regarder, plutôt que les ouvrages dont il est enrichi, qui ne produisent aucune sensation sur leur ame. Il est rare que dans cette multitude de Tableaux, quelqu'un du moins ne charme pas l'ennui d'un peuple léger, ami de la nouveauté, à qui son excessive curiosité a mérité l'épithete burlesque & caractéristique de *Badaud.* Ne pouvant donc juger cette fois de meilleures choses par celles qui fixent le plus l'attention générale, je vais suivre l'ordre des machines, dont les plus vastes ne

H 3

font pas toujours les meilleures, mais qui du moins en imposent au premier coup d'œil par leur volume. Tel est le Tableau de M. *Robin*, Agréé, qui s'étoit distingué, il y a deux ans, par un début, dont la composition, défectueuse à bien des égards, annonçoit un Artiste dans les bons principes & doué d'un vrai talent. Il soutient aujourd'hui nos espérances, quoiqu'il ne les remplisse pas encore. Son sujet est *la fureur d'Atys*. Voici comme il l'explique lui-même.

,, *Cybele* ayant découvert qu'*Atys*, le Grand-
,, Prêtre de ses Autels, lui faisoit infidélité
,, pour la Nymphe *Sangaride*, suscite contre
,, elle *Alecton*; cette Furie secoue son flam-
,, beau & ses serpens sur la tête d'*Atys*, &
,, excite en lui un si furieux délire que pre-
,, nant sa Maîtresse, il la poignarde. *Celenus*,
,, Roi de Phrygie, est irrité de cette ven-
,, geance horrible. Le Peuple, les Sacrifica-
,, teurs sont effrayés: les Amours & les Plai-
,, firs s'enfuient ".

Ainsi, d'après cette exposition, la victime, sur laquelle le poignard est levé, doit marquer sur son visage, à la fois la surprise, la tendresse & l'effroi: il faut que celui du Sacrificateur soit allumé de la fureur qu'excite le courage à la vue d'un ennemi cruel & menaçant: on s'attend à voir sur la figure de la Déesse une jalousie motivée, réfléchie, mêlée d'une fecrette & affreufe joie, en contemplant le fuccès de fa vengeance. Quant à la Furie, elle brûle elle-même de tous les feux dont elle embrafe le coupable parjure; & le Monarque, dans fon indignation, la manifefte à coup fûr par quelque gefte clair & expreffif..

On peut reprocher au Peintre d'avoir manqué ces diverfes paffions; elles ne font qu'ébauchées, pour ainfi dire, fur les figures. Il a choifi le moment de l'action où le délire du Grand-Prêtre devoit être le plus marqué, & il s'en faut que fon fang foit dans l'effervefcence bouillante d'un femblable état. Ses veines ne font point gonflées; fes cheveux ne fe hériffent pas; fes regards n'étincelent aucunement; l'attitude & l'air de la Nymphe font mieux rendus: mais par un défaut de fens commun, fes femmes, entre les bras defquelles elle fe rejette, bien loin de la fouftraire au coup qui la menace, ou de chercher à le parer, femblent l'y préfenter en la fupportant. On voit quelque colere dans le maintien de *Cybele* excitant *Alecton*, bien éloignée fans doute de celle d'une femme & d'une Déeffe outragée dans ce qu'elle a de plus fenfible. La Furie, ame de cette fcene atroce, n'eft pas affez fentie, & le courroux du Monarque n'eft que celui d'un fimple fpectateur ému d'un crime qu'il voit commettre, & non d'un perfonnage puiffant, obligé & capable de le réprimer. Je

H 4

ne parle point des *Amours* & des *Plaifirs*, qui
s'envolent en gambadant dans les airs, image
puérile dans cette compofition tragique, où
tout refpire le fang & l'horreur. Du refte,
plan bien entendu, ordonnance nette. On y
admire un Artifte, maître de fon fujet, qui
rend fon efquiffe avec la même précifion qu'il
l'a conçue. La plus mauvaife partie du Peintre eft, fans doute, le coloris. Les chairs de
Sangaride, celles de *Cybele*, celles des *Amours*
& des *Plaifirs* font du même ton, c'eft-à-dire
jaunâtres & mollaffes. Les acceffoires ne font
pas mieux traités. Le fond, qui pourroit
être enrichi d'une Architecture noble, grande
& impofante, eft trifte, & ne préfente aux
yeux qu'un local mesquin, au lieu d'un temple immenfe ou d'un palais magnifique. Les
draperies font ternes, & le vêtement même
du Monarque n'a pas cet éclat qui, au défaut
d'autre acte plus augufte, devroit du moins
le faire diftinguer. Je pourrois m'étendre davantage fur ce Tableau, mais l'article étant
déjà fort long, je me contenterai de juftifier
la févérité du jugement fur le mérite de l'Artifte, digne d'être critiqué, ce qu'on ne peut
pas dire de tous.

M. *La Grenée* le jeune doit être excepté de
ce nombre. Je veux parler de fon morceau
de réception à l'Académie, dont il réfulte déjà un grand préjugé en faveur de l'ouvrage.

C'eft

C'eſt en effet un chef-d'œuvre d'érudition pittoresque. On y admire, qu'on me paſſe le terme, tous les tours de force de l'Artiſte. Auſſi eſt-il plus propre à mériter à ſon auteur les éloges des gens du métier, des profonds connoiſſeurs, que du vulgaire, des amateurs délicats, ou des ſimples gens de goût. Son ſujet donné ou choiſi étoit l'*Hiver* : il a fallu le rendre poëtique, l'animer par une fiction. Le Peintre a placé pour ſon grouppe principal, *Eole* déchaînant les vents ; ce qui n'eſt que cauſe & non l'effet de la ſaiſon rigoureuſe dont il avoit à décrire l'engourdiſſement & les horreurs. Afin de mieux développer cette idée génératrice, il a mis ſur le devant du Tableau le *Tems* endormi, acceſſoire faux, puiſque ce Dieu fugitif, toujours le même dans ſa mobilité, ne s'aſſoupit jamais. Il prétend, par ſon inaction, indiquer celle de la Nature. Mais ces Divinités différentes dans la Hiérarchie du Paganiſme, ont chacune leurs fonctions & ne peuvent ſe prendre l'une pour l'autre. C'eſt donc dérouter le ſpectateur, mettre ſon eſprit à la torture & lui propoſer une énigme à deviner, encore dont le mot n'eſt pas juſte. La clarté eſt eſſentielle à tout ouvrage, & l'on ſe fatigue de regarder, comme de lire, ce qu'on n'entend point. Les autres acceſſoires ſont plus vrais. Les fleuves, ſuſpendus dans leur courſe,

font ingénieufement exprimés par les eaux qui
fe glacent en fortant de l'urne qu'un d'eux
tient à la main. Des arbres, dont les branches
n'ont plus de feuilles, des montagnes, dont
les fommets font couverts de frimats, perfectionnent & complettent le plan de cette fcene
fombre & filencieufe. Les vents feuls, en
fortant de leur caverne, aux ordres du Dieu,
y jettent du mouvement & la troublent, pas
autant qu'il le faudroit, fans doute. Leur im-
pétuofité qu'a fi bien exprimée Virgile, le *quâ*
data porta ruunt, ne fe diftingue ici que par la
bouffiffure des joues, image naturelle & de-
venue triviale à force d'être répétée. Il n'eft
point de barbouilleur qui ne l'emploie. C'eft
donc fur d'autres attributs que le génie devoit
s'exercer ; le développement du corps, les
efforts pour s'échapper, leurs mugiffemens,
leurs chocs, pouvoient fournir des tournures
plus hardies, des penfées plus élevées. Je
defirerois plus de majefté dans *Eole*, Dieu fecondaire, il eft vrai, mais relativement à
l'action qu'il ordonne, à l'empire qu'il va
exercer par fes efclaves fougueux fur la nature entiere. A ces défauts de compofition
près, ce Tableau eft bien fupérieur aux autres
pour les connoiffances de l'anatomie & de la
perfpective, pour le clair-obfcur, pour les
touches fortes, larges, favantes, les profils,
les attitudes vraies & variées. Les arbres font

bien de la saison, l'œil s'enfonce dans la pro-
fondeur de l'urne, & le coloris morne de
l'ouvrage imprime à l'ame la tristesse qu'on
éprouve dans les jours nébuleux de l'hiver.

Il faudroit que le morceau en opposition de
celui - ci produisît un effet contraire, puisqu'il
représente l'*Eté*; que les yeux éblouis, brûlés
des feux d'un ciel ardent, se reposassent sur
une verdure douce, ou fussent rafraîchis par
la vapeur des eaux; que la terre gercée, les
plantes desséchées, les hommes languissans,
les animaux halétans remplissent cette scene,
où tout périroit sous les fureurs dévorantes
de la canicule. Qui le croiroit! A ces grandes & poëtiques idées l'auteur a substitué un
hiéroglyphe obscur, une allégorie platte &
mesquine. Il représente ce signe malfaisant
sous la forme vulgaire d'une *Canicule*, c'est-à-
dire d'une petite chienne, dont la gueule vo-
mit quelques traits de flamme enfumée. Au-
dessus est un gros vilain Zéphyr. Il lui darde,
pour la rafraîchir, des jets d'une vapeur épais-
se, qui ne semble gueres plus suave que celle
exhalée par l'animal pestilentiel. Et l'on appelle cela de la Peinture! Et l'Académie admet
au rang de ses membres pour l'histoire, un
homme qui n'a pas plus d'invention! Car il est
bon que vous sachiez que ce Tableau est aussi
le morceau de réception de M. *du Rameau*;
preuve de l'indulgence des Maîtres, & que

l'admiſſion d'un Agréé ne ſuppoſe pas toujours un chef-d'œuvre de ſa part. Il y a pourtant de meilleures parties dans cette compoſition, dont tous les détails ne ſont pas auſſi pauvrement traités. L'auteur ſuppoſe que *Cérès & ſes compagnes implorent le Soleil & attendent, pour moiſſonner, qu'il ait atteint le Signe de la Vierge.* *Phébus* eſt dans ſon char; il remplit ſon cours; il y a de la légéreté, quelque choſe d'aërien dans cette machine : mais ni le char ni les chevaux ne répondent à la deſcription brillante & rapide qu'on en trouve dans *Ovide.* L'attitude de *Cérès,* l'ordonnance de ſes Nymphes, couchées & rangées ſur le devant du Tableau, ſont ce que l'on aime le mieux. Les regards ſe promenent à travers cette multitude de têtes, & nulle confuſion ne leur forme obſtacle. Pour le Ciel, dont les teintes étoient ſi eſſentielles dans un pareil ſujet, il eſt du plus vilain jaune. Un mauvais plaiſant a prétendu que le Peintre avoit certainement eu pendant ſon travail un débordement de bile, qui avoit gâté ſon ouvrage & dont il n'avoit pu effacer les veſtiges. Il faut s'arrêter pour ne pas lui occaſionner quelque nouvel accident.

C'eſt une choſe remarquable, Monſieur, que le défaut général des Peintres, d'affectionner une couleur au point d'en imprégner toutes leurs productions, & d'en répandre des nuances jufques fur les objets qui en feroient le moins fufceptibles. En effet, fi M. *du Rameau* femble difpofé à voir jaune, on reproche depuis longtems à M. *Vanloo* un coloris ardoifé ou plombé, & ce goût fe manifefte plus que jamais dans quatre grands Tableaux où il domine fpécialement, quoique les lieux, les heures du jour & les fcenes en foient très-différens; car ils font deftinés à former une fuite, & peignent le partage de la vie d'une Sultane. Au premier, c'eft *la Toilette*. Au fecond, *elle eft fervie par des Eunuques noirs & des Eunuques blancs*. Le troifieme la repréfente *commandant des Ouvrages aux Odalisques*. Enfin *une Fête champêtre, donnée par les Odalisques, en préfence du Sultan & de la Sultane*, occupe le quatrieme. Ces Tableaux pour le (feu) Roi, & deftinés à être exécutés en Tapifferie, avoient, à ce qu'on prétend, été commencés fous les aufpices de Madame la Comteffe *Dubarri*. La Sultane Françoife cherchoit à s'y reproduire aux yeux de fon augufte Amant, fous un coftume étranger, afin de fixer fon attention de toutes manieres. Auquel cas on pourroit reprocher au Peintre de n'avoir pas attrapé la reffemblance. Peut-être auffi regarde-t-on comme un défaut, un trait de politique de fa part: il feroit, au contraire, adroit à lui d'avoir fouftrait aux regards de leurs Majeftés

H 7

actuelles, une tête qui ne pouvoit leur être qu'odieuse. Du reste, il remplissoit parfaitement les intentions de l'Ordonnatrice, en lui donnant cet air de langueur & d'abandon si propre à inspirer la volupté. Malheureusement il s'y trouve mêlé un air de nullité & d'ennui, qui détruit en partie ce sentiment. Du reste, des figures charmantes réveillent de toutes parts l'attention dans ces diverses scenes, & raniment les desirs du vieillard le plus flétri. On croit moins voir des *Odalisques*, c'est-à-dire des *Esclaves*, que des *Houris*, des minois célestes échappés du Paradis de *Mahomet*. On ne se lasse point de considérer ces beautés ; mais comme la Critique cherche à mordre sur tout, les dénigrans les trouvent toutes jettées dans le même moule pour la physionomie, la taille, la carnation, pour les formes *Parisiennes*, que ne devroient point avoir des femmes *Grecques*, *Georgiennes*, *Circassiennes*, &c. Quoiqu'il en soit, & de quelque part qu'elles viennent, j'ai observé qu'elles plaisoient fort aux Spectateurs, nationaux ou étrangers ; qu'ils en ressentoient une émotion vive, une forte sensation, & qu'ils ne quittoient qu'avec peine cet assemblage d'un sexe ravissant. Il est fâcheux que dans ces Tableaux, toutes les draperies soient manquées ; que les étoffes ne produisent aucune illusion, & que les détails n'en soient pas traités avec la magnificence de coloris qu'ils mériteroient.

M. *Vien* semble avoir voulu arrêter les defirs d'une concupifcence dangereufe à la vue des Tableaux ci-deffus, en offrant le fien de la *Magdelaine*. Il l'a repréfentée dans fa pénitence, le vifage flétri par la débauche ou par les macérations, ne confervant plus que les reftes d'une beauté ufée: une tête de mort à côté d'elle augmente les idées noires & affligeantes que fait naître la péchéreffe. Je ne m'arrêterai point fur cette compofition, la même au fond que celle du *Battoni*. Celui-ci l'a maniée trop fupérieurement, & fon ouvrage, expofé dans la fuperbe galerie de *Dresde*, eft connu de tous les amateurs. Le morceau fuivant, plus neuf, plus original, eft digne de remarque à quantité d'égards. Il exige une notice circonftanciée.

Il s'agit encore de *Saint-Louis*, repréfenté en tant de façons il y a deux ans. L'Auteur en a imaginé une derniere. Je ne connois point affez la Légende, & furtout la *Légende dorée*, pour favoir d'où il a tiré fon fujet. Mais il eft queftion d'un miracle qui n'eft pas de la plus grande efpece. Auffi aucun des témoins n'en paroît-il étonné. Quant au Monarque religieux, cela devoit être. *Il étoit*, difoit-il lui-même, fuivant fes pieux hiftoriens, *animé d'une foi fi vive envers la*

fainte Euchariftie, que *Jéfus-Chrift feroit def-
cendu en chair & en os fur l'Autel* qu'il n'au-
roit pu croire plus fermement au Myftere. Son
indifférence n'eft donc un défaut qu'aux
yeux des prophanes peu inftruits de la vie du
Saint Roi : elle eft dans fon caractere donné :
ç'auroit été un trait de génie du Peintre , s'il
l'eût fait contrafter avec la furprife, l'enthoufiafme des autres fpectateurs , qui fe réduifent
pourtant à la Reine, à quelques Pages, à un
Acolyte du *Thaumaturge* , à un Officier du
Palais, au lieu d'une foule immenfe qu'auroit
exigé la fcene.   Car un prodige étant deftiné
à frapper les yeux ftupides de la multitude,
à convaincre les Incrédules , ne fauroit s'o-
pérer avec trop d'éclat : il doit fe paffer dans
la plus grande publicité.   Il eft vrai que celui-
ci eft une faveur fpéciale, une œuvre familiere, pour ainfi parler, & de prédilection,
intéreffant uniquement le Prince & fon augufte
race; inintelligible en outre dans l'explication
du faifeur.   Quel eft donc ce miracle? Le
voici : ,, St. Thibault (de la maifon de Mont-
,, morenci) offre au Roi *St. Louis* & à la
,, Reine *Marguerite de Provence*, une corbeille
,, de fleurs & de fruits, dans laquelle il s'é-
,, leve, *par miracle*, onze tiges de lys.   Le
,, Roi n'avoit pas encore d'enfans : St. Thi-
,, bault lui prédit par cet emblême qu'il en
,, auroit onze, & par la tige qui s'éleve le

„ plus haut, lui défigne *Robert*, Chef de la
„ Maifon de *Bourbon*".

M. *Vien* a grand foin d'obferver que ces tiges s'élevent *par miracle*, dans ce fiecle des
Comus & des *Jonas*, où tant d'innocens Magi-
ciens nous montrent des chofes bien plus in-
croyables, où ce ne font plus depuis longtems
les Grands Seigneurs qui font des merveilles,
mais les fuppôts obfcurs d'un parti qui veut
béatifier quelque benêt de fa cabale. Quoiqu'il en foit, fans tourner en dérifion le choix
d'un fujet qui n'eft point fi gauche, puifque
le Tableau eft deftiné à être placé dans la
Chapelle du *petit Trianon*, fous les yeux de
la branche regnante, qu'il doit flatter ; il faut
convenir que fa compofition, quoique froide,
eft fage & bien entendue, comme tout ce qui
fort du pinceau de l'auteur ; qu'il y a du coloris, de l'harmonie dans fon œuvre, un beau
faire, une touche pure & correcte. On trouve un défaut de perfpective dans le Page qui,
portant la robe de la Reine, en doit être plus
voifin, & femble, au contraire, dans un lointain
trop dégradé, trop ombré. On voudroit que
le Roi fe remarquât par la fplendeur de fes
vêtemens. Mais outre que *St. Louis* étoit
modefte, fans doute il voyage en ce moment
& vifite le couvent du Saint, qu'à fes entours
on juge un Abbé croffé, mîtré, jouiffant des
titres honorifiques de l'Epifcopat. Enfin le

matériel même du miracle, objet premier de cette peinture, n'eft pas affez diftinct. Les Lys, quoique bien deffinés, ne reffortent point autant qu'il le faudroit; on ne peut pas les compter, & la tige fupérieure, le point éminent du prodige, ne fe détache pas, ne s'élance pas fuperbement, ainfi que je le defirerois.

Un troifieme Tableau du même Peintre, qui n'eft pas fans mérite, perd trop malheureufement à la comparaifon de l'original. C'eft *Vénus bleffée par Diomede. Mars la recueille & la fait monter dans fon Char.* Quand on tire un fujet d'*Homere*, il faudroit avoir fon génie, & furtout fa chaleur, fi c'eft pour tranfmettre fur la toile le Dieu de la guerre. Je vois à fa place un jeune militaire, qui n'a rien d'impofant que fon armure dorée & fes vêtemens éclatans. Ses chevaux n'ont rien de fougueux ni d'ardent. *Iris*, qui en tient légérement les rênes, eft contre le coftume & dans l'invraifemblance poëtique, ainfi que les Amours, fe jouant des Courfiers; ce qui confirme combien ceux-ci font doux, benins & maniables (*).

_____

(*) On pourroit croire que c'eft le Char de *Vénus* : alors il devroit être enlevé par des Colombes & non par des Chevaux, autre défaut de coftume. L'explication du Peintre même amphibologique ne leve pas le doute. Il s'exprime ainfi :

Les Enfans aîlés ne devroient-ils pas au moins être effrayés de voir couler le fang de leur Mere, en admettant que le fpectacle du combat ne les eût pas déjà mis en fuite, loin de ce lieu de carnage horrible. C'eft ainfi qu'on facrifie le bon fens à des idées riantes, à des images gracieufes, qu'on croit devoir faire contrafte, & qui choquent fur le champ un efprit jufte, faififfant les convenances du plan & de l'enfemble.

A ces premiers Maîtres de l'Ecole Françoife actuelle dans le genre de l'hiftoire, il ne faut pas oublier, Monfieur, de joindre M. *Brenet* qui, fans exceller pour l'invention, remporta la palme au Sallon dernier, pour le méchanisme de l'Art, au gré des faifeurs les plus experts. Je pafferai légérement fur fes trois grands Tableaux de dévotion: fur fon *Affomption de la Ste. Vierge*, où la Mere de Dieu, bien pofée dans les airs, acquiert déjà cette légéreté, ce phantaftique, cette pénétrabilité des corps divins: fur fon *St. Pierre & St. Paul*, dont j'aime les têtes bien caractérifées, par l'air humilié du Rénégat & la confiance audacieufe de l'Apôtre des Gentils: fur la *Réfurrection de*

,, *Vénus* bleffée par *Diomede*, à la guerre de *Troye*, *Iris* def-
,, cend du ciel pour la tirer du champ de bataille, & *Mars*
,, l'aide à monter dans *fon* Char pour la conduire fur l'*Olym-*
,, *pe*". On juge que, grammaticalement, le *fon* devroit fe
rapporter à *Mars*.

Jéfus - Chrift, remarquable par un des Gardes
du Sépulchre, étendu fur le devant du Tableau, frappé, confondu, atterré de furprife,
& dont la vérité, faillante dans la chûte, l'attitude, l'immobilité fautent aux yeux du paffant
le plus diftrait. Ces fujets, maniés & rema-
niés cent fois, ne peuvent gueres être que des
copies; il faudroit la hardieffe d'un génie unique pour les traiter aujourd'hui avec fupériorité. Je m'attacherai au morceau de l'Artifte
en queftion où il a pu briller davantage; je
le fuppofe tiré de fa *Minerve* & il lui fait
honneur, d'autant qu'il n'étoit point aifé à
compofer, par la confufion des objets à réunir & à groupper enfemble.

On peut fe rappeller le trait de l'hiftoire naturelle de *Pline* concernant un Affranchi cité
à Rome devant un Edile. Il étoit accufé de
magie, parce que fes récoltes étoient plus
abondantes que celles de fes voifins. Il com-
paroît; il amene avec lui fa femme, fa fille,
des bœufs gras & vigoureux; il étale fes in-
ftrumens d'agriculture : *Romains*, dit-il au
Peuple étonné, *voilà mes fortileges; mais je
ne puis apporter avec moi dans la place publique, mes foins, mes fatigues & mes veilles.*
Tel eft le fait qu'a choifi l'Artifte pour l'exprimer fur la toile. Il faut convenir qu'il l'a
bien digéré; qu'on y trouve une ordonnance
nette, claire & diftincte; qu'il y a de l'unité

& que le perfonnage principal s'annonce parfaitement, quoique le Magiftrat par fon vêtement, par fon tribunal élevé dût d'abord pro-
voquer les regards, à raifon de cet appareil
impofant pour la multitude. Mais la nobleffe,
l'action de la figure de l'accufé, le mouvement qui regne en celle-là feule, réparent l'erreur qu'occafionne néceffairement le coftume
des fonctions & de la dignité de l'Edile. Il ne
manque dans cette compofition, fuivant moi,
que les accufateurs, épars fans doute dans la
foule du Peuple, mais que je voudrois difcer-
ner à la confufion dont leurs vifages feroient
couverts, tandis qu'on ne remarqueroit fur les
autres que la furprife mêlée de joie, en voyant
un innocent triompher avec autant d'avantage.
Les gens minutieux s'arrêtent encore à un léger défaut de bienféance, de propreté ; c'eft
que les animaux lui offrent le derriere. Du
refte, trop de repos, point de coloris, pas
affez d'empâtement ; ce qui en ôte tout le
relief, empêchant les meilleurs effets de ce
Tableau précieux pour le fujet, en ce moment
furtout, où l'Agriculture & l'Economifme font
dans la plus haute vénération. On eft fâché
d'apprendre qu'il foit deftiné à orner le Palais
d'un Ex-Miniftre abhorré, dont l'ame atroce
n'eft point propre à goûter les douceurs, à
s'ouvrir aux leçons de cette fcene inftructive :
il feroit infiniment mieux placé chez le Mi-

niftre actuel des finances, fait pour aimer la
nature, en connoître les reffources, & favo-
rifer un art utile, le premier des arts.

Il faut avancer, Monfieur, & je paffe à
M. *la Grenée* l'aîné, d'un pinceau moins fécond cette année, mais toujours fuave, doux,
naïf & vrai. Auffi n'eft-il jamais mâle ni nerveux; c'eft ce qui l'empêche de bien rendre
les grandes idées, les compofitions fortes. Par
exemple, dans fon *défefpoir d'Armide, qui
n'ayant pu fe venger de Renaud veut fe tuer,*
la pâleur du vifage du héros arrêtant le bras
de fon amante, annonce bien le fpafme de fon
ame; mais j'aurois auffi voulu que pour contrafter, le Peintre eût enflammé le vifage de
l'Héroïne au plus haut dégré. Le fang paroît
fe retirer de fes veines, ainfi que chez fon
Amant. Ici, c'eft la marque de l'effroi qu'il
reffent, en lui voyant le bras levé pour fe
frapper: là, il pourroit être l'expreffion de
la colere; mais dans les ames nobles, élevées
& courageufes, cette paffion fe manifefte par la
rougeur. La colere blême eft l'indice d'une
ame baffe, vile, difpofée à la trahifon. Son
*Apollon, dont la Sibylle obtient de vivre autant
d'années qu'elle tient de grains de fable dans fa
main,* eft froid. On ne fait pourquoi il en
fait un beau brun, ou plutôt, fans doute, il
n'eft pas affez ignare dans le coftume pour
commettre une pareille faute. Quant à l'A-

-*mour*, qu'il nous peint roux, dans un de fes Tableaux de ce Dieu avec *Pfyché*, il eft plus difficile de l'excufer. Ces derniers fujets, vraiment amoureux, ont de l'expreffion. Sa *Pallas* en manque abfolument: c'eft un beau corps de femme galante, à fa toilette, vaine, oifive, diftraite, ou plutôt ne fongeant à rien; c'eft, en un mot, comme beaucoup de cette efpece, un corps fans ame. Eh! quelle noble pudeur, quelle majefté auftere ne falloit-il pas imprimer fur le vifage de la Déeffe, dans un moment où elle punit de cécité la curiofité téméraire du fameux devin *Tirefias*? Sa *Fidéli-té*, fa *Sincérité*, grouppées enfemble, font deux jolies figures. L'air futé cependant de celle-ci eft faux, &, en lui donnant plus de piquant, contrarie le fujet. La *Candeur*, la *Douceur*, font deux pendans vagues & de fan-taifie, qu'on peut prendre indifféremment l'un pour l'autre & qui feront auffi juftes. En général, tous les Tableaux de M. *de la Gre-née* n'étant point caractérifés par des paffions prononcées & variées, femblent d'une même palette. De fuperbes femmes, un peu lour-des, comme celles de *Rubens*; des corps d'hommes bien deffinés, mais participant trop aux formes gracieufes & arrondies des premie-res, rendent fa maniere toujours agréable & jamais favante: tous fes détails font traités

avec la même grace. C'eſt un Peintre dans le
génie françois, ſi jamais il en fût.

En voilà, Monſieur, beaucoup trop ſur les
Tableaux d'hiſtoire, dont le Catalogue auroit
été plus court, ſi je n'avois fait mention que
de ceux admirables pour le génie, ou diſtingués par quelque partie perfectionnée à un
certain point aux yeux des Artiſtes. S'il étoit
permis de s'égayer aux dépens de ces Meſſieurs, il y auroit de quoi rire ſans doute. Je
vous parlerois ſurtout des Anges, répétés dans
différens Tableaux, tous très-comiques, très-
ridicules. Il faut que ce ſoit une Intelligence
bien difficile à rendre. Je vous ferois voir celui de M. de *Taraval* dans ſon *Aſſomption de la
Vierge*, qui ſemble donner galamment la main
à la Mere de Dieu pour la conduire dans les airs;
de celui de M. *Renou* dans ſon *Annonciation*,
qui ſerre les feſſes comme s'il étoit pourſuivi
par un Jéſuite; de celui de M. *Martin, exhor-
tant à la mort la Magdelaine* d'une façon ſi per-
ſuaſive, qu'on croit entendre ce Capucin, non
moins éloquent, auquel le patient propoſoit de
vouloir bien prendre ſa place au ſouper céleſte
dont il lui faiſoit la ſplendide deſcription. Mais
il faut ménager les talens, quoique médiocres,
ſurtout lorſqu'ils ſont modeſtes. D'ailleurs,
le moyen de plaiſanter ſur des ſujets auſſi
ſaints, & devant Noſſeigneurs du Clergé aſ-
ſem·

femblés! Je pourrai me donner carriere fur maintes carricatures qui vont s'offrir dans les Tableaux de genre & me fournir de quoi m'exercer fans craindre les Cenfures de l'Eglife, & peut-être me mériter fon encouragement.

J'ai l'honneur d'être, &c.

LETTRE II.

Paris, le 23 Septembre 1773.

On doit exalter, Monfieur, la prudence vigilante de M. *Vien*, l'ordonnateur du Sallon. Il en a profcrit les ouvrages indécens, licencieux, impies, qui, auparavant, à la faveur de leur exiguïté, s'y gliffoient comme furtivement, effarouchoient les regards de la pudeur allarmée, irritoient le zele des dévots, & plus d'une fois ont provoqué les gémiffemens & les plaintes du Clergé. La réforme eft dûe, fans doute, au nouveau Directeur, M. *d'Angiviller*, perfonnage fec, froid, nullement plaifant; ou plutôt tous deux n'ont fait que fe conformer aux intentions d'un jeune Prince qui, dès fa plus tendre enfance, s'eft diftingué par fon auftérité, & depuis qu'il eft Maftre cherche à fignaler fon regne par le rétabliffement des mœurs & de l'honnêteté publi-

I

que. Auſſi voit-on cette fois la foule du
Sallon groſſie par des Evêques, des Abbés,
des Eccléſiaſtiques à grands-chapeaux. Il n'eſt
pas juſqu'aux Religieux & aux Moines qui y
abondent, & dont les jaquettes de toute couleur en varient merveilleuſement le coup d'œil.

Malgré la ſévérité de l'examen, il eſt cependant reſté un petit Tableau, dont l'action
phyſique, très-décente en elle-même, ouvre
carriere aux imaginations vives & libertines.
J'ai vu les yeux de plus d'un Carme s'enflammer en le regardant, & vous allez juger,
Monſieur, de la ſituation où il pouvoit être.
Le ſujet, dit le Peintre, eſt *un jeune homme*
qui demande pardon à une jeune perſonne de lui
avoir arraché un bouquet. On trouve effecti-
vement ſur le devant du Tableau des fleurs
éparſes. Mais les ſieges renverſés, le déſordre de la chambre, du lit, de la fille, du
garçon, annoncent une fleur plus précieuſe,
ravie à cette derniere, dont le bouquet n'eſt
que le ſigne allégorique, comme dans la comédie du *Magnifique* (*). Autrement, que
ſignifieroit tant de tapage pour quelques ro-
ſes, aiſées à retrouver plus fraîches & plus
vermeilles ? Tout eſt donc malin dans cette
compoſition, excepté la figure de l'Amant
trop dolente, à moins qu'on ne ſuppoſe que

(*) Aux Italiens.

ce foit de douleur de ne pouvoir recommencer ; auquel cas elle eſt trop enluminée : il
lui faudroit de la pâleur, figne de l'abatte-
ment. Quant à l'offenſée, on fait que l'acte
fous-entendu ne procure que plus d'éclat aux
figures de femmes. Au reſte, on reproche à
l'Artiſte d'avoir facrifié la vérité des détails à
ce grouppe principal, de les avoir enfevelir
dans une maſſe d'ombre trop forte. Il ne
faut point perdre de vue la nature, qui n'outre rien, & dont les dégradations ou les progrès de lumiere infenfibles, bien imités, forment la magie du clair-obfcur, partie effentielle pour donner la vie à un Tableau. En
général, M. *Théaulon*, nouvel Agréé, auteur
de cette jolie compofition, vife à une maniere
noire, qu'on remarque également dans fes autres ouvrages, & qu'il fera bien d'éviter.

C'eſt auſſi le défaut de M. *Bounieu*, qui ne
l'a pourtant pas ſi outré. Il s'exerce, comme
fon confrere, & depuis plus longtems, à reproduire les fcenes de la vie privée ; mais il feroit bien d'en choifir de plus intéreſſantes.
Dans ce genre il ne fuffit pas de parler aux
yeux ; le grand mérite eſt de plaire à l'efprit
ou d'émouvoir le cœur. *Une Mere engageant
fa fille à prendre une Médecine ; une famille
faifant des confitures ; une Blanchiffeufe de bas
de foie ; un Galetas*, &c. ne peuvent fixer
longtems l'attention, que par un *faire* fupé.

I 2

rieur qu'il ne possede pas. Toutefois sa touche est assez agréable pour exciter l'amateur à
discuter ses ouvrages, quand il y aura de l'action ou que la curiosité sera piquée par quelque attrait particulier. Par exemple, on
aime à voir M. *Bignon* faisant lire son fils.
On connoît le Bibliothécaire du Roi, dont
la figure est ressemblante, & d'ailleurs cet acte de tendresse paternelle plaît à tous ceux
qui en goûtent ou en soupçonnent la douceur.
D'où vient qu'*une petite fille*, du même Auteur, *récitant sa leçon à sa Mere*, est plus froide & n'arrête pas le spectateur ? C'est que
dans le premier sujet on juge que le Pere se
complaît réellement à ce qu'il fait, qu'il s'en
occupe tout entier. Au lieu que dans le second, le Peintre ayant mis la femme à sa toilette, une fonction si essentielle pour le Sexe
est censée en faire le fond ; l'acte maternel
n'est que l'accessoire, & comme un désennui
qu'elle prend pendant qu'on la frise. L'autre
a encore le mérite d'être mieux entendu pour
la couleur locale. Il y a des accidens de lumiere qui en éclairent convenablement toutes les parties & produisent un effet naturel.
La bibliotheque, entour nécessaire à l'état
du personnage, contribue à aider la recon-
noissance qu'en fait le public & complette sa
satisfaction.

Un autre Agréé, M. *Aubri*, serre de plus

près M. *Greuze*, & auroit envie de le faire
oublier. Sans penser auffi profondément, il
fait trouver des fujets attrayans. C'eft furtout dant fa *Bergere des Alpes*, ce Conte
touchant de M. *Marmontel*, qu'il a cherché à
lutter contre fon redoutable rival. Que d'in-
térêts divers, naiffant du même objet & s'y
réportant, il falloit rendre ! Il eft fâcheux
qu'en ombrant trop les vifages du Pere &
de la Mere, il ait préféré de plaire aux Artiftes par un méchanifme favant, plutôt que
de paffionner le vulgaire par les expreffions de
l'ame.

M. *Wille* n'a point cet amour - propre mal
entendu dans fon *Retour à la vertu*, vrai poëme bien conçu, bien développé. Toutes les
têtes, au nombre de fept, ont leur caractere prononcé, & concourent à l'unité de l'action. Une Villageoife, échappée à l'autorité paternelle, cherche à rentrer en grace:
l'accoûtrement brillant dans lequel elle eft,
annonce le motif & le fruit de fon évafion.
Le Raviffeur, derriere elle, comme le plus
coupable, augmente l'intérêt, en ce qu'il défigne un véritable repentir, des vues honnêtes
pour réparer, en époufant, le tort qu'il a
fait à cette famille. Le premier mouvement
du Pere eft de repouffer; la Mere, plus indulgente, veut le calmer. Derriere font les
deux Sœurs: la plus grande fupplie & fecon-

de les efforts de la femme, mais d'une façon respectueuse ; la plus jeune, étendant les mains, marque sa surprise: elle ne connoît pas assez 'les conséquences de · l'événement pour en être aussi affligée que son aînée. Enfin, le Frere, encore enfant, n'a que cette émotion que tout être sensible sent machinalement lorsqu'il voit chez les autres une sensation de douleur ou de tristesse. Un petit chien, qui reconnoît son ancienne Maîtresse & témoigne la joie de son retour, avec les caresses d'un animal, symbole de la fidélité, sans faire perdre de vue le sujet principal, en corrige l'impression trop affligeante & la tempere. Il est fâcheux, Monsieur, qu'on ne puisse gueres louer que la composition de ce Tableau, qui manque de relief, de coloris, & conséquemment sans aucun effet pittoresque.

La Danse Villageoise, du même Artiste, prouve qu'il entend le méchanisme de son Art, & le poussera, quand il voudra s'y livrer, au plus haut dégré de perfection. La figure saillante du Vieillard en branle, dessinée avec beaucoup · d'aisance, n'en est pas moins correcte. Quoique dans une attitude très-difficile, elle est agencée supérieurement. Il y regne une souplesse peut-être trop grande pour cet âge, mais qui fait honneur à la facilité du talent de l'Artiste. Il y a en ou-

tre certaines parties d'un coloris très-vrai &
du ton le plus vigoureux. On a d'autant plus
lieu d'efpérer de M. *Wille*, qu'il eft jeune &
ne fait que d'entrer à l'Académie. C'eft, fans
doute, le fils du Graveur diftingué dans fon
Art, & par une belle émulation il cherche à
furpaffer fon pere, en quittant le burin pour le
pinceau.

Il faut ranger parmi ces Peintres de genre,
M. *l'Epicié*, qui s'éleve auffi jufques à l'hiftoire, & feroit bien de fe circonfcrire dans les
mêmes bornes, en corrigeant fa maniere trop
crûe & ne heurtant pas fes figures. Son idée
du Duc de *Chartres* entr'ouvrant les rideaux
du berceau du Duc de *Valois*, fon fils, eft
bonne, mais d'une exécution platte. (*) Son
Attelier d'un Menuifier, quoique d'une couleur
fauffe, a longtems attiré les paffans par des
détails vrais & à portée du peuple. Sa *Douane*,
d'un plus grand deffin, a rappellé la foule,
en lui préfentant une variété plus multipliée
d'objets, quoique moins piquans. Les connoiffeurs y trouvent ce repos, cet accord,

---

(*) Le Peintre a corrigé depuis le commencement du
Sallon le Duc de *Chartres*, dont les jambes de coton, l'ha-
billement trop uniforme & un air déguingandé excitoient
les reproches des Amateurs. Il eft mieux aujourd'hui; mais
en changeant la pofition du perfonnage il l'a rendue gênée &
même forcée.

I 4

cette harmonie qui manquent à ſes autres productions.

Un Auteur qui ſe diſtingue entre ceux - là ,
brillant, abondant & vraiment original, c'eſt
M. *Le Prince.* Il imagine toujours des ſujets
nobles, ſpirituels, galans ou philoſophiques.
Son coſtume eſt riche, magnifique, impoſant;
ſon exécution ferme & décidée. Le caractere
de l'*Avare* eſt fortement exprimé par ſon action. Il eſt entouré de ſacs remplis d'eſpeces; il en ſerre un d'une main, il compte de
l'argent de l'autre, il ſemble en ramaſſer avec
les pieds. J'aurois deſiré qu'il l'eût couché
deſſus, qu'il l'eût enterré dans ſon or. Pourquoi le vêtir ſi bien? lui donner une tournure
corpulente & replette? La pâleur de nos financiers, ſymbole de *l'auri ſacra fames*, de
cette ſoif de l'or dont ils ſont tourmentés,
auroit mieux convenu à ce perſonnage. Cependant ſes mains ſont deſſechées, ſon viſage
eſt macéré, malgré trop de rondeur & d'en-
luminure , & les ſoucis en ont ſillonné les
rides.

Il manque auſſi quelque choſe dans le *Ne-
gromantien*, dont l'enſemble eſt admirable;
mais je ne vois pas ſur la phyſionomie de la
femme qui le conſulte, l'inquiétude, ſuite &
compagne ordinaire d'une ſemblable curioſité.
Du reſte, elle eſt charmante & pleine de gia-
ces. Quant au troiſieme perſonnage, qu'on
ſup-

fuppofe être un Eleve de l'Impofteur, je ne crois pas fa figure affez décidée. J'aurois voulu lui donner ou l'air de la plus profonde admiration, ou celui d'un fourbe déjà participant aux fecrets du Maître.

Le *Jaloux* eft plus précis: il porte même fa moralité avec lui. Tandis que le mari tient fa femme enchaînée, il s'endort, & le galant vient baifer la main de la Belle par derriere. Vous obferverez, Monfieur, que cette fcene ne fe paffe point en France; ce qui auroit été trop pécher contre les vraifemblances: elle eft en *Ruffie*, où l'Artifte continue à placer fes acteurs. Il y va chercher jufqu'à fes payfages. Auquel cas on fouhaiteroit qu'il les décidât davantage par une nature plus étrangere; qu'il nous expofât les effets outrés de l'hiver dans un climat auffi terrible. Les Virtuofes entrant dans les détails les plus minutieux du méchanifme de l'Art, prétendent que fes ombres font trop prononcées; qu'il répand fes lumieres par couche, ce qui les fait papillotter; qu'il ne détache pas affez le feuillage de fes arbres; qu'il n'y a point une variété affez décidée de tons entre les différentes parties de fon enfemble; que fes ciels font d'empois. Je néglige ces obfervations, bonnes pour former des Eleves, dont vous vous embarraffez peu, & je m'attache principalemenf à la poéfie du Tableau, c'eft-à-dire à fa

I 5

composition, dont tout le monde peut juger
en connoissance de cause.

Le genre du Paysage continue à être fort
à la mode parmi nos Peintres, comme le plus
aisé, comme celui de plus prompte défaite
& qui assujettit moins le génie à des regles
précises. Je ne parlerai point de M. *Milet
Francisque*, toujours assidu à exposer ses productions, & toujours, pour ainsi dire, en
incognito au Sallon. Les Journalistes les plus
flatteurs ne daignent pas même en faire mention: de ceux de M. *Huet*, plus spécialement
voué à peindre les animaux, au point que
voulant s'élever jusques à l'histoire, dans sa
Sainte famille avec les Pasteurs, les quadrupedes y jouent le premier rôle, & l'Ane surtout y brille par l'air le plus spirituel. J'o-
mets les têtes d'Anges ailées qui volent dans
les airs.

Je passe à M. *Houel*, nouveau débutant
dans la carriere. Plus de trente Tableaux annoncent sa facilité à exécuter, quoiqu'il ne
soit pas d'une exécution facile, qu'elle soit
même dure en général. Il donne surtout dans
le genre héroïque, s'attachant à ce que l'art
& la nature ont de plus majestueux. Il a
mis à profit ses voyages d'Italie; il y a fait
des études des beaux monumens de ces con-
trées; il s'est agrandi l'ame avec eux, &
nous les reproduit sous toutes sortes de vues.

Il feroit à fouhaiter qu'il y eût acquis cette touche large, moëlleufe & brillante des grands Maîtres, ou que, fans aller fi loin, il prît des leçons de M. *Machy*, toujours correct, noble, riche & élégant. Cette fois-ci, ce dernier s'eft plus rapproché de nous. Il nous donne les *Vues du nouvel Hôtel de la monnoie*, du *Louvre* & du *Quai*, &c. & nous met à portée, en admirant la beauté de fon pinceau, de reconnoître la vérité & la juftesse de fon deffin.

On ne peut parler de cet habile homme fans faire mention de M. *Robert*, fon digne émule. Ses *Ruines du Palais des Céfars* offrent une percée capable de reproduire à nos yeux la merveille du Tableau de *Zeuxis*, & de tromper les oifeaux effayant de paffer à travers la toile.

Son *Décintrement du Pont de Neuilly* excite furtout la curiofité. Chacun aime à parcourir en détail cette multitude de têtes innombrables & à y rétrouver fa place. On y diftingue dans le groupe principal le Roi; M. le Comte *de la Marche*, donnant la main à Madame la Comteffe *Dubarri*; le Chancelier avec fa fimarre, ornement fi étrange à de pareils fpectacles; l'Abbé *Terrai*, le Duc *de la Vrilliere*, le Duc *d'Aiguillon*, M. *de Boisnes*, tous ces Miniftres du feu Roi, tombés dans la difgrace & fi redoutables alors: &

I 6

l'on fent une joie fecrette en fongeant à la révolution qui les a culbutés. Le Peintre a choifi le moment le plus intéreffant du fpectacle, celui où les cintres ont tombé. L'effet de cette chûte dans la riviere eft rendu avec une grande magie de couleur. On voit les ondulations, l'écume de l'eau; mais on faifit furtout l'attention générale des regardans portés vers le même objet & qui forme cette unité précieufe dans les ouvrages de tout genre.

C'eft ainfi que M. *Vernet*, dans fon Tableau de la conftruction d'un grand chemin, malgré la vivacité prodigieufe de fes figures, les fait concourir toutes à l'action principale, même M. *Perronnet*, le premier Ingénieur des Ponts & Chauffées qui, étant à cheval, eft cenfé faire fa tournée, &, lifant un papier, recevoir quelque Mémoire relatif à fa miffion. Cette partie de l'ouvrage eft admirable, & je la préfere à fon Pendant repréfentant *les abords d'une Foire*, où il y a moins de mouvement, mais fupérieure par un Ciel plus vaporeux, plus aërien, plus vrai, en un mot. Je trouve de la majefté dans fon *Payfage montueux*, *avec le commencement d'un orage*: j'en admire les maffes grandes & impofantes. Mais fes petits Tableaux d'une *Mer calme au coucher du Soleil*, d'une *Tempéte s'élevant & fubmergeant un Vaiffeau*, font plus précieux pour

ces couleurs fondues, dorées, rôties, qui donnent le sceau aux peintures, & les font passer
à la postérité.

Un homme admirable par cette magie de
coloris s'étoit annoncé dans le *Catalogue des
Tableaux*, pour quatorze morceaux dont je
n'ai pu trouver un seul, malgré mes recher-
ches. Si c'est une niche que M. *Casanova* a
voulu faire au public, il mériteroit punition.
Ses amis attribuent ce vuide à la sensibilité
trop grande de l'Artiste, effarouché par le
Sr. *Fréron*. Le Journaliste ayant sur le cœur
une vieille querelle avec le Peintre en question, l'a menacé d'une critique févere &
mordante. Quel pitoyable amour - propre, &
que le génie est quelquefois petit !

En cherchant, Monsieur, les productions
de ce Peintre, j'ai rencontré celle d'un autre
qui n'étoit point annoncé, & qui m'a causé
une surprise agréable. C'est un *Coche Anglois*,
de M. *Loutherbourg*. On sait qu'il est depuis
longtems à *Londres* ; on dit même que son in-
conduite lui a procuré de fâcheuses aventures, car les gens à talent ont presque tous
des écarts. Quoi qu'il en soit, il n'a pas entierement perdu son tems. Dans ce morceau,
piquant par la circonstance, on le trouve toujours chaud de couleur, plein de fougue &
de verve, incorrect, inégal, & tel dans ses
œuvres que dans sa vie privée. Ce *Coche*,

d'une conftruction finguliere, rempli de monde, par devant, par derriere, &c. eft fort
confidéré aujourd'hui ; qu'il eft queftion de réforme dans nos voitures, & que tout le monde parle & rêve de Meffageries.

J'ai découvert encore M. *Van Spaendenk*,
qui n'eft point fur le *Catalogue*, &, fans doute, comme Affocié étranger a eu permiffion
d'expofer avec les Académiciens.   On dit cet
Artifte jeune ; il fe deftine au genre des fleurs.
Sa couleur eft belle & vive ; il rend avec fuccès les chofes difficiles dans le même genre,
tels que les criftaux, les porcelaines, les fayen-
ces, mais pas fi bien les fruits. Il eft inférieur à M. *Bellengé*. Tout cela n'eft rien
auprès de Mlle. *Vallayer*, qui cette fois fe
diftingue encore par un Portrait de M. l'Abbé
Le Monnier, d'une grande vérité, fans la
moindre prétention, comme les ouvrages de
cet Auteur. Nous ne dirons qu'un mot des
deffins colorés de M. *Cleriffeau*, bien traités,
d'un goût fain, d'une exécution hardie, favante & annonçant une profonde connoiffance
de l'Architecture antique ; des *Gouaffes* de M.
Perignon, c'eft-à-dire des Peintures à l'eau
délayée avec de la gomme ; procédé méfefti-
mé par les Peintres à l'huile, mais toujours
bon quand il en réfulte des ouvrages bien faits.
Cet Artifte-ci, en oppofition avec le précédent, s'attache à l'Architecture moderne, &
en connoît auffi parfaitement les beautés moins

fieres, mais peut-être plus difficiles à faiſir que celles des bâtimens Grecs ou Romains.

Une autre réforme, Monſieur, qu'on remarque au Sallon cette année, c'eſt à l'égard des Portraits. Elle a lieu, non ſeulement pour le nombre, mais pour l'eſpece. On n'y trouve plus de ces effigies ſcandaleuſes de Courtiſannes, qui n'ayant pour but que d'allumer des deſirs criminels, excitent l'Artiſte à s'évertuer & à faire paſſer dans l'ame des ſpectateurs les feux impudiques qu'il a été forcé d'éteindre avant de prendre le pinceau vacillant dans ſa main. On y voit même peu de ces phyſionomies obſcures que, par égard pour le reſpect dû au public, on ne devroit pas lui préſenter.

M. *Drouais* ſe ſignale par quatre Portraits de la Famille Royale. Celui de *Monſieur* eſt de la plus grande eſpece. Le Prince y eſt repréſenté en pied, en habit de l'Ordre du St. Eſprit. C'eſt un Tableau d'apparat, & donné par S. A. Royale à la ville d'Angers, capitale de ſon Appanage. Elle a devant elle les privileges de la Province, qu'Elle ſemble promettre de défendre. On critique la figure poupine d'un Prince ſage & réfléchi, dont ces qualités forment le caractere de tête diſtinctif. Les étoffes de ſon vêtement ſont roides & ſans graces ; elles n'ont pas dans leurs plis cette ſoupleſſe, ce jeu, cette facilité de la

nature. La reſſemblance de Madame la Comteſſe *d'Artois*, en habit de cour, eſt plus exacte: on y retrouve l'air triſte & penſif de la
Princeſſe. Mais on ne peut reconnoître ſous
la figure boudeuſe de Madame *Clotilde*, Princeſſe de *Piémont*, pinçant de la guitarre, les
graces, l'aménité, la bienfaiſance identifiées
avec elle dès ſon enfance. Et *Mademoiſelle*,
malgré la beauté tendre & naïve que l'Artiſte
a imprimée ſur ſa phyſionomie, eſt encore plus
aimable & plus ſéduiſante. Ses mammelons
ſont comme cloués, & ſa *Table*, en terme
d'anatomie, ne commence pas inſenſiblement
à la clavicule pour former la gorge, cette
partie délicieuſe de la femme, & qui ravit
ceux qui ont l'honneur d'approcher de la jeune
Alteſſe.

Le portrait du Roi, par M. *Dupleſſis*, d'un
ton de couleur plus ſévere, eſt infiniment
mieux. En conſervant la vérité de la reſſemblance, il a donné à la tête un air plus auguste par ſon attitude noble & impoſante. La
main paſſée ſous la veſte eſt d'une grande correction; les étoffes ſont d'une couleur vraie,
mais n'ont point aſſez de grénu; ce qui leur
donneroit le relief néceſſaire pour faire illuſion.

On voit que l'Auteur s'eſt complu à tracer
celui de M. le Chevalier *Gluck*, tête de caractere, où il a voulu faire paſſer tout le

génie de ce grand Muſicien. Il le repréſente aſſis, devant ſon clavecin, au moment de la compoſition. Il ne lui donne point cet air d'énergumene, ces tons forcés & violens qui annoncent plus l'impuiſſance que la véritable fécondité. Il a cette chaleur douce & ſoutenue qui produit ſans effort. Tout ce que j'y critiquerois, c'eſt la perruque, acceſſoire dans le coſtume, ſans doute, mais non eſſentiel. Il n'auroit pas été contre l'uſage de le montrer la tête nue, ou enveloppée ſimplement d'un mouchoir, attribut plus pittoresque.

On a du même Peintre, le *Portrait* de M. *Allegrain*, Sculpteur eſtimable, dont on aime à voir la figure au Sallon, au défaut de ſes ouvrages. Celui de M. l'Abbé *de Veri*, Auditeur de Rote, dans le coſtume de cette fonction, & l'on contemple ſur cette phyſionomie tranquille, l'ami du Miniſtre expérimenté dont la ſageſſe inviſible dirige nôtre jeune Monarque; celui de M. le Comte *d'Uſſon*, Seigneur diſtingué dans le Corps diplomatique; de M. le Marquis *de Croiſi*; tous perſonnages connus, ou par leur naiſſance, ou par leur mérite.

M. *Aubry*, moins vigoureux, a choiſi des ſujets qui exigeoient moins de feu. Son Portrait de M. *Hallé*, le premier Peintre du Sallon ſur la liſte & le dernier par ſes œuvres, eſt reſſemblant, mais blafard & d'un pinceau

mou, comme les ouvrages de cet Artiste fep-
tuagénaire. Il y a cependant de la hardieffe
dans celui du Sr. *Monnet*, cet ancien Chef de
l'Opéra-Comique. L'air libertin de fa tête
vraiment pittoresque femble avoir échauffé le
pinceau de l'Artifte. Il a parfaitement caractérifé le perfonnage d'une grande reffemblance. Il n'eft point de fille qui, en entrant au
Sallon, ne le reconnoiffe & ne fourie en
fongeant aux orgies qu'il lui a fait faire.

Celui de M. *Robert*, par M. *Hall*, eft mâle
& nerveux, au contraire, comme le *faire* de
cet Artifte, quoique fimplement en paftel. Le
talent de cet étranger eft pour la peinture en
émail & en miniature. Il s'eft enhardi cette
fois, & s'eft élevé jufqu'aux têtes de grandeur naturelle; ce qui doit le perfectionner
dans fon genre, où il lutte contre M. *Pasquier*.
L'Académicien eft fupérieur pour les têtes de
femme. Il rend mieux les expreffions douces,
analogues à fon caractere. L'Agréé a plus de
précifion, le trait fûr, & paroît s'entendre
parfaitement aux têtes d'homme. Celle du
Sr. *Brizard* eft cependant bien exprimée par le
premier: c'eft que ce Comédien, d'une belle
figure, a dans l'enfemble des traits une harmonie fuave, qui approche des contours faciles & moëlleux que M. *Pasquier* attrape
merveilleufement. Le morceau qu'il a le plus
travaillé, & dont il a fait une compofition

Hiſtorique, c'eſt le Portrait de la Reine, que la Peinture perſonnifiée offre au Public. On eſt partagé ſur cet ouvrage, où les uns reconnoiſſent Sa Majeſté dans toute ſa légéreté, dans toutes ſes graces, dans ſa fraîcheur, dans ſa jeuneſſe, où les autres la prétendent enlaidie, dégradée, ſans vivacité & ſans ame.

Je ne terminerai point cette querelle, qui n'a pas lieu à l'égard des productions de M. *Weiler*, nouveau concurrent, dont le pinceau brillant eſt ſurtout précieux par la vivacité du coloris & la vérité des étoffes.

Avant d'en venir aux Sculptures, je finirai l'article par M. *Chardin*, qui s'eſt amuſé à ſe peindre lui-même avec ſa femme. Il a ſur les yeux ſes lunettes, &, par une magie de ſon Art, ſon Portrait, de face, de quelque côté qu'on l'enviſage, figure toujours vis-à-vis du Spectateur & le regarde très-honnêtement. Je me réſerve, Monſieur, à vous parler dans ma troiſieme Lettre des Sculpteurs, Graveurs, &c.

J'ai l'honneur d'être, &c.

LETTRE III.

Paris, le 29 Septembre 1775.

SI les Peintres, Monſieur, cette année ont été ſobres de Portraits, nos Sculpteurs, à

leur tour, ont été prodigues de Buftes à en
dégoûter les fpectateurs fatigués de cette uniformité ennuyeufe, de cette abondance ftéri-
le. Au lieu de ménager le peu de terrein
qu'on leur accorde au Sallon pour les productions du génie, ils l'ont rempli de ces monumens élevés à la vanité des propriétaires &
ne pouvant guere fatisfaire qu'elle. En effet,
qu'importe au public de rencontrer une tête
qu'il ne reconnoît pas, & qui placée là,
comme pour faire nombre, s'en va fans avoir
été reconnue de perfonne & fans avoir mérité
ni éloge ni reproche au faifeur.

Je ne comprends pas dans la profcription
les Buftes du Roi, de la Reine, des Minis-
tres, des grands Auteurs, des Artiftes célebres, dont on ne fauroit trop multiplier les
reffemblances, pour en donner au moins une
idée à ceux qui ne peuvent voir ces Maîtres auguftes, ces Perfonnages intéreffans,
ces Hommes fameux dans tous les genres.

La Sculpture, non contente de difputer
aujourd'hui à la Peinture pour rendre la tête
de notre jeune Roi, a excité une belle émulation entre deux de fes favoris, M. *Bridan*
& M. *Pajou*. Mais celui-là l'emporte généralement, quoiqu'encore inférieur à M. *Dupleffis*, plus pénétré de la fublimité d'un Monarque qu'il fait mieux fentir au fpectateur.
On ne fait fi c'eft par modeftie que le fe-

cond n'avoit point défigné *Louis XVI* fur le livre, ou pour annoncer par cet incognito même la fimplicité de fon modele. Quoi qu'il en foit, on a trouvé indécent que le Monarque fût ainfi confondu dans la foule, & l'on a reftitué la défignation au bas du Bufte. Depuis quelques jours on a placé à côté du premier fon augufte Compagne. Cette apparition a furpris merveilleufement le public, qui ne s'y attendoit pas. Il eft revenu autour de ce chef-d'œuvre de M. *Boizot*. S. M. eft repréfentée en *Diane*. Rien de plus naïf, de plus fin & de plus noble en même tems que la tête. Elle eft grandement drapée, fans que cet acceffoi-re diminue la légéreté & le fwelte de la figure, que l'on foupçonne du moins, par le col bien élancé, par les épaules tombant avec grace, par une gorge de la plus aimable proportion & par une forte de vivacité répan-due dans cet enfemble qui, à ne regarder que le haut du Bufte, feroit croire volontiers qu'il va marcher.

Quant au fecond, il eft accompagné de deux Miniftres chéris, & les yeux fe repofent avec complaifance fur ces deux figures bénignes, après avoir confidéré celle du Maître, à laquelle elles font parfaitement analogues, & peut-être, par ce cortege, M. *Vien* avoit-il cru l'indiquer fuffifamment. On n'envifage gueres *Sully* qu'on ne cherche Henri IV au

deſſus. M. *de Miromesnil* eſt très-reſſem-
blant, mais lourdement vêtu; ſa ſimarre a ces
plis roides & durs que l'art doit éviter ſi ſoi-
gneuſement, & la perruque ſurtout eſt d'un
volume énorme; c'eſt un bloc de marbre dont
il eſt écraſé, non encore dégroſſi. Il eſt vrai
que cet ornement eſt tout-à-fait ingrat.
La chevelure ondoyante de M. *Turgot* eſt plus
avantageuſe & auſſi mieux rendue. J'en reviens aux expreſſions de tête que j'admire ſin-
gulierement. Car, outre cette qualité émi-
nente & commune de bienfaiſance & d'humanité que j'y remarque, outre la vérité des
traits qui les font reconnoître au premier
coup d'œil, j'y trouve ces fineſſes de génie,
auxquelles ne ſongent pas même les Artiſtes
vulgaires. Je vois dans le Garde des Sceaux
le recueillement profond, l'exactitude minu-
tieuſe & vigilante du dépoſitaire des Loix,
dont les fonctions ne font que de conſerver,
de maintenir ou de remettre en vigueur. Dans
le Miniſtre des finances, au contraire, je découvre l'homme actif, qui invente & qui produit. Il paroît que l'Artiſte (M. *Houdon*) ſaiſit avec une égale adreſſe les caracteres les plus
oppoſés. Quelle beauté, quelle douceur,
quelle onction dans Mlle. *Arnould*, repreſen-
tée en *Iphigénie!* Elle a les bandelettes, les
croiſſans & tous les attributs qui déſignent le
moment du ſacrifice où il l'a peint. Que de

force & de vigueur dans celui du Chevalier *Gluck*, où la Sculpture prend fa revanche & l'emporte fur fa rivale. On voit dans Madame la Comteffe *du Caiia*, la douce ivreffe, la gaieté vive, l'abandon folâtre d'une Bacchan-te, au commencement d'une orgie, dans les premiers accès du plaifir, comme cela devoit être, pour lui accorder quelque nobleffe & quelque décence.

Son *Oifeau mort* eft d'une précifion unique, du cifeau le plus pur & le plus gracieux, du deffin le plus correct. Sa *Tête* de jeune fille eft précieufe par fa douceur & fon ingénuïté, par un *faire* d'une perfection accomplie. Puis cet Agréé s'éleve à des conceptions fublimes & d'un enfemble très-étendu. Il annonce le *projet d'une Chapelle Sépulchrale, en mémoire de Louife-Dorothée, Ducheffe de Saxe-Gotha.* Voici l'explication qu'il donne de fon modele.

„ Au fond de cette Chapelle eft la porte
„ du Temple de la Mort, qui, fous la figure
„ d'un fquelette, leve, pour en fortir, les
„ rideaux dont elle eft en partie voilée, &
„ fe faifit avec précipitation de la Ducheffe.
„ La Ducheffe, les cheveux épars, eft cou-
„ verte d'un linceul; elle doit exprimer fon
„ attachement pour tous ceux qui lui étoient
„ alliés, & fon affection pour le Peuple ”. Il eft fâcheux que cette grande & belle idée ren-tre en partie dans celle du tombeau du Maré-

chal *de Saxe*, de M. *Pigal*, plus compofée encore & plus fuivie. Malgré ce plagiat, l'exécution peut faire honneur à l'Artifte, & lui rendre propre fon monument.

A côté de ce *Temple de la Mort* il n'eft pas hors de propos de placer un de fes Miniftres, un Médecin, le Docteur *Poïffonnier*, qui s'eft fait connoître par des expériences pour desfaler l'eau de la mer. L'on voit dans fa figure un fourire intérieur d'avoir dupé le Duc *de Choifeul*, acceptant pour nouveau un projet pillé chez les *Anglois*, & le faifant nommer, en récompenfe de fon invention utile & patriotique, Confeiller d'Etat. Sa cravatte de dentelle eft parfaitement bien travaillée; elle eft légérement tiffue & joue le point à merveillé.

L'Auteur annoncé du premier Bufte du Roi veut prouver aujourd'hui que fon cifeau n'eft pas toujours mâle & terrible. Il fe livre à des penfées douces, mais vagues & fans caractere. Sa *Fidelité, lifant une Lettre & careffant un Chien*, eft froide & ne fignifie rien. Sa *petite Nymphe, fe coëffant d'une guirlande de fleurs*, dit encore moins. Il y a plus d'expreffion dans fon *Hymen couronnant l'Amour*. Ce grouppe eft plein d'une belle harmonie. On y contemple le repos des figures antiques. Le Sculpteur a cru devoir adopter une draperie de linge mouillé, ici où il étoit question

tion de rendre son principal personnage plus
tendre, de lui donner des contours marqués
& moëlleux. Sans admirer l'invention de son
esquisse du tombeau du Marquis d'*Argens*, on
aime à voir les Arts célébrer un homme qui
les chérissoit passionnément, qui leur a rendu
souvent hommage, distingué d'ailleurs dans la
Littérature par beaucoup d'écrits, sinon de
génie, au moins agréables & philosophiques.

M. *Mouchy* & M. *Le Comte* ont exposé chacun une figure de la Sainte *Vierge* avec l'Enfant *Jésus*. La première, plus grande, modelée
en plâtre, est destinée à être placée dans l'é-
glise de *Brunoy*. Elle est bien dessinée; la
figure en est pure, mais sérieuse, mais sans
l'air intéressant d'une Mere. Sa façon indif-
férente à porter le divin poupon caractérise-
roit plutôt une nourrice mercénaire, qui se
charge d'un être étranger & s'occupe de toute
autre chose en le promenant. La maternité,
au contraire, est dans la seconde exprimée à
ne pas s'y méprendre. Elle tient son Enfant
avec grace, mais elle le regarde tendrement,
elle le couve de ses yeux, &, en lui souriant,
elle laisse entrevoir une crainte continue qu'un
fardeau si précieux ne lui échappe. Les connoisseurs donnent donc, sans contredit, la
préférence au second. Il est vrai que son modèle en talc, de petite proportion seulement,
exécuté en grand n'aura peut-être pas assez.

K

de majesté pour une Mere de Dieu. Quoi qu'il en soit, j'aime toujours mieux son ciseau suave, agréable & touchant, que celui sec, auftere & dur du premier.

Le talent de M. *Le Comte* à rendre les douleurs tendres, se déploie & se varie dans *les trois Maries pleurant Jéfus - Chrift mort*, dont le cadavre peche par le deffin outré, par une pofition contrainte, qui ne peut être celle d'un être inanimé. Son Bas - Relief, offrant *Bacchus & l'Amour endormi*, eft d'un *faire facile*, gracieux, noble & léger.

On juge qu'il s'eft furtout appliqué à former favamment le Bufte de M. *d'Alembert*, dont il a débarraffé la tête de fa perruque en bourfe, afin de mieux en faifir l'effet pittoresque. Il s'agiffoit d'un effort extraordinaire pour plaire à l'amateur qui en faifoit l'acquifition, amateur honoraire de l'Académie de Peinture & de Sculpture, Membre de l'Académie Françoife & maniant tour - à - tour la plume, le crayon, la palette & le cifeau: je veux parler de M. *Watelet*. L'Artifte a furtout réuffi dans ces plis & replis de la peau, attribut diftinctif de la figure du Philofophe, qui ne font point les rides de la vieilleffe, mais les fuites d'une contraction fréquente à la vue ou à la feule idée des maux de l'humanité, affectant & tourmentant fans ceffe fon ame trop fenfible. Je n'entends lui reprocher que d'avoir donné une proportion peut-être un peu trop forte au bufte, & conféquemment aux traits du vifage, dont cela diminue la finefle.

Je reconnois M. *Monot* à l'*Amour dépofant fes armes dans le fein de l'Amitié* ; compofition douce, tout-à-fait dans fon genre. Il répréfente encore cette Déeffe, *couronnée par le Tems*, d'après les vers du *gentil Bernard*, dans fon Opéra de *Caftor & Pollux* :

Le tems ajoute encore un luftre à ta beauté.

Et le vieux Dieu femble rajeunir & fe revivifier lui-même en prononçant ces paroles de l'*Hymen* à l'*Amitié*. Il y a de la force & du feu dans la *Diane qui terraffe un Sanglier*.

A côté eft le *Martyre de St. Barthelemi* de M. *Berruer*, efquiffe où je trouve une chaleur que j'exhorte l'auteur à faire paffer dans fon bas-relief en grand. Mais je ne remarque aucun efprit dans celles de trois figures à exécuter pour la nouvelle Salle de Spectacles de Bordeaux : *Melpomene*, *Polymnie* & *Terpfecore*. Nulle grandeur dans la premiere, nul enthoufiafme dans la feconde, nul enjouement dans la troifieme, dont les jambes lourdes ne font point celles de la Déeffe de la Danfe. Je fuis encore plus mécontent, s'il eft poffible, du modele de *Thalie*. Je ne la reconnois qu'à

K 2

son masque & à ses brodequins : je cherche
en vain sur sa figure, ou la gaieté bouffonne,
ou la vigueur satyrique, ou le rire malin de
nos divers comiques du dernier siecle. Je n'y
vois que la fadeur, la tristesse & l'ennui de
nos modernes Dramatiques. C'est *Thalie la
Chaussée*, dont Piron faisoit fi ! si plaisamment.
» Pour nous consoler, Monsieur, M. *Caffieri*
nous fait respirer la véritable sous la figure du
grand homme que je viens de nommer. Son
Buste est admirable ; il s'éleve au Sallon entre les autres avec cette supériorité que donne le génie sur tout ce qui l'environne. Il
n'y a que cette maudite perruque que je serois
tenté de lui arracher, & dont nos Artistes ne
devroient affubler que les têtes faites pour la
porter.

Le Grouppe du Sallon qui exigeoit le plus
de sublime, est celui de *Prométhée*. Il repré-
*sente l'instant où l'homme éprouvant les premiers
sentimens de son cœur, éleve ses regards vers
la Divinité. Le rival du Créateur admire le
succès de l'entreprise. Le Génie de Minerve
couvre le nouvel Etre de son Egide, symbole de
la protection de cette Déesse.* Telle est l'idée
que M. *Boizot* nous donne de son sujet, au
dessous duquel il est resté. Il y a pourtant
de la verve dans son *Prométhée*, de la sensibilité dans l'homme ; les attitudes en sont belles & vraies. Il y a même dans son Génie

une nobleſſe qui le décele pour un Sculpteur au deſſus du vulgaire. Qu'y manque-t-il donc? Un je ne ſais quoi: encore plus d'élévation: ce *mens divinior* qui forme & les grands Artiſtes & les grands Poëtes.

En quittant ce morceau, mes yeux tombent par haſard ſur un Buſte iſolé, rélégué en un coin, auprès duquel on paſſe ſans le regarder, ou dont on ſe détourne promptement. Curieux, j'approche, je crois en reconnoître confuſément les traits: j'examine de plus près; je trouve un Prince qu'à cette indifférence générale on prendroit pour un Roi de la ſeconde ou de la première Race. „ C'eſt „ vous, ô *Louis XV!* vous, à qui l'on dé- „ cerna le titre de *Bien-aimé!* Et voilà com- „ me ſe réaliſent les noms prodigués par la „ flatterie! Puiſſe cette leçon frappante par- „ venir à ton ſucceſſeur, dont on entoure „ aujourd'hui les images! Puiſſe-t-il crain- „ dre d'être ainſi délaiſſé par nos neveux, s'il „ ne ſe rend plus digne de leur amour, en „ imitant ce *Henri*, auquel on l'a déjà, trop „ tôt, ſans doute, aſſimilé; le ſeul de nos „ Monarques, peut-être, dont on s'empreſſe „ encore de contempler la Statue; qu'aucun „ bon François n'enviſage ſans verſer de lar- „ mes de tendreſſe, & regretter ſon regne „ bienfaiſant."

Pardon, Monſieur, de cet écart, auquel j'ai

K 3

été entraîné par la circonstance. Je vous ramene au Sallon, ou plutôt je vous en fais
sortir, afin de considérer un grand monument
de M. *Gois*, réservé pour le dernier. C'est
un Bas - Relief immense de trente pieds de
large, sur cinq pieds six pouces de haut. *Saint*
Jacques & Saint Philippe, préchant & guéris-
sant des malades, étoient le sujet donné à traiter à l'Auteur. Il présentoit d'abord une
grande difficulté : c'est qu'il étoit double, &
péchoit ainsi contre les premieres regles de la
composition. Le génie sait suppléer à tout :
l'Artiste a réuni ce double sujet sous un seul
point de vue, & , subordonnant l'un à l'autre,
a sauvé le défaut. St. Jaques est la figure
dominante : il annonce la toute - puissance de
Dieu ; il excite cette foi vive, sans laquelle
les miracles ne peuvent s'opérer, & ce n'est
qu'en faveur de ceux pénétrés de la parole
divine, annoncée par celui - là, que son com-
pagnon déploie les merveilles dont le ciel l'a
fait le dispensateur. Il faut un tems considérable pour détailler les diverses parties de
ce poëme immense, où chaque personnage a
son rôle, son caractere, son attitude différen-
te. L'Orateur a plus de mouvement & d'action, il est dévoré d'un saint zele, il a cette
inquiétude empressée d'un Ministre de l'Evan-
gile, qui sent ne pouvoir rien faire par lui-
même, craignant toujours que le pécheur ne

lui échappe. Le *Thaumaturge* eſt plus tranquille. Que dis-je? il a ce calme parfait, annonçant la certitude de ſes ſuccès, cette confiance qu'il veut tranſmettre aux malades & qui produit déjà la moitié de la cure. Un beau choix de têtes, un deſſin correct & ſavant, une expreſſion vraie & décidée, une dégradation admirable des figures ſe perdant inſenſiblement dans le fond, & ſuppléant aux lointains à la perſpective de la Peinture, ne permettent pas de quitter cette vaſte machine ſans appréhender d'avoir oublié quelque choſe, & ſans deſirer d'y revenir encore. Elle ſeule doit immortaliſer M. *Gois*.

Il me reſte, Monſieur, à vous parler de nos Graveurs. Vous ſavez que ce ſont, pour ainſi parler, les Traducteurs des autres Artistes. Ils ſont aſſervis à rendre ſcrupuleuſement leurs penſées, leurs expreſſions, leurs beautés & même leurs défauts. Quelques-uns, cependant, doués de plus d'invention, deſſinent par eux-mêmes & ſont originaux en ce genre. Tel eſt M. *Cochin*, Secrétaire de l'Académie. Il a auſſi l'amour-propre de vouloir être homme de lettres, & il eſpere mieux y parvenir en identifiant en quelque ſorte ſes travaux avec les leurs. Depuis que nos Ecrivains ont cru donner plus de luſtre à leurs ouvrages en les enrichiſſant d'ornemens étrangers, le Graveur leur eſt devenu d'un

grand fecours; il les fait pénétrer jufques dans
les afyles les plus fecrets, jufques fur les toi-
lettes & dans les boudoirs. Il eft tel Auteur
qui lui doit toute fa fortune.

M. *Cochin* offre au public, cette année, la
fuite de fes fujets des *Aventures de Télémaque*,
plufieurs tirés d'*Homere*, un tiré de *l'Aftrée*,
d'autres des principales pieces du Théâtre de
M. *de Belloy*; enfin, des fujets facrés, deftinés à être inférés au Miffel de la Chapelle de
Verfailles. On voit que fon génie fe ploye à
tout: il eft fougueux avec *Homere*, tendre
avec *Fénelon*, galant avec le Romancier, tragique avec le Poëte, enthoufiafte dans fa Foi.
On admire fon abondance & fa variété. Mais
il eft quelquefois confus, pour vouloir embraffer un plan trop vafte, & fon crayon eft
toujours fec, dur & forcé.

Ce Graveur fournit encore au luxe typogra-
phique d'une autre façon. Il deffine les Portraits des Auteurs pour être mis à la tête de
leurs ouvrages. C'eft d'après fes deffins que
M. de *Saint-Aubin* nous donne l'Abbé *Raynal*,
fi fameux par fon *Hiftoire des Etabliffemens
des Européens dans les deux Indes*. On voit le
feu de cet Ecrivain pétiller dans fes yeux.
Il eft très-reffemblant; ainfi que le perfi-
fleur *Beaumarchais*, & l'egoïfte *Linguet*. L'air
roide de celui-ci, le caractérife à merveille.
En général, l'Eleve n'a ni grace ni douceur

dans

dans fon burin; il prend trop de la maniere
aride de fon Maître.

C'eft, au contraire, par le moëlleux &
l'onction que continue à exceller M. *Beauvarlet*, dont les ouvrages caufent une fenfation
fuave comme eux. C'eft à coup fûr pour
conferver ce beau fini qu'il a mérité le reproche d'introduire la nouvelle mode de graver
autrement que d'après le Tableau, c'eft-à-dire
le réduire d'abord en deffin, pour le tranfmettre enfuite au burin. Il eft certain qu'à travers toutes ces manipulations, fi je peux me
fervir de ce terme, l'efprit de l'original s'é-
vapore; il n'en refte plus que le matériel.

M. *Le Vaffeur*, fans être auffi foigné que fon
confrere, n'eft pas moins agréable; il eft
même plus voluptueux. Auffi choifit-il toujours des fujets & des Peintres analogues à fon
génie. C'eft *la mort d'Adonis*, d'après *Boucher:*
c'eft *Mars & Vénus*, d'après *Carle Vanlo.*

Deux Agréés débutent. M. *Molès* a de l'é-
nergie dans fon *faire*, & femble deftiné aux
compofitions fieres & vigoureufes. Le portrait eft le genre de M. *Cathelin :* il a le burin
ferme, hardi & beau. Son *Moliere* eft frappant.

Je finis par M. *le Bas*, par où j'aurois dû
commencer, ou plutôt dont la réputation eft
trop étendue pour qu'il puiffe recevoir aucun
éloge nouveau. Ses Gravures font dans les deux
mondes, & fes ouvrages vrais & naïfs plaifent

partout. C'eſt le *Teniers* de ſon Art. D'ailleurs, preſque tous ſes Confreres célebres
aujourd'hui ſont ſes Eleves, & leur gloire
ajoute à la ſienne.

Je ne vois que deux médailles de M. *Roet-*
tiers, qui ſont les Portraits de *Loke* & de
Newton. On ne choiſit pas ordinairement de
pareils Buſtes, lorſqu'on ne ſe ſent pas en
état de les rendre. Rien de mieux frappé.

Celles de M. *Duvivier* ſont preſque toutes
hiſtoriques & compoſées. Il en annonçoit entr'autres une dont le ſujet étoit: *Le Parlement*
rendu par le Roi aux vœux de la Nation. On ne
ſait pourquoi on ne l'a pas trouvée. Les autres, heureuſement terminées, nettes, pré-
ciſes, de la plus parfaite exécution, l'ont fait
deſirer davantage. On aime ſon portrait de
feu M. le *Dauphin* entouré de ſes ſept Enfans,
dont les têtes doivent entrer dans un monument qu'on éleve à l'hôtel de la guerre en
l'honneur de *Louis XV*.

On regrettoit, il y a deux ans, de ne trouver au Sallon rien de relatif à la future Salle
de Comédie Françoiſe. M. de *Wailly* a réparé
cette omiſſion. Il préſente aujourd'hui le fron-
tiſpice & la coupe intérieure de celle com-
mencée à l'hôtel de *Condé*. La majeſté de
l'un, la belle forme de l'autre & le détail
avantageux des diſtributions, font regretter
que ce projet, ainſi que tant d'autres, ne ſoit

qu'ébauché, & reſte ſur le papier, ſans ſe réaliſer jamais.

A mon grand regret, Monſieur, je ſuis obligé d'avouer que s'il y avoit un prix fondé pour le morceau le plus parfait du Sallon, il ſeroit accordé à un ouvrage vulgaire, auquel le génie n'a aucune part, mais le chef-d'œuvre de l'adreſſe humaine. Au reſte, l'auteur en a reçu un plus flatteur pour l'amour-propre par le concours non interrompu du public le comblant d'éloges continuels. Il s'agit du Cadre d'un Sculpteur en bois, nommé *Boutry*, repréſentant les armes de France, des trophées, des guirlandes de fleurs, des feuillages, &c. Ce travail exquis eſt d'une ſi grande beauté, d'une telle délicateſſe, qu'on ne l'a point doré ni verniſſé, & qu'on le conſervera dans toute ſa ſimplicité. L'artiſte a été trois mois à le terminer. Il appartient à S. M., qui a un goût particulier pour ces ſortes de chefs-d'œuvres & s'y connoît, s'occupant elle-même de pareils travaux dans ſes délaſſemens.

Je l'ai inſinué d'avance; je ne ſuis point en cela de l'avis du grand nombre. En payant au vainqueur le tribut d'admiration qui lui eſt dû, j'obſerve la diſtance qu'il doit y avoir entre les productions de la main & celles de la tête. Le Sr. *Boutry* dans le rang des talens eſt inférieur, ſans doute, au plus mauvais des Pein-

K 6

tres qui ont exposé, & c'est beaucoup dire:
Je désigne cette classe comme le cédant infiniment aux deux autres, ou peu de médiocre. &
rien de détestable.

Sachez au reste, Monsieur, que malgré la
multitude des Académiciens que je vous ai fait
passer en revue, j'en ai omis plusieurs, & cependant j'en compte encore 33 qui n'ont pas jugé
à propos d'entrer en lice. À voir le nombreux
Catalogue de cette Compagnie, quelle Ecole
fut jamais plus féconde en concurrens? Mais
combien dont les noms ne figureront jamais
ailleurs? Combien peu de ces Messieurs surnageront sur le fleuve profond de l'oubli?
Combien déjà d'anéantis de leur vivant? Et
c'est bien d'eux qu'on peut dire: *Apparent
rari nantes in gurgite vasto!*

J'ai l'honneur d'être, &c.

ANNÉE MDCCLXXVII.

LETTRE·PREMIERE.

Sur les Peintures , Sculptures & Gravures de Messieurs de l'Académie Françoise , exposées au Sallon du Louvre le 25 Août 1777.

Paris, le 9 Septembre 1777.

LE Sallon, de cette année, Monsieur, se ressent déjà des soins du nouveau Directeur pour l'amélioration, afin de le rendre moins indigne de la foule des curieux qui le remplissent sans relâche. C'est le plus nombreux que l'on ait encore vu, ou du moins le plus richement garni. Dès la cour on trouve quatre superbes Statues. La Sculpture se répand encore au loin, & les atteliers de plusieurs Artistes recelent des chef-d'œuvres qu'il y faut aller chercher. A l'égard de la Peinture, on en a retranché cette multitude de Portraits, dont ce lieu autrefois étoit surchargé, indice de la stérilité des Maîtres ou du dépérissement de l'Art. On l'a remplacée par des Tableaux d'histoire du premier genre, & dans ceux commandés par le Roi, on a remarqué avec satisfaction que beaucoup de sujets étoient choisis dans nos Annales. Il y a du bon dans presque tous ces morceaux :

K 7

il en est même qui excellent pour certaines
parties. Tel concurrent a le coloris assez brillant, tel autre la composition sage; celui-là
ordonne bien, celui-ci dessine supérieurement:
mais dans aucun on n'admire l'enthousiasme du
génie, sans lequel il n'y a point de grands
hommes, en quelque genre que ce soit. C'est
pour y parvenir, sans doute, que les juges se
sont rendus fort difficiles cette année, & n'ont
accordé aucun prix aux Eleves. C'est désormais
d'eux qu'il faut attendre ces sublimes élans,
fruits de la nature perfectionnée par l'étude,
plus que de l'âge & de la réflexion: assertion
qui se justifie dès aujourd'hui. M. *Cailet*, tout
recemment Agréé, dont le nom même ne se
lit point encore sur le livret, est celui qui annonce le plus d'ame & de feu. Dans son Tableau de *Cérès implorant la foudre de Jupiter,*
après l'enlevement de Proserpine sa fille, quoiqu'à genoux aux pieds du Maître des Dieux,
la vengeance respire tellement sur sa figure,
qu'elle semble le menacer lui-même. Dans
chacune de ses mains elle tient une torche ardente; elle va ravager les moissons, embraser
la terre, si elle n'obtient la justice qu'elle exige. La Déesse dit tout cela. Cependant on
ne lui trouve pas assez de désordre dans le vêtement, trop magnifique. Elle n'a point ces
cheveux épars dont la couvre Ovide. Quant
au Jupiter, par l'art du Peintre il paroît co-

ſoſſal, quoiqu'il ne ſoit que dans les proportions ordinaires : mais ſon courroux n'a rien
de ſurhumain ; c'eſt plutôt l'humeur d'un
vieillard qu'on arrache à ſon repos. Toute la
fierté qui devroit réſider ſur ſon viſage, eſt
dans ſon attitude & dans ſes muſcles fortement prononcés. Il ſuit de ces critiques ſeulement que le candidat a fait aſſez bien pour
mériter de les éprouver.

Le dernier Agréé avant celui-ci, M. *Ber-
thellemy*, offre un Tableau qui n'eſt pas ſans
mérite. Il a traité le ſujet qu'avoit trouvé ſi
heureuſement M. *Du Belloy* pour ſa tragédie
qui a fait tant de bruit, *le Siege de Calais* ; titre impropre, en ce que le ſiege n'eſt nullement l'action qu'a choiſie le Peintre. Il a pris
le moment plus intéreſſant, où *Edouard* irrité
de la longue réſiſtance des aſſiégés, ne voulant
entendre à aucune compoſition, ſi on ne lui li-
vroit ſix des principaux d'entre.eux, *Euſtache
de Saint-Pierre* & cinq autres ſe dévouent pour
leurs compatriotes, & , la tête & les pieds
nuds, la corde au col, ils apportent au Monarque les clefs de la ville, il eſt déterminé à les
faire mourir ; mais il ſe laiſſe vaincre, & accorde leur grace aux prieres de la Reine & de
ſon fils. Il y a de l'enſemble dans cette compoſition: on en aime l'unité; tout concourt à
l'action; point de hors d'œuvre, de partie étrangere ou oiſeuſe. Mais le caractere des têtes

n'eſt pas à ce point de nobleſſe & de vérité qu'exige un ſpectateur difficile. La colere du Roi ſemble plutôt naître de la méchanceté que de l'indignation d'un vainqueur ſuperbe, que révolte tout obſtacle, pour qui la defenſe la plus légitime devient un crime. On diſtingue cependant à travers ſon air menaçant une eſpece de ſouffrance; ce qui n'eſt pas exact: c'eſt de l'attendriſſement qu'il faudroit; mais on doit toujours ſavoir gré à l'Artiſte d'avoir ſçu réunir ſur un même viſage deux ſentimens contraires, ſeul effort qui prouve combien il eſt capable de marcher ſur les pas des grands Maîtres.

On reproche à la Reine intercédant en faveur des victimes une paleur exceſſive, qui la feroit prendre pour la victime même. Quant au fils d'Edouard, il eſt enfoncé dans la demi-teinte & devient par-là trop ſubalterne. On deſireroit plus de fermeté dans *Euſtache de St. Pierre*, perſonnage le plus ſaillant des captifs, ainſi que cela doit être. Comme c'eſt lui qui joue le plus beau rôle de ce poëme intéreſſant, l'auteur auroit dû raſſembler tout le ſublime de l'action ſur lui & lui faire écraſer, par la ſupériorité de ſon ame bien ſentie, le héros Anglois, n'ayant en ce moment que l'appareil & les entours de la grandeur.

Le *St. Jérôme* de M. *Vincent*, autre Agréé des derniers reçus, eſt dans le bon ſtyle, &

prouve un admirateur de l'Antique qui a fait
d'excellentes études en ce genre. Il a repréfenté cet Anachorete dans un délire myftique,
où il entend l'Ange de la mort qui lui annonce
le Jugement dernier. Le contrafte du corps
de l'efprit célefte avec celui du pénitent, eft
parfaitement bien exprimé. Le premier eft
bien pofé dans les airs ; il a la légéreté &
l'éclat, attributs de fon effence. Le fecond eft
deffiné avec des touches fortes, larges & favantes. Elles n'empêchent point d'y reconnoître la macération des chairs, un individu créé
robufte par la nature & exténué par les jeûnes,
la haire & le cilice. La tête eft pleine de vie;
le fentiment de la frayeur y eft rendu de
maniere à l'infpirer au fpectateur, & ce Tableau eft un des plus animés du Sallon.

La plus grande machine & la meilleure, au
gré de certains connoiffeurs, eft encore d'un
Agréé qui expofe pour la premiere fois & montre une tête fortement organifée, capable des
plus vaftes conceptions du grand genie. M.
Menageot, c'eft fon nom, a tiré fon Tableau
du Poëte Grec, de cet Homere fi propre à
en fournir, où le génie, dans tous les genres,
puife fans ceffe, fans tarir, pour ainfi dire, fa
fécondité. Le Peintre expofe fon fujet de la
forte :

,, Les embraffemens de *Polyxene* & d'*Hécu-
,, be*, au moment où cette jeune Princeffe eft

» arrachée des bras de fa mere pour être im-
» molée aux mânes d'*Achille* : *Hécube* tombe
» évanouïe de douleur en recevant les doulou-
» reux adieux de fa fille, qu'*Ulyffe* entraîne
» à la mort".

Le chef-d'œuvre de l'art de cette compofition eft la maniere dont Hécube tombe ; on
voit fon corps dans cet abandon d'une femme
qui perd connoiffance en effet, & ce moment
eft faifi par tous les regardans. La violence
du Héros Grec raviffant fa victime n'eft pas
moins bien rendue, & la tendreffe de la jeune
Princeffe, oubliant le fort funefte qui l'attend,
pour ne s'occuper que de l'état où elle laiffe fa
mere, adoucit bientôt l'impreffion d'indignation qu'occafionne la barbarie du vainqueur,
ou plutôt, l'ame ainfi partagée entre différens
fentimens, ne reçoit d'aucun des traces trop
profondes, & n'éprouve que les fenfations du
plaifir que procure l'imitation même des chofes triftes ou tragiques, portées à un certain
dégré de vérité & de perfection.

Du refte, fi l'auteur s'eft étudié à bien compofer les maffes principales de fon ouvrage,
dont il a faifi le plan avec beaucoup d'intelligence, on obferve qu'il a négligé les acceffoires ; qu'il n'a point affez caractérifé cette foule de Princeffes dont étoit rempli le Palais de
Priam ; que l'architecture en eft lourde ; que
le lieu de la fcene eft trop fombre ; qu'il y a

un défaut d'entente du clair - obſcur. On trouve ignoble qu'il ait fait figurer un chien dans
une action auſſi impoſante. Je n'ignore pas
qu'on voit de ces animaux dans divers Tableaux
d'hiſtoire des grands Maîtres, & qu'il y en a
ſurtout trois au Couronnement de *Médicis* par
Rubens, dans la Galerie du Luxembourg ; mais
je crois que ce dernier cas eſt très - différent :
diſcuſſion, au ſurplus, trop longue pour entrer
ici. Mais ces défauts tenant ſurtout au mé-
caniſme de l'art, peuvent ſe réformer dans un
jeune débutant ; au lieu que l'invention, la chaleur, l'énergie, la ſenſibilité, toutes ces parties du génie doivent ſe montrer dès les premieres productions ; qu'autrement elles ne ſe
développent & ne s'acquierent jamais : au contraire, elles ſe conſervent ordinairement juſques dans les plus mauvais ouvrages des grands
Artiſtes. Cependant, à la honte de M. *Doyen*,
regardé juſques ici comme le premier Peintre
d'hiſtoire de nos jours, on n'en trouve aucun
veſtige dans ſon Tableau, dont je ne vous
parlerai que pour vous amuſer par l'excès du
ridicule, ou pour faire gémir ſur le ſort de
notre humanité, qui veut que le talent le plus
ſublime ſoit quelquefois au deſſous du plus
médiocre.

Un ancien Cuiſinier attaché à l'hôtel de Condé, enrichi au ſervice de cette maiſon, a l'a-
mour · propre ſingulier de croire que tout l'Em-

pyrée veille à sa conservation. Un jour, traver-
sant la forêt de Gros-Bois, près des Camaldules,
il tombe de cheval, la jambe embarrassée dans
l'étrier, le bras droit pris avec son fouet dans
une haie, tenant la bride de l'autre main, il
alloit périr. Dans cette extrêmité il se recommande à la *Vierge*, &, comme si ce n'étoit pas
assez de cette puissante intercession, il a recours encore à Ste. *Génevieve* & à St. *Denis*. A
l'instant, dit le livret, le ciel vint à son secours
& il fut délivré. Cette faveur méritoit bien un
Ex voto. Voulant égaler sa générosité à sa recon-
noissance, le Cuisinier a recours au plus habile
homme qu'on lui indique, à M. *Doyen*, qui le
persiffle d'abord sur l'exposé de sa demande;
mais le particulier faisant sonner une bourse de
louis qu'il offre de donner d'avance, le sujet
devient plus susceptible de sa verve; il s'en
charge & se met au travail. La condition
étoit que le Tableau seroit prêt pour le Sallon,
où le protégé du ciel vouloit rendre publique
la grace singuliere qu'il avoit reçue.

Le Peintre en vain s'échauffe & se secoue:
il n'est pas content de son esquisse; il consul-
te ses confreres, qui lui donnent leurs conseils
& ne font que le retarder. Enfin un jour il est
si mécontent de lui-même, qu'il efface tout ce
qu'il a fait, pour recommencer de nouveau.
Dans l'intervalle arrive le Miraculé, qui ne
voit plus qu'une toile nue: il se plaint, il me-

...nace M. *Doyen* de lui intenter un procès & de
le faire affigner s'il ne remplit pas fon marché
& fi l'*Ex voto* n'eft pas expofé au tems convenu: ç'auroit été le cas, fans doute, de rendre l'argent & de ne point facrifier fa réputation à fa cupidité; mais l'argent étoit mangé.
Le Peintre s'évertue, barbouille & termine
fon Tableau en 18 jours. Il eft partagé par
une Gloire: d'une part brille la *Vierge* tenant
l'Enfant *Jéfus*, & derriere elle Ste. *Génevieve*
avec fa quenouille: de l'autre s'avance St. *Denis*. Au bas eft un cheval, qu'on a peine à
reconnoître, & un Cavalier renverfé dans l'attitude décrite, fans qu'on s'apperçoive en rien
du prodige même ébauché, à moins qu'on ne
fuppofe qu'un rayon dardé d'en haut, qu'on
prendroit pour un coup de foudre, ne caraélé-
rife l'intérêt & la puiffance des trois Bienheureux; à qui ce miracle, au furplus, femble ne
rien coûter, qui s'approchent & devifent fa-
milierement enfemble.

M. *Doyen* dit dans fon explication, que
l'orgueil n'étant point le motif qui ait fait defirer au propriétaire du Tableau fa publicité, il
a trouvé bon que l'Artifte facrifiât le protégé
à fes libérateurs. Mais fa délivrance en étant
l'objet capital, il falloit qu'elle fût exprimée,
ou du moins fentie, & que le courfier & l'homme fur qui devoit s'exercer la faveur divine
fuffent dans le premier plan & non enfevelis

dans l'ombre, afin que les plus incrédules ne
pouvant foupçonner aucune fraude, aucun efcamotage, aucune illufion, rendiffent hommage au pouvoir des opérateurs. En voilà beaucoup trop fur cette grande carricature, digne
de figurer à côté de tant d'autres qu'on voit
dans nos églifes de village, mais qui ne font
pas du 18e. fiecle. Je ne faurois vous exprimer,
Monfieur, avec quelle complaifance les confreres de M. *Doyen* regardent fa production
& s'applaudiffent de le voir ainfi au deffous
d'eux.

Dans fa décrépitude M. *Hallé* du moins a fait
encore quelque chofe. Son fujet étoit, *Cimon
l'Athénien, qui ayant fait abattre les murs de fes
poffeffions, invite le Peuple d'entrer librement dans
fes jardins & à en prendre les fruits.* Le fait
eft mal rendu. On s'en apperçoit au premier
coup d'œil; on ne remarque aucunes ruines,
& d'ailleurs il ne pouvoit régner que beaucoup
de froideur dans cette compofition, dont le
coloris eft auffi très-mauvais. Mais il y a du
moins du deffin, une diftribution fage, une
ordonnance bien entendue.

Deux grands Tableaux de M. *Brenet* lui confervent la fupériorité qu'il s'étoit acquife depuis quelques années. Il eft des admirateurs
outrés, fans doute, qui le comparent à *Le Sueur*.
S'ils veulent dire qu'il manque de coloris comme lui; qu'il a le pinceau fec; qu'à force de

vouloir paroître délicat, il donne une proportion trop foible à ſes figures, ils ont raiſon. Ils ont raiſon encore, en diſant qu'il a quelque choſe de ſa maniere, de ſon goût; qu'il approche de ſa correction, de la pureté de ſon deſſin; qu'il a les penſées ſimples & naturelles comme lui; mais il manque de ſon élévation & n'aura jamais ſon expreſſion ſublime.

M. *Brenet* reproduit aujourd'hui un ſujet déjà expoſé plus en petit au Sallon de 1775. Il eſt intitulé: *l'Agriculteur Romain*. Ce Tableau, de 10 pieds quarrés, eſt pour le Roi. Il repréſente l'Affranchi cité devant un Edile pour ſe diſculper de l'accuſation de magie, à raiſon de ſes récoltes toujours plus abondantes que celles des autres. Il eſt inutile de s'étendre ſur l'hiſtorique de cet ouvrage, traité à peu de choſe près comme la premiere fois. Il eſt à remarquer qu'on lui reprochoit alors de préſenter ſes quadrupedes par derriere; ils montrent la tête aujourd'hui: nouveau ſujet d'obſervation: tant les critiques ſont difficiles! Ces bœufs gras & vigoureux étant le plus eſſentiel de l'action, puiſque c'eſt ſur eux que roule le ſortilege prétendu; que c'eſt à leur force bien employée que doit ſe rapporter la proſpérité de l'accuſé; que c'eſt à leur croupe rebondie ſeulement qu'on pourroit juger de leur embonpoint: ils auroient voulu que l'Artiſte eût déployé cette partie dans toute ſon

étendue. Quoi qu'il en foit, M. *Brenet* a
enrichi en outre fa compofition d'une belle &
fimple Architecture, qui n'étoit point dans
l'autre.

Son fecond fujet eft neuf, & d'autant plus
intéreffant qu'il eft tiré de notre hiftoire. Il
n'eft point de François qui ignore que *Duguefclin*, affiégeant un fort défendu par les
Anglois, mourut avant fa reddition ; mais que
les ennemis ayant promis au Connétable de
capituler, s'ils n'étoient pas fecourus à certain
jour indiqué, ne fe crurent pas difpenfés de
tenir leur parole ; qu'en effet leur Commandant, fuivi de fa garnifon, fe rendit à la tente
du défunt, & fe profternant aux pieds de fon
lit, dépofa les clefs de la place.

Le court efpace accordé, fans doute, à
l'Auteur, l'a obligé de refferrer fa compofition & d'en fouftraire beaucoup de chofes
qui lui auroient donné plus de grandeur & de
vérité hiftorique. Elle fe réduit proprement à
cinq perfonnages : au cadavre du héros dans
fon lit de parade, à un Anglois qui préfente la
Capitulation, à *Olivier de Cliffon*, frere d'armes du défunt, debout & plongé dans la plus
grande trifteffe, montrant fon ami mort, au
Maréchal de *Sancerre*, chargé du commandement de l'armée, & à un Page fur le devant du
Tableau, pleurant la perte de fon Maître.
Cette fcène, qui devroit être vafte, devient

ainfi B

ainſi trop nue, & l'action concentrée dans l'Intérieur de la tente du Général François, n'a
pas l'éclat qu'elle devroit avoir, tenant à la
deſtinée de deux grandes Nations. D'ailleurs,
point de contraſte dans les caracteres & ſans
ſentiment, & l'on ſait quel effet ils produiſent
dans tout drame, ſoit pittoreſque, ſoit théâtral. L'art du Poëte s'eſt reſtreint à varier les
douleurs, & négligeant le parti qu'il pouvoit
tirer de celle de l'Anglois, où l'admiration &
une ſorte de frayeur, imprimée encore ſur ſa
phyſionomie par la préſence du Héros, même
mort, auroit pu fournir à ſon enthouſiaſme,
il l'a repréſenté pas derriere. D'ailleurs, il
eſt ſeul; ce qui rend cet acte meſquin, & réduit le Commandant du fort, acteur principal
& le ſecond de la ſcene, à un rôle abſolument
ſubalterne. Mais ſi le Poëte peche par ces parties d'invention & de convenance, que fournit
le ſeul génie, il en a d'autres au ſuprême degré, & la netteté du plan, l'agencement des
grouppes, une exécution préciſe, un coſtume
bien obſervé, une diſtribution heureuſe des
clairs & des ombres, frapperont ſurtout les
Artiſtes & ceux qui ne recherchent que la
lettre & non l'eſprit d'une compoſition.

Pour ceux qui deſirent des conceptions plus
relevées, le Tableau de la *Continence de Bayard*,
de M. *Durameau*, ne ſera pas plus ſatisfaiſant.
Ce trait particulier & domeſtique, s'il eſt per-

Tome XIII.   L

mis de s'exprimer ainfi, eft fi héroïque cependant, qu'il eft prefque autant connu que celui de *Duguefclin.* Il n'étoit pas moins heureufement choifi, moins propre à allumer la verve d'un homme de génie. On fe rappelle que ce loyal Chevalier eut un jour envie d'avoir une compagne dans fon lit, qu'il en fit chercher une, qu'on lui amena le foir une jeune perfonne d'une beauté éblouiffante; mais que touché de fes larmes & fachant que la mifere de fa mere l'avoit feule déterminée à fe mettre à la difcrétion du militaire paillard, il manda celle - ci, lui fit des reproches de fa conduite, la fecourut & lui donna une dot pour marier la Demoifelle. On voit qu'il réfulte divers points à traiter de ce fujet compliqué. L'artifie s'eft décidé pour le moment le plus ingrat de l'action, celui où *Bayard* dote la jeune fille. Il s'eft privé par - là de l'intérêt que devoit exciter l'aveu du héros, balançant entre fon amour & fa vertu, & de toutes les beautés fecondaires que pouvoit lui fuggérer cette fituation. On ne remarque plus aucun combat fur fon vifage, d'une gravité efpagnole; il foupefe une bourfe, qu'il montre à la Demoifelle & à fa mere. On ne fait fi c'eft pour les déterminer à fe rendre, & le Spectateur a befoin de l'explication du Peintre pour en connoître l'idée, équivoque fans doute, un des plus grands défauts qu'on puiffe commettre en compofant.

La victime offerte à l'incontinence de *Bayard*, n'a pas plus d'expreſſion ; elle ne regarde nullement ſon généreux Bienfaiteur & tourne les yeux vers ſa mere (*). Celle ci eſt à genoux, & par ſon état humiliant ſemble indiquer ſeule quelque choſe du trait hiſtorique.

Du reſte, on remarque ſurtout dans *Bayard* le faire dur de M. *Durameau*. Toute ſa figure eſt ſeche & roide. Il y a principalement un bras qui révolte dès le premier aſpect. On ſait que, revêtu d'une armure, il ne pouvoit avoir le jeu & la ſoupleſſe ordinaires ; mais il falloit dérober au ſpectateur cet inconvénient, en faiſant retomber ſon vêtement avec adreſſe juſques ſur le coude. Les femmes ſe reſſentent de la maniere de l'auteur, & n'ont ni graces, ni douceur, ni ces touches tendres qu'exigeoit leur ſituation.

Un tel ſujet auroit mieux convenu au pinceau ſuave & moëlleux des deux *La Grenée*, qui, au contraire, ont eu à traiter des ſujets à réſerver pour le ton auſtere & ſauvage de M. *Durameau*. Auſſi, faute d'avoir proportionné leur entrepriſe à leurs forces, les premiers

---

(*) Je demande pardon au Peintre de ma balourdiſe. J'apprends que c'eſt la fille qui eſt à genoux & la mere debout. Je ne m'en ſerois pas douté, non-ſeulement parce que j'ai crû qu'il étoit contre le bon ſens de faire jouer dans cette ſituation le premier rôle à la fille, mais parce que celle - ci m'a paru plus âgée que l'autre.

ne produisent-ils pas plus d'effet que celui-ci, dans deux grands Tableaux de leur composition. L'aîné a voulu rendre la grandeur d'ame de *Fabricius refusant les présens que Pyrrhus lui envoie.* L'idée est belle assurément, mais exigeoit une élévation de pensées dont l'auteur n'étoit pas susceptible. Il a mieux caractérisé l'Ambassadeur du Roi d'Epire, qu'on suppose être *Cynéas*, parceque ce personnage devoit avoir un air de candeur & de séduction en même tems, dans le genre de poésie du Peintre. Il n'en est pas de même du Romain, dont il falloit plus exprimer l'action, par le mouvement de l'ame, que par le repoussement de la main allongée. Au lieu de l'indignation qu'on s'attend à remarquer au plus haut dégré sur sa physionomie, on n'y lit que de l'humeur: ce n'est point le courroux d'un Héros; c'est un air boudeur & maussade, & le refus ne se détermine que par la roideur du bras, gesticulation forcée, qui sent plutôt le rhéteur que le grand homme.

Albinus s'enfuyant de Rome, & offrant son char aux Vestales qu'il rencontra chargées des vases sacrés, n'exige pas le même sublime que *Fabricius.* Ce sujet n'est susceptible que d'une grande noblesse, d'une vaste ordonnance, d'une distribution heureuse & bien entendue. Les prêtresses ne devant inspirer même en cette position qu'une vénération profonde, princi-

pe de l'acte religieux qu'il s'agissoit de décrire, ne pouvoient admettre que des graces pudiques & féveres comme elles. On ne trouve
rien de tout cela dans le tableau de M. *La Grenée*
le jeune, qui, n'attachant ni l'ame ni les yeux,
refte ifolé & fans fpectateurs.

Il n'en eft pas de même du Tableau de M.
Lépicié, dont le fond chargé d'ombres, repouf-
fe merveilleufement les couleurs & frappe les
paffans les plus diftraits. On en eft d'autant plus
furpris quand on lit le nom de l'auteur, qu'on
ne l'auroit pas cru capable d'une production de
ce genre. Il n'a point été effrayé du projet
de peindre le courage de *Porcia*, fille de *Caton*, femme de *Brutus*. Ces grands noms ne
lui en ont point impofé, & s'il a manqué à un
certain point la partie de l'expreffion, défaut
prefque général à tous les Maîtres que nous
venons de paffer en revue, il a fatisfait les
connoiffeurs, qui ne s'arrêtent qu'au méchanifme de l'art. Il étoit queftion de décrire la
vertueufe Romaine, qui ayant découvert la réfolution de fon époux, de délivrer *Rome* de fon
tyran par l'affaffinat de *Céfar*, & prévoyant
l'iffue funefte de ce complot, pour s'exercer
à la mort qu'elle eft décidée à fe donner fi le
vengeur de la patrie fuccombe, fe bleffe volontairement. Aux cris de fes femmes, *Brutus* qui fortoit, revient, la trouve dans cet
état, & lui reprochant fon imprudence ap-

prend fon deffein généreux. M. *Lépicié* eft
fans doute bien excufable d'être refté au deffous d'un fujet digne de la fublimité du pinceau de *Raphael* ou de *Michel · Ange :* on doit
même le louer d'en avoir rendu quelque chofe. Il y a de la nobleffe & de l'intérêt dans
la tête de *Porcia*, meilleure que celle de fon
époux. Mais on lui reproche deux chofes,
qui tiennent à l'ordonnance & à l'annonce de
fon plan : l'une, que le retour de *Brutus*, revenant fur fes pas, n'eft nullement indiqué ;
l'autre, que le matériel de l'action eft abfolument dérobé aux yeux du fpectateur, par des
efclaves empreffées à fecourir leur maîtreffe
& qui, en la foignant, cachent entierement la
bleffure. Je n'appuyerai pas fur ces critiques,
dont la premiere eft peu de chofe, & la feconde blâme une adreffe de l'Artifte qui, fans
offrir aux yeux le coup-d'œil déchirant d'une
plaie fanglante, la défigne fuffifamment par
l'attitude des fuivantes.

Pour n'être pas trop long, je ne ferai qu'indiquer le morceau de l'*Aurore & Céphale* de M.
Vanloo, où la premiere eft fraîche, amoureufe
& féduifante : mais on ne fauroit fe perfuader
qu'elle puiffe enlever un Chaffeur très · corfé
& qui pefe lourdement, encore fur la terre. Elle eft fur un nuage qui a trop de confiftance,
&, en général, ce fujet n'eft pas gai, léger &
vaporeux, comme il devroit l'être. Son pen-

dant, *le Triomphe d'Amphitrite*, par M. *Taraval*, eft, au contraire, fi aërien qu'on n'y diftingue que les premiers linéamens des figures. On le prendroit pour une efquiffe : on ne peut qu'exhorter l'Artifte à le finir, avant qu'on s'occupe à en rechercher & difcuter les détails.

Tous ces Tableaux, Monfieur, dont je viens de vous parler, ont été enfantés fous les aufpices de Monfieur le Comte *d'Angiviller*, qui a déterminé S. M. à confacrer chaque année une fomme, qu'il doit diftribuer entre les Artiftes occupés à travailler dans le genre de l'Hiftoire, qui fe feroit perdu déformais fans cet encouragement. Ils feront placés dans une Galerie, avec des ftatues dont je parlerai à leur rang, & formeront une fuite d'ouvrages de l'Ecole Françoife moderne. Vous concevez qu'on n'aura garde d'y en inférer d'autres, dont ils ne pourroient foutenir la comparaifon.

Je vous parlerai la premiere fois des Tableaux d'hiftoire de chevalet & des Tableaux de genre, où il y a d'excellentes chofes : ceuxci font le triomphe de nos Artiftes, &c.

LETTRE II.

Paris, ce 15 Septembre 1777.

SI les deux *La Grenée*, Monfieur, ne brillent pas cette fois dans le grand genre, auquel

L 4

on ne les juge pas deftinés, ils plaifent par
des fujets gracieux, plus convenables à leur génie. L'aîné fe retrouve furtout dans ceux tirés de la Mythologie, où grand nombre font
plus analogues à fon imagination & lui fourniffent plus à peindre de ces beaux corps de
Déeffes, ou de femmes nues, pour lefquels il
excelle. Il nous reproduit cette année fon
Pygmalion, dont *Vénus* anime la Statue. Je ne
puis vous rappeller quelles font les différences
de celui expofé en 1773 ; mais je vois toujours
peu de chaleur dans l'Amant, qui devroit être
brûlant d'amour. Je ne fais fi c'eft par une
adreffe de réflexion, qu'il a été à la Déeffe toute fa féduction pour la tranfporter dans la figure principale, qui toutefois n'opere point cet
effet. On ne la contemple que comme un
chef-d'œuvre du Peintre, par la dégradation
des chairs, plus animées dans les parties fupé-
rieures, moins dans les inférieures ; enforte que
le pied eft encore abfolument marbre. Son
Jugement de Pâris, *adjugeant la pomme à Vénus*,
attire au premier coup d'œil. Des contours
moëlleufement deffinés, des chairs vivantes,
des développemens voluptueux réveillent la lu-
bricité. Les defirs s'éteignent bientôt quand
on en approche, & la *Pallas* elle-même, dans
un raccourci de jambe, paroît eftropiée. Quelque beau qu'Homere nous ait repréfenté le fils
de *Priam*, je trouve auffi qu'il falloit mettre
une

une différence entre fa carnation & celle des Déefles, puis varier encore la leur, donner plus de teintes rouges au corps de *Junon* dans fon courroux, rembrunir davantage celles de Minerve, enfin épuifer toutes les graces du pinceau fur la mere de l'*Amour*. Son fujet le plus maltraité à coup fûr, c'eft *la Philofophie qui découvre la Vérité*. On pourroit également prendre l'inverfe, & faute d'avoir affez caractérifé chacune d'elles, le fpectateur refte incertain. En voilà affez fur cet Artifte, qui a expofé beaucoup d'autres tableaux, ayant leurs partifans & leurs admirateurs, pour juger que malgré fa fupériorité foutenue fur beaucoup de fes confreres, il n'excelle pas comme de coutume. Il eft même à craindre qu'il ne dégénere de plus en plus, parce que fon genre femble tenir principalement à l'ardeur, à la fraîcheur, au brillant de la jeuneffe, & qu'avec l'âge il perdra infenfiblement ces qualités.

Au contraire, M. *La Grenée* le jeune monte, & fe foutiendra plus longtems, en ce que fon talent, quoique analogue à celui de fon frere, inférieur pour les graces, a plus de vigueur & plus d'étendue. Son *Saint-Jérôme*, toutefois le cédant à celui de M. *Vincent*, en eft une preuve: on y retrouve ce nerf, cette favante connoiffance de l'anatomie, qui caractérifoient en 1775 fon tableau de *l'Hiver*. Il eft fécond aujourd'hui en fujets agréables. Entre douze

L 5

qu'on compte au Sallon, fon *Télémaque racontant fes aventures à Calypfo*, paroît réunir tous les fuffrages. La candeur du jeune Prince, la fageffe & la prudence de *Mentor*, la curiofité participant déjà de la paffion qui s'allume dans le cœur de *Calypfo*, défignent chaque perfonnage dans le dégré convenable. Il n'eft pas jufqu'à la Nymphe *Eucharis* qui, plus fpécialement défignée entre fes compagnes, laiffe prévoir qu'elle jouera bientôt un rôle entre les acteurs principaux. Toute cette compofition eft charmante, pleine d'intérêt, bien empâtée, d'un coloris excellent, fauf le ciel, lourd & d'un bleu d'empois, & les arbres d'un verd fec, noir & dont les feuilles, fans aucun jeu, femblent collées & ne faire qu'une maffe morte. *La Bergere allaitant fon fils, pendant que fon Berger la contemple*, eft d'un faire fupérieur, du pinceau le plus tendre & le plus moëlleux. Peut-être y a-t-il trop de nobleffe dans la tête de la femme, qui n'a rien de la rufticité de fon état.

Ce même Artifte a expofé quantité de deffins, dont un attire les plaifans & les fait rire. Ce font des Anges ramaffant les corps des Enfans innocens, pour les empêcher d'être dévorés par les chiens. Il faut convenir qu'il n'eft guere poffible de pouffer plus loin un délire myftique, de rencontrer une image à la fois auffi puérile & auffi dégoûtante.

Rien de plus édifiant, Monsieur, en général, que le Sallon de cette année, où, sans avoir affecté d'y mettre beaucoup de traits tirés de l'Ecriture Sainte, tout y concourt à élever l'ame, ou à épurer le cœur. On y peut faire un Cours de morale entier.

Le Mariage rompu de M. Aubri, nous montre un perfide, qui ayant fait des enfans à une jeune personne, avec promesse de l'époufer, veut donner sa main à une autre. La délaissée s'y oppose, lui présente les gages de leur union & ramene au devoir cet infâme séducteur. On remarque dans ce Tableau, que le principal personnage, c'est-à-dire le traître, est contrefait & disloqué; qu'à force de honte il a la tête dans l'estomac : attitude que *Saint Denis* seul pouvoit prendre, disposant de son chef mobile à son gré, mais contre toutes les regles du dessin & de l'anatomie. Un Bédaud, de précaution, éteignant les cierges dès qu'il voit que la cérémonie n'aura pas lieu, est l'idée la plus ingénieuse de ce petit Poëme, où il y a beaucoup de vérité, moins cependant que dans les autres sujets traités par le Peintre, toujours naturel dans ses compositions, mais dont le coloris ne l'est gueres : d'ailleurs sans chaleur & sans énergie.

M. *Wille*, d'une part, nous excite dans son *Aumône* à nous attendrir sur le sort des malheureux; de l'autre, nous montre la récom-

été entraîné par la circonstance. Je vous ramene au Sallon, ou plutôt je vous en fais
sortir, afin de considérer un grand monument
de M. *Gois*, réservé pour le dernier. C'est
un Bas-Relief immense de trente pieds de
large, sur cinq pieds six pouces de haut. *Saint*
Jacques & Saint Philippe, prêchant & guéris-
sant des malades, étoient le sujet donné à traiter à l'Auteur. Il présentoit d'abord une
grande difficulté : c'est qu'il étoit double, &
péchoit ainsi contre les premieres regles de la
composition. Le génie sait suppléer à tout :
l'Artiste a réuni ce double sujet sous un seul
point de vue, &, subordonnant l'un à l'autre,
a sauvé le défaut. St. Jaques est la figure
dominante : il annonce la toute-puissance de
Dieu ; il excite cette foi vive, sans laquelle
les miracles ne peuvent s'opérer, & ce n'est
qu'en faveur de ceux pénétrés de la parole
divine, annoncée par celui-là, que son com-
pagnon déploie les merveilles dont le ciel l'a
fait le dispensateur. Il faut un tems considérable pour détailler les diverses parties de
ce poëme immense, où chaque personnage a
son rôle, son caractere, son attitude différen-
te. L'Orateur a plus de mouvement & d'action, il est dévoré d'un saint zele, il a cette
inquiétude empressée d'un Ministre de l'Evan-
gile, qui sent ne pouvoir rien faire par lui-
même, craignant toujours que le pécheur ne

lui échappe. Le *Thaumaturge* est plus tranquille. Que dis-je? il a ce calme parfait,
annonçant la certitude de ses succès, cette
confiance qu'il veut transmettre aux malades
& qui produit déjà la moitié de la cure. Un
beau choix de têtes, un dessin correct & savant, une expression vraie & décidée, une dégradation admirable des figures se perdant in-
sensiblement dans le fond, & suppléant aux
lointains à la perspective de la Peinture, ne
permettent pas de quitter cette vaste machine
sans appréhender d'avoir oublié quelque chose,
& sans desirer d'y revenir encore. Elle seule
doit immortaliser M. *Gois*.

Il me reste, Monsieur, à vous parler de
nos Graveurs. Vous savez que ce sont, pour
ainsi parler, les Traducteurs des autres Artistes. Ils sont asservis à rendre scrupuleuse-
ment leurs pensées, leurs expressions, leurs
beautés & même leurs défauts. Quelques-
uns, cependant, doués de plus d'invention,
dessinent par eux-mêmes & sont originaux
en ce genre. Tel est M. *Cochin*, Secrétaire
de l'Académie. Il a aussi l'amour-propre de
vouloir être homme de lettres, & il espere mieux y parvenir en identifiant en quelque
sorte ses travaux avec les leurs. Depuis que
nos Ecrivains ont cru donner plus de lustre à
leurs ouvrages en les enrichissant d'ornemens
étrangers, le Graveur leur est devenu d'un

K 4

grand fecours; il les fait pénétrer jufques dans
les afyles les plus fecrets, jufques fur les toi-
lettes & dans les boudoirs. Il eft tel Auteur
qui lui doit toute fa fortune.

M. *Cochin* offre au public, cette année, la
fuite de fes fujets des *Aventures de Télémaque*,
plufieurs tirés d'*Homere*, un tiré de l'*Aflrée*,
d'autres des principales pieces du Théâtre de
M. *de Belloy*; enfin, des fujets facrés, deftinés à être inférés au Miffel de la Chapelle de
Verfailles. On voit que fon génie fe ploye à
tout : il eft fougueux avec *Homere*, tendre
avec *Fénelon*, galant avec le Romancier, tragique avec le Poëte, enthoufiafte dans fa Foi.
On admire fon abondance & fa variété. Mais
il eft quelquefois confus, pour vouloir embraffer un plan trop vafte, & fon crayon eft
toujours fec, dur & forcé.

Ce Graveur fournit encore au luxe typogra-
phique d'une autre façon. Il deffine les Portraits des Auteurs pour être mis à la tête de
leurs ouvrages. C'eft d'après fes deffins que
M. de *Saint-Aubin* nous donne l'Abbé *Raynal*,
fi fameux par fon *Hiftoire des Etabliffemens
des Européens dans les deux Indes*. On voit le
feu de cet Ecrivain pétiller dans fes yeux.
Il eft très-reffemblant ; ainfi que le perfi-
fleur *Beaumarchais*, & l'égoïfte *Linguet*. L'air
roide de celui-ci, le caractérife à merveille.
En général, l'Eleve n'a ni grace ni douceur
dans

dàns son burin; il prend trop de la maniere
aride de son Maître.

C'est, au contraire, par le moëlleux &
l'onction que continue à exceller M. *Beauvarlet*, dont les ouvrages causent une sensation
suave comme eux. C'est à coup sûr pour
conserver ce beau fini qu'il a mérité le reproche d'introduire la nouvelle mode de graver
autrement que d'après le Tableau, c'est-à-dire
le réduire d'abord en dessin, pour le transmettre ensuite au burin. Il est certain qu'à travers toutes ces manipulations, si je peux me
servir de ce terme, l'esprit de l'original s'é-
vapore; il n'en reste plus que le matériel.

M. *Le Vasseur*, sans être aussi soigné que son
confrere, n'est pas moins agréable; il est
même plus voluptueux. Aussi choisit-il toujours des sujets & des Peintres analogues à son
génie. C'est *la mort d'Adonis*, d'après *Boucher*:
c'est *Mars & Vénus*, d'après *Carle Vanlo*.

Deux Agréés débutent. M. *Molès* a de l'é-
nergie dans son *faire*, & semble destiné aux
compositions fieres & vigoureuses. Le portrait est le genre de M. *Cathelin*: il a le burin
ferme, hardi & beau. Son *Moliere* est frappant.

Je finis par M. *le Bas*, par où j'aurois dû
commencer, ou plutôt dont la réputation est
trop étendue pour qu'il puisse recevoir aucun
éloge nouveau. Ses Gravures sont dans les deux
mondes, & ses ouvrages vrais & naïfs plaisent

partout. C'eft le *Teniers* de fon Art. D'ailleurs, prefque tous fes Confreres célebres
aujourd'hui font fes Eleves, & leur gloire
ajoute à la fienne.

Je ne vois que deux médailles de M. *Roettiers*, qui font les Portraits de *Loke* & de
Newton. On ne choifit pas ordinairement de
pareils Buftes, lorfqu'on ne fe fent pas en
état de les rendre. Rien de mieux frappé.

Celles de M. *Duvivier* font prefque toutes
hiftoriques & compofées. Il en annonçoit entr'autres une dont le fujet étoit : *Le Parlement
rendu par le Roi aux vœux de la Nation*. On ne
fait pourquoi on ne l'a pas trouvée. Les autres, heureufement terminées, nettes, pré-
cifes, de la plus parfaite exécution, l'ont fait
defirer davantage. On aime fon portrait de
feu M. le *Dauphin* entouré de fes fept Enfans,
dont les têtes doivent entrer dans un monument qu'on éleve à l'hôtel de la guerre en
l'honneur de *Louis XV*.

On regrettoit, il y a deux ans, de ne trouver au Sallon rien de relatif à la future Salle
de Comédie Françoife. M. de *Wailly* a réparé
cette omiffion. Il préfente aujourd'hui le fron-
tifpice & la coupe intérieure de celle com-
mencée à l'hôtel de *Condé*. La majefté de
l'un, la belle forme de l'autre & le détail
avantageux des diftributions, font regretter
que ce projet, ainfi que tant d'autres, ne foit

qu'ébauché, & refte fur le papier, fans fe réalifer jamais.

A mon grand regret, Monfieur, je fuis obligé d'avouer que s'il y avoit un prix fondé pour le morceau le plus parfait du Sallon, il feroit accordé à un ouvrage vulgaire, auquel le génie n'a aucune part, mais le chef-d'œuvre de l'adreffe humaine. Au refte, l'auteur en a reçu un plus flatteur pour l'amour-propre par le concours non interrompu du public le comblant d'éloges continuels. Il s'agit du Cadre d'un Sculpteur en bois, nommé *Boutry*, repréfentant les armes de France, des trophées, des guirlandes de fleurs, des feuillages, &c. Ce travail exquis eft d'une fi grande beauté, d'une telle délicateffe, qu'on ne l'a point doré ni verniffé, & qu'on le confervera dans toute fa fimplicité. L'artifte a été trois mois à le terminer. Il appartient à S. M., qui a un goût particulier pour ces fortes de chefs-d'œuvres & s'y connoît, s'occupant elle-même de pareils travaux dans fes délaffemens.

Je l'ai infinué d'avance; je ne fuis point en cela de l'avis du grand nombre. En payant au vainqueur le tribut d'admiration qui lui eft dû, j'obferve la diftance qu'il doit y avoir entre les productions de la main & celles de la tête. Le Sr. *Boutry* dans le rang des talens eft inférieur, fans doute, au plus mauvais des Pein-

K 6

tres qui ont exposé, & c'est beaucoup dire.
Je désigne cette classe comme le cédant infiniment aux deux autres, ou peu de médiocre. &
rien de détestable.

Sachez au reste, Monsieur, que malgré la
multitude des Académiciens que je vous ai fait
passer en revue, j'en ai omis plusieurs, & cependant j'en compte encore 33 qui n'ont pas jugé
à propos d'entrer en lice. A voir le nombreux
Catalogue de cette Compagnie, quelle Ecole
fut jamais plus féconde en concurrens ? Mais
combien dont les noms ne figureront jamais
ailleurs ? Combien peu de ces Messieurs surnageront sur le fleuve profond de l'oubli ?
Combien déjà d'anéantis de leur vivant ? Et
c'est bien d'eux qu'on peut dire : *Apparent
rari nantes in gurgite vasto!*

J'ai l'honneur d'être, &c.

ANNÉE MDCCLXXVII.

LETTRE·PREMIERE.

Sur les Peintures, Sculptures & Gravures de Messieurs de l'Académie Françoise, exposées au Sallon du Louvre le 25 Août 1777.

Paris, le 9 Septembre 1777.

LE Sallon de cette année, Monsieur, se ressent déjà des soins du nouveau Directeur pour l'amélioration, afin de le rendre moins indigne de la foule des curieux qui le remplissent sans relâche. C'est le plus nombreux que l'on ait encore vu, ou du moins le plus richement garni. Dès la cour on trouve quatre superbes Statues. La Sculpture se répand encore au loin, & les atteliers de plusieurs Artistes recelent des chef-d'œuvres qu'il y faut aller chercher. A l'égard de la Peinture, on en a retranché cette multitude de Portraits, dont ce lieu autrefois étoit surchargé, indice de la stérilité des Maîtres ou du dépérissement de l'Art. On l'a remplacée par des Tableaux d'histoire du premier genre, & dans ceux commandés par le Roi, on a remarqué avec satisfaction que beaucoup de sujets étoient choisis dans nos Annales. Il y a du bon dans presque tous ces morceaux,

K 7

il en eft même qui excellent pour certaines
parties. Tel concurrent a le coloris affez brillant, tel autre la compofition fage; celui-là
ordonne bien, celui-ci deffine fupérieurement:
mais dans aucun on n'admire l'enthoufiafme du
génie, fans lequel il n'y a point de grands
hommes, en quelque genre que ce foit. C'eft
pour y parvenir, fans doute, que les juges fe
font rendus fort difficiles cette année, & n'ont
accordé aucun prix aux Eleves. C'eft déformais
d'eux qu'il faut attendre ces fublimes élans,
fruits de la nature perfectionnée par l'étude,
plus que de l'âge & de la réflexion: affertion
qui fe juftifie dès aujourd'hui. M. *Callet*, tout
recemment Agréé, dont le nom même ne fe
lit point encore fur le livret, eft celui qui annonce le plus d'ame & de feu. Dans fon Tableau de *Cérès implorant la foudre de Jupiter,
après l'enlevement de Proferpine fa fille*, quoiqu'à genoux aux pieds du Maître des Dieux,
la vengeance refpire tellement fur fa figure,
qu'elle femble le menacer lui-même. Dans
chacune de fes mains elle tient une torche ardente; elle va ravager les moiffons, embrafer
la terre, fi elle n'obtient la juftice qu'elle exige. La Déeffe dit tout cela. Cependant on
ne lui trouve pas affez de défordre dans le vêtement, trop magnifique. Elle n'a point ces
cheveux épars dont la couvre Ovide. Quant
au Jupiter, par l'art du Peintre il paroît co-

loffal, quoiqu'il ne foit que dans les proportions ordinaires : mais fon courroux n'a rien
de furhumain ; c'eft plutôt l'humeur d'un
vieillard qu'on arrache à fon repos. Toute la
fierté qui devroit réfider fur fon vifage, eft
dans fon attitude & dans fes mufcles fortement prononcés. Il fuit de ces critiques feulement que le candidat a fait affez bien pour
mériter de les éprouver.

Le dernier Agréé avant celui-ci, M. *Ber-
thellemy*, offre un Tableau qui n'eft pas fans
mérite. Il a traité le fujet qu'avoit trouvé fi
heureufement M. *Du Belloy* pour fa tragédie
qui a fait tant de bruit, *le Siege de Calais*; titre impropre, en ce que le fiege n'eft nullement l'action qu'a choifie le Peintre. Il a pris
le moment plus intéreffant, où *Edouard* irrité
de la longue réfiftance des affiégés, ne voulant
entendre à aucune compofition, fi on ne lui li-
vroit fix des principaux d'entre.eux, *Euftache
de Saint-Pierre* & cinq autres fe dévouent pour
leurs compatriotes, &, la tête & les pieds
nuds, la corde au col, ils apportent au Monarque les clefs de la ville, il eft déterminé à les
faire mourir ; mais il fe laiffe vaincre, & accorde leur grace aux prieres de la Reine & de
fon fils. Il y a de l'enfemble dans cette compofition: on en aime l'unité; tout concourt à
l'action; point de hors d'œuvre, de partie étrangere ou oifeufe. Mais le caractere des têtes

n'eſt pas à ce point de nobleſſe & de vérité qu'exige un ſpectateur difficile. La colere du Roi ſemble plutôt naître de la méchanceté que de l'indignation d'un vainqueur ſuperbe, que révolte tout obſtacle, pour qui la défenſe la plus légitime devient un crime. On diſtingue cependant à travers ſon air menaçant une eſpece de ſouffrance; ce qui n'eſt pas exact: c'eſt de l'attendriſſement qu'il faudroit; mais on doit toujours ſavoir gré à l'Artiſte d'avoir ſçu réunir ſur un même viſage deux ſentimens contraires, ſeul effort qui prouve combien il eſt capable de marcher ſur les pas des grands Maîtres.

On reproche à la Reine intercédant en faveur des victimes une paleur exceſſive, qui la feroit prendre pour la victime même. Quant au fils d'Edouard, il eſt enfoncé dans la demi-teinte & devient par-là trop ſubalterne. On deſireroit plus de fermeté dans *Euſtache de St. Pierre*, perſonnage le plus ſaillant des captifs, ainſi que cela doit être. Comme c'eſt lui qui joue le plus beau rôle de ce poëme intéreſſant, l'auteur auroit dû raſſembler tout le ſublime de l'action ſur lui & lui faire écraſer, par la ſupériorité de ſon ame bien ſentie, le héros Anglois, n'ayant en ce moment que l'appareil & les entours de la grandeur.

Le *St. Jérôme* de M. *Vincent*, autre Agréé des derniers reçus, eſt dans le bon ſtyle, &

prouve un admirateur de l'Antique qui a fait
d'excellentes études en ce genre. Il a repréfenté cet Anachorete dans un délire myftique,
où il entend l'Ange de la mort qui lui annonce
le Jugement dernier. Le contrafte du corps
de l'efprit célefte avec celui du pénitent, eft
parfaitement bien exprimé. Le premier eft
bien pofé dans les airs ; il a la légéreté &
l'éclat, attributs de fon effence. Le fecond eft
deffiné avec des touches fortes, larges & favantes. Elles n'empêchent point d'y reconnoître la macération des chairs, un individu créé
robufte par la nature & exténué par les jeûnes,
la haire & le cilice. La tête eft pleine de vie;
le fentiment de la frayeur y eft rendu de
maniere à l'infpirer au fpectateur, & ce Tableau eft un des plus animés du Sallon.

La plus grande machine & la meilleure, au
gré de certains connoiffeurs, eft encore d'un
Agréé qui expofe pour la premiere fois & montre une tête fortement organifée, capable des
plus vaftes conceptions du grand genre. M.
Menageot, c'eft fon nom, a tiré fon Tableau
du Poëte Grec, de cet Homere fi propre à
en fournir, où le génie, dans tous les genres,
puife fans ceffe, fans tarir, pour ainfi dire, fa
fécondité. Le Peintre expofe fon fujet de la
forte:

„ Les embraffemens de *Polyxene* & d'*Hécu-
„ be*, au moment où cette jeune Princeffe eft

» arrachée des bras de sa mere pour être im-
» molée aux mânes d'*Achille* : *Hécube* tombe
» évanouïe de douleur en recevant les doulou-
» reux adieux de sa fille, qu'*Ulysse* entraîne
» à la mort".

· Le chef-d'œuvre de l'art de cette compofition eft la maniere dont Hécube tombe ; on
voit fon corps dans cet abandon d'une femme
qui perd connoissance en effet, & ce moment
eft faifi par tous les regardans. La violence
du Héros Grec ravissant fa victime n'eft pas
moins bien rendue, & la tendresse de la jeune
Princesse, oubliant le fort funefte qui l'attend
pour ne s'occuper que de l'état où elle laisse fa
mere, adoucit bientôt l'impression d'indignation qu'occafionne la barbarie du vainqueur,
ou plutôt, l'ame ainfi partagée entre différens
fentimens, ne reçoit d'aucun des traces trop
profondes, & n'éprouve que les fenfations du
plaifir que procure l'imitation même des chofes triftes ou tragiques, portées à un certain
dégré de vérité & de perfection.

Du refte, fi l'auteur s'eft étudié à bien compofer les maffes principales de fon ouvrage,
dont il a faifi le plan avec beaucoup d'intelligence, on obferve qu'il a négligé les acceffoires; qu'il n'a point affez caractérifé cette foule de Princeffes dont étoit rempli le Palais de
Priam; que l'architecture en eft lourde; que
le lieu de la fcene eft trop fombre; qu'il y a

un défaut d'entente du clair-obfcur. On trouve ignoble qu'il ait fait figurer un chien dans une action auffi impofante. Je n'ignore pas qu'on voit de ces animaux dans divers Tableaux d'hiftoire des grands Maîtres, & qu'il y en a furtout trois au Couronnement de *Médicis* par *Rubens*, dans la Galerie du Luxembourg ; mais je crois que ce dernier cas eft très-différent : difcuffion, au furplus, trop longue pour entrer ici. Mais ces défauts tenant furtout au mécanifme de l'art, peuvent fe réformer dans un jeune débutant ; au lieu que l'invention, la chaleur, l'énergie, la fenfibilité, toutes ces parties du génie doivent fe montrer dès les premieres productions ; qu'autrement elles ne fe développent & ne s'acquierent jamais : au contraire, elles fe confervent ordinairement jufques dans les plus mauvais ouvrages des grands Artiftes. Cependant, à la honte de M. *Doyen*, regardé jufques ici comme le premier Peintre d'hiftoire de nos jours, on n'en trouve aucun veftige dans fon Tableau, dont je ne vous parlerai que pour vous amufer par l'excès du ridicule, ou pour faire gémir fur le fort de notre humanité, qui veut que le talent le plus fublime foit quelquefois au deffous du plus médiocre.

Un ancien Cuifinier attaché à l'hôtel de Condé, enrichi au fervice de cette maifon, a l'amour-propre fingulier de croire que tout l'Em-

pyrée veille à sa conservation. Un jour, traver-
sant la forêt de Gros-Bois, près des Camaldules,
il tombe de cheval, la jambe embarrassée dans
l'étrier, le bras droit pris avec son fouet dans
une haie, tenant la bride de l'autre main, il
alloit périr. Dans cette extrêmité il se recommande à la *Vierge*, &, comme si ce n'étoit pas
assez de cette puissante intercession, il a recours encore à Ste. *Génevieve* & à St. *Denis*. A
l'instant, dit le livret, le ciel vint à son secours
& il fut délivré. Cette faveur méritoit bien un
Ex voto. Voulant égaler sa générosité à sa recon-
noissance, le Cuissinier a recours au plus habile
homme qu'on lui indique, à M. *Doyen*, qui le
persifle d'abord sur l'exposé de sa demande;
mais le particulier faisant sonner une bourse de
louis qu'il offre de donner d'avance, le sujet
devient plus susceptible de sa verve; il s'en
charge & se met au travail. La condition
étoit que le Tableau seroit prêt pour le Sallon,
où le protégé du ciel vouloit rendre publique
la grace singuliere qu'il avoit reçue.

Le Peintre en vain s'échauffe & se secoue:
il n'est pas content de son esquisse; il consul-
te ses confreres, qui lui donnent leurs conseils
& ne font que le retarder. Enfin un jour il est
si mécontent de lui-même, qu'il efface tout ce
qu'il a fait, pour recommencer de nouveau.
Dans l'intervalle arrive le Miraculé, qui ne
voit plus qu'une toile nue: il se plaint, il me-

..nace M. *Doyen* de lui intenter un procès & de le faire affigner s'il ne remplit pas fon marché & fi l'*Ex voto* n'eft pas expofé au tems conve- nu : ç'auroit été le cas, fans doute, de ren- dre l'argent & de ne point facrifier fa réputa- tion à fa cupidité ; mais l'argent étoit mangé. Le Peintre s'évertue, barbouille & termine fon Tableau en 18 jours. Il eft partagé par une Gloire : d'une part brille la *Vierge* tenant l'Enfant *Jéfus*, & derriere elle Ste. *Génevieve* avec fa quenouille : de l'autre s'avance St. *De- nis*. Au bas eft un cheval, qu'on a peine à reconnoître, & un Cavalier renverfé dans l'atti- tude décrite, fans qu'on s'apperçoive en rien du prodige même ébauché, à moins qu'on ne fuppofe qu'un rayon dardé d'en haut, qu'on prendroit pour un coup de foudre, ne caracté- rife l'intérêt & la puiffance des trois Bienheu- reux ; à qui ce miracle, au furplus, femble ne rien coûter, qui s'approchent & devifent fa- milierement enfemble.

M. *Doyen* dit dans fon explication, que l'orgueil n'étant point le motif qui ait fait de- firer au propriétaire du Tableau fa publicité, il a trouvé bon que l'Artifte facrifiât le protégé à fes libérateurs. Mais fa délivrance en étant l'objet capital, il falloit qu'elle fût exprimée, ou du moins fentie, & que le courfier & l'hom- me fur qui devoit s'exercer là faveur divine fuffent dans le premier plan & non enfevelis dans l'ombre, afin que les plus incrédules ne pouvant foupçonner aucune fraude, aucun efcamotage, aucune illufion, rendiffent hommage au pouvoir des opérateurs. En voilà beaucoup trop fur cette grande carricature, digne de figurer à côté de tant d'autres qu'on voit dans nos églifes de village, mais qui ne font pas du 18e. fiecle. Je ne faurois vous exprimer, Monfieur, avec quelle complaifance les confreres de M. *Doyen* regardent fa production & s'applaudiffent de le voir ainfi au deffous d'eux.

Dans fa décrépitude M. *Hallé* du moins a fait encore quelque chofe. Son fujet étoit, *Cimon l'Athénien, qui ayant fait abattre les murs de fes poffeffions, invite le Peuple d'entrer librement dans fes jardins & à en prendre les fruits.* Le fait eft mal rendu. On s'en apperçoit au premier coup d'œil; on ne remarque aucunes ruines, & d'ailleurs il ne pouvoit régner que beaucoup de froideur dans cette compofition, dont le coloris eft auffi très-mauvais. Mais il y a du moins du deffin, une diftribution fage, une ordonnance bien entendue.

Deux grands Tableaux de M. *Brenet* lui confervent la fupériorité qu'il s'étoit acquife depuis quelques années. Il eft des admirateurs outrés, fans doute, qui le comparent à *Le Sueur.* S'ils veulent dire qu'il manque de coloris comme lui; qu'il a le pinceau fec; qu'à force de vouloir paroître délicat, il donne une proportion trop foible à fes figures, ils ont raifon. Ils ont raifon encore, en difant qu'il a quelque chofe de fa maniere, de fon goût; qu'il approche de fa correction, de la pureté de fon deffin; qu'il a les penfées fimples & naturelles comme lui; mais il manque de fon élévation & n'aura jamais fon expreffion fublime.

M. *Brenet* reproduit aujourd'hui un fujet déjà expofé plus en petit au Sallon de 1775. Il eft intitulé: *l'Agriculteur Romain*. Ce Tableau, de 10 pieds quarrés, eft pour le Roi. Il repréfente l'Affranchi cité devant un Edile pour fe difculper de l'accufation de magie, à raifon de fes récoltes toujours plus abondantes que celles des autres. Il eft inutile de s'étendre fur l'hiftorique de cet ouvrage, traité à peu de chofe près comme la premiere fois. Il eft à remarquer qu'on lui reprochoit alors de préfenter fes quadrupedes par derriere; ils montrent la tête aujourd'hui: nouveau fujet d'obfervation: tant les critiques font difficiles ! Ces bœufs gras & vigoureux étant le plus effentiel de l'action, puifque c'eft fur eux que roule le fortilege prétendu; que c'eft à leur force bien employée que doit fe rapporter la profpérité de l'accufé; que c'eft à leur croupe rebondie, feulement qu'on pourroit juger de leur embonpoint : ils auroient voulu que l'Artifte eût déployé cette partie dans toute fon étendue. Quoi qu'il en foit, M. *Brenet* a enrichi en outre fa compofition d'une belle & fimple Architecture, qui n'étoit point dans l'autre.

Son fecond fujet eft neuf, & d'autant plus intéreffant qu'il eft tiré de notre hiftoire. Il n'eft point de François qui ignore que *Duguefclin*, affiégeant un fort défendu par les Anglois, mourut avant fa reddition; mais que les ennemis ayant promis au Connétable de capituler, s'ils n'étoient pas fecourus à certain jour indiqué, ne fe crurent pas difpenfés de tenir leur parole; qu'en effet leur Commandant, fuivi de fa garnifon, fe rendit à la tente du défunt, & fe profternant aux pieds de fon lit, dépofa les clefs de la place.

Le court efpace accordé, fans doute, à l'Auteur, l'a obligé de refferrer fa compofition & d'en fouftraire beaucoup de chofes qui lui auroient donné plus de grandeur & de vérité hiftorique. Elle fe réduit proprement à cinq perfonnages : au cadavre du héros dans fon lit de parade, à un Anglois qui préfente la Capitulation, à *Olivier de Cliffon*, frére d'armes du défunt, debout & plongé dans la plus grande trifteffe, montrant fon ami mort, au Maréchal de *Sancerre*, chargé du commandement de l'armée, & à un Page fur le devant du Tableau, pleurant la perte de fon Maître. Cette fcène, qui devroit être vafte, devient ainfi E ainsi trop nue, & l'action concentrée dans l'intérieur de la tente du Général François, n'a pas l'éclat qu'elle devroit avoir, tenant à la destinée de deux grandes Nations. D'ailleurs, point de contraste dans les caracteres & sans sentiment, & l'on sait quel effet ils produisent dans tout drame, soit pittoresque, soit théâtral. L'art du Poëte s'est restreint à varier les douleurs, & négligeant le parti qu'il pouvoit tirer de celle de l'Anglois, où l'admiration & une sorte de frayeur, imprimée encore sur sa physionomie par la présence du Héros, même mort, auroit pu fournir à son enthousiasme, il l'a représenté pas derriere. D'ailleurs, il est seul; ce qui rend cet acte mesquin, & réduit le Commandant du fort, acteur principal & le second de la scene, à un rôle absolument subalterne. Mais si le Poëte peche par ces parties d'invention & de convenance, que fournit le seul génie, il en a d'autres au suprême degré, & la netteté du plan, l'agencement des grouppes, une exécution précise, un costume bien observé, une distribution heureuse des clairs & des ombres, frapperont surtout les Artistes & ceux qui ne recherchent que la lettre & non l'esprit d'une composition.

Pour ceux qui desirent des conceptions plus relevées, le Tableau de la *Continence de Bayard*, de M. *Durameau*, ne sera pas plus satisfaisant. Ce trait particulier & domestique, s'il est per-

Tome XIII.   L

mis de s'exprimer ainsi, est si héroïque cependant, qu'il est presque autant connu que celui de *Dugueſclin*. Il n'éroit pas moins heureuſement choiſi, moins propre à allumer la verve d'un homme de génie. On ſe rappelle que ce loyal Chevalier eut un jour envie d'avoir une compagne dans ſon lit, qu'il en fit chercher une, qu'on lui amena le ſoir une jeune perſonne d'une beauté éblouiſſante ; mais que touché de ſes larmes & ſachant que la miſere de ſa mere l'avoit ſeule déterminée à ſe mettre à la diſcrétion du militaire paillard, il manda celle-ci, lui fit des reproches de ſa conduite, la ſecourut & lui donna une dot pour marier la Demoiſelle. On voit qu'il réſulte divers points à traiter de ce ſujet compliqué. L'artiſte s'eſt décidé pour le moment le plus ingrat de l'action, celui où *Bayard* dote la jeune fille. Il s'eſt privé par-là de l'intérêt que devoit exciter l'aveu du héros, balançant entre ſon amour & ſa vertu, & de toutes les beautés ſecondaires que pouvoit lui ſuggérer cette ſituation. On ne remarque plus aucun combat ſur ſon viſage, d'une gravité eſpagnole; il ſoupeſe une bourſe, qu'il montre à la Demoiſelle & à ſa mere. On ne ſait ſi c'eſt pour les déterminer à ſe rendre, & le Spectateur a beſoin de l'explication du Peintre pour en connoître l'idée, équivoque ſans doute, un des plus grands défauts qu'on puiſſe commettre en compoſant.

La victime offerte à l'incontinence de *Bayard*, n'a pas plus d'expreffion ; elle ne regarde nullement fon généreux Bienfaiteur & tourne les yeux vers fa mere (*). Celle ci eft à genoux, & par fon état humiliant femble indiquer feule quelque chofe du trait hiftorique.

Du refte, on remarque furtout dans *Bayard* le faire dur de M. *Durameau*. Toute fa figure eft feche & roide. Il y a principalement un bras qui révolte dès le premier afpect. On fait que, revêtu d'une armure, il ne pouvoit avoir le jeu & la foupleffe ordinaires ; mais il falloit dérober au fpectateur cet inconvénient, en faifant retomber fon vêtement avec adreffe jufques fur le coude. Les femmes fe reffentent de la maniere de l'auteur, & n'ont ni graces, ni douceur, ni ces touches tendres qu'exigeoit leur fituation.

Un tel fujet auroit mieux convenu au pinceau fuave & moëlleux des deux *La Grenée*, qui, au contraire, ont eu à traiter des fujets à réferver pour le ton auftere & fauvage de M. *Durameau*. Auffi, faute d'avoir proportionné leur entreprife à leurs forces, les premiers

---

(*) Je demande pardon au Peintre de ma balourdife. J'apprends que c'eft la fille qui eft à genoux & la mere debout. Je ne m'en ferois pas douté, non-feulement parce que j'ai cru qu'il étoit contre le bon fens de faire jouer dans cette fituation le premier rôle à la fille, mais parce que celle-ci m'a paru plus âgée que l'autre.

L 2

ne produifent · ils pas plus d'effet que celui· ci,
dans deux grands Tableaux de leur compofition. L'aîné a voulu rendre la grandeur d'a-
me de *Fabricius refufant les préfens que Pyr-*
rhus lui envoie. L'idée eft belle affurément,
mais exigeoit une élévation de penfées dont
l'auteur n'étoit pas fufceptible. Il a mieux
caractérifé l'Ambaffadeur du Roi d'Epire, qu'on
fuppofe être *Cynéas*, parceque ce perfonnage
devoit avoir un air de candeur & de féduction
en même tems, dans le genre de poéfie du
Peintre. Il n'en eft pas de même du Romain,
dont il falloit plus exprimer l'action, par le
mouvement de l'ame, que par le repouffement
de la main allongée. Au lieu de l'indignation
qu'on s'attend à remarquer au plus haut dégré fur fa phyfionomie, on n'y lit que de l'humeur: ce n'eft point le courroux d'un Héros;
c'eft un air boudeur & mauffade, & le refus
ne fe détermine que par la roideur du bras,
gefticulation forcée, qui fent plutôt le rhéteur
que le grand homme.

Albinus s'enfuyant de Rome, & offrant fon
char aux Veftales qu'il rencontra chargées des
vafes facrés, n'exige pas le même fublime que
Fabricius. Ce fujet n'eft fufceptible que d'une
grande nobleffe, d'une vafte ordonnance, d'une
diftribution heureufe & bien entendue. Les
prêtreffes ne devant infpirer même en cette
pofition qu'une vénération profonde, princi-

pe de l'acte religieux qu'il s'agissoit de décrire, ne pouvoient admettre que des graces pudiques & féveres comme elles. On ne trouve rien de tout cela dans le tableau de M. *La Grenée* le jeune, qui, n'attachant ni l'ame ni les yeux, reste isolé & fans spéctateurs.

Il n'en est pas de même du Tableau de M. *Lépicié*, dont le fond chargé d'ombres, repousse merveilleufement les couleurs & frappe les passans les plus distraits. On en est d'autant plus surpris quand on lit le nom de l'auteur, qu'on ne l'auroit pas cru capable d'une production de ce genre. Il n'a point été effrayé du projet de peindre le courage de *Porcia*, fille de *Caton*, femme de *Brutus*. Ces grands noms ne lui en ont point imposé, & s'il a manqué à un certain point la partie de l'expression, défaut presque général à tous les Maîtres que nous venons de passer en revue, il a satisfait les connoisseurs, qui ne s'arrêtent qu'au méchanisme de l'art. Il étoit question de décrire la vertueufe Romaine, qui ayant découvert la réfolution de fon époux, de délivrer *Rome* de fon tyran par l'assassinat de *Céfar*, & prévoyant l'issue funeste de ce complot, pour s'exercer à la mort qu'elle est décidée à fe donner fi le vengeur de la patrie fuccombe, fe blesse volontairement. Aux cris de fes femmes, *Brutus* qui fortoit, revient, la trouve dans cet état, & lui reprochant fon imprudence ap-

prend son deffein généreux. M. *Lépicié* eft
fans doute bien excufable d'être refté au deffous d'un fujet digne de la fublimité du pinceau de *Raphael* ou de *Michel-Ange:* on doit
même le louer d'en avoir rendu quelque chofe. Il y a de la nobleffe & de l'intérêt dans
la tête de *Porcia*, meilleure que celle de fon
époux. Mais on lui reproche deux chofes,
qui tiennent à l'ordonnance & à l'annonce de
fon plan: l'une, que le retour de *Brutus*, revenant fur fes pas, n'eft nullement indiqué;
l'autre, que le matériel de l'action eft abfolument dérobé aux yeux du fpectateur, par des
efclaves empreffées à fecourir leur maîtreffe
& qui, en la foignant, cachent entierement la
bleffure. Je n'appuyerai pas fur ces critiques,
dont la premiere eft peu de chofe, & la feconde blâme une adreffe de l'Artifte qui, fans
offrir aux yeux le coup-d'œil déchirant d'une
plaie fanglante, la défigne fuffifamment par
l'attitude des fuivantes.

Pour n'être pas trop long, je ne ferai qu'indiquer le morceau de l'*Aurore & Céphale* de M.
Vanloo, où la premiere eft fraîche, amoureufe
& féduifante: mais on ne fauroit fe perfuader
qu'elle puiffe enlever un Chaffeur très-corfé
& qui pefe lourdement, encore fur la terre. Elle eft fur un nuage qui a trop de confiftance,
&, en général, ce fujet n'eft pas gai, léger &
vaporeux, comme il devroit l'être. Son pen-

dant, *le Triomphe d'Amphitrite*, par M. *Taraval*, est, au contraire, si aërien qu'on n'y distingue que les premiers linéamens des figures. On le prendroit pour une esquisse : on ne peut qu'exhorter l'Artiste à le finir, avant qu'on s'occupe à en rechercher & discuter les détails.

Tous ces Tableaux, Monsieur, dont je viens de vous parler, ont été enfantés sous les auspices de Monsieur le Comte *d'Angiviller*, qui a déterminé S. M. à consacrer chaque année une somme, qu'il doit distribuer entre les Artistes occupés à travailler dans le genre de l'Histoire, qui se seroit perdu désormais sans cet encouragement. Ils seront placés dans une Galerie, avec des statues dont je parlerai à leur rang, & formeront une suite d'ouvrages de l'Ecole Françoise moderne. Vous concevez qu'on n'aura garde d'y en inférer d'autres, dont ils ne pourroient soutenir la comparaison.

Je vous parlerai la premiere fois des Tableaux d'histoire de chevalet & des Tableaux de genre, où il y a d'excellentes choses : ceux-ci font le triomphe de nos Artistes, &c.

LETTRE II.

Paris, ce 15 Septembre 1777.

Si les deux *La Grenée*, Monsieur, ne brillent pas cette fois dans le grand genre, auquel

on ne les juge pas deftinés, ils plaifent par
des fujets gracieux, plus convenables à leur génie. L'aîné fe retrouve furtout dans ceux tirés de la Mythologie, où grand nombre font
plus analogues à fon imagination & lui fourniffent plus à peindre de ces beaux corps de
Déeffes, ou de femmes nues, pour lefquels il
excelle. Il nous reproduit cette année fon
Pygmalion, dont *Vénus* anime la Statue. Je ne
puis vous rappeller quelles font les différences
de celui expofé en 1773; mais je vois toujours
peu de chaleur dans l'Amant, qui devroit être
brûlant d'amour. Je ne fais fi c'eft par une
adreffe de réflexion, qu'il a été à la Déeffe toute fa féduction pour la tranfporter dans la figure principale, qui toutefois n'opere point cet
effet. On ne la contemple que comme un
chef-d'œuvre du Peintre, par la dégradation
des chairs, plus animées dans les parties fupé-
rieures, moins dans les inférieures; enforte que
le pied eft encore abfolument marbre. Son
Jugement de Páris, *adjugeant la pomme à Vénus*,
attire au premier coup d'œil. Des contours
moëlleufement deffinés, des chairs vivantes,
des développemens voluptueux réveillent la lu-
bricité. Les defirs s'éteignent bientôt quand
on en approche, & la *Pallas* elle-même, dans
un raccourci de jambe, paroît eftropiée. Quelque beau qu'Homere nous ait repréfenté le fils
de *Priam*, je trouve auffi qu'il falloit mettre
une

une différence entre fa carnation & celle des Déefles, puis varier encore la leur, donner plus de teintes rouges au corps de *Junon* dans fon courroux, rembrunir davantage celles de Minerve, enfin épuifer toutes les graces du pinceau fur la mere de l'*Amour*. Son fujet le plus maltraité à coup fûr, c'eft *la Philofophie qui découvre la Vérité*. On pourroit également prendre l'inverfe, & faute d'avoir affez caractérifé chacune d'elles, le fpeçtateur refte incertain. En voilà affez fur cet Artifte, qui a expofé beaucoup d'autres tableaux, ayant leurs partifans & leurs admirateurs, pour juger que malgré fa fupériorité foutenue fur beaucoup de fes confreres, il n'excelle pas comme de coutume. Il eft même à craindre qu'il ne dégénere de plus en plus, parce que fon genre femble tenir principalement à l'ardeur, à la fraîcheur, au brillant de la jeuneffe, & qu'avec l'âge il perdra infenfiblement ces qualités.

Au contraire, M. *La Grenée* le jeune monte, & fe foutiendra plus longtems, en ce que fon talent, quoique analogue à celui de fon frere, inférieur pour les graces, a plus de vigueur & plus d'étendue. Son *Saint-Jérôme*, toutefois le cédant à celui de M. *Vincent*, en eft une preuve: on y retrouve ce nerf, cette favante connoiffance de l'anátomie, qui caraçtérifoient en 1775 fon tableau de *l'Hiver*. Il eft fécond aujourd'hui en fujets agréables. Entre douze qu'on compte au Sallon, fon *Télémaque racontant fes aventures à Calypfo*, paroît réunir tous les fuffrages. La candeur du jeune Prince, la fageffe & la prudence de *Mentor*, la curiofité participant déjà de la paffion qui s'allume dans le cœur de *Calypfo*, défignent chaque perfonnage dans le dégré convenable. Il n'eft pas jufqu'à la Nymphe *Eucharis* qui, plus fpécialement défignée entre fes compagnes, laiffe prévoir qu'elle jouera bientôt un rôle entre les acteurs principaux. Toute cette compofition eft charmante, pleine d'intérêt, bien empâtée, d'un coloris excellent, fauf le ciel, lourd & d'un bleu d'empois, & les arbres d'un verd fec, noir & dont les feuilles, fans aucun jeu, femblent collées & ne faire qu'une maffe morte. *La Bergere allaitant fon fils, pendant que fon Berger la contemple*, eft d'un faire fupérieur, du pinceau le plus tendre & le plus moëlleux. Peut-être y a-t-il trop de nobleffe dans la tête de la femme, qui n'a rien de la rufticité de fon état.

Ce même Artifte a expofé quantité de deffins, dont un attire les plaifans & les fait rire. Ce font des Anges ramaffant les corps des Enfans innocens, pour les empêcher d'être dévorés par les chiens. Il faut convenir qu'il n'eft guere poffible de pouffer plus loin un délire myftique, de rencontrer une image à la fois auffi puérile & auffi dégoûtante.

Rien de plus édifiant, Monfieur, en général, que le Sallon de cette année, où, fans avoir
affecté d'y mettre beaucoup de traits tirés de
l'Ecriture Sainte, tout y concourt à élever l'a-
me, ou à épurer le cœur. On y peut faire un
Cours de morale entier.

Le Mariage rompu de M. Aubri, nous montre un perfide, qui ayant fait des enfans à une
jeune perfonne, avec promeffe de l'époufer,
veut donner fa main à une autre. La délaiffée
s'y oppofe, lui préfente les gages de leur union
& ramene au devoir cet infâme féducteur. On
remarque dans ce Tableau, que le principal perfonnage, c'eft-à-dire le traître, eft contrefait
& difloqué; qu'à force de honte il a la tête
dans l'eftomac: attitude que *Saint Denis* feul
pouvoit prendre, difpofant de fon chef mobile à fon gré, mais contre toutes les regles du
deffin & de l'anatomie. Un Bédaud, de précaution, éteignant les cierges dès qu'il voit
que la cérémonie n'aura pas lieu, eft l'idée la
plus ingénieufe de ce petit Poëme, où il y a
beaucoup de vérité, moins cependant que dans
les aurres fujets traités par le Peintre, toujours naturel dans fes compofitions, mais dont
le coloris ne l'eft gueres: d'ailleurs fans chaleur & fans énergie.

M. *Wille*, d'une part, nous excite dans fon
Aumóne à nous attendrir fur le fort des malheureux; de l'autre, nous montre la récom-

penſe de la ſageſſe & de la vertu dans ſa *Fête
des bonnes gens.* Plus loin c'eſt *le Devoir filial.*
Je m'arrêterai ſeulement à celui-ci, dont M.
Greuze qui reconnoît en ce Peintre ſon Eleve,
révendique l'invention. Il prétend en avoir
compoſé le deſſin, il y a plus de quinze ans, &
reproche au plagiaire de n'en avoir ſaiſi que le
matériel, de n'avoir pas creuſé & terminé ſon
action, comme lui, pour en tirer une idée
agréable & philoſophique. Voici d'abord
l'explication de M. *Wille.*

„ Un Vieillard prend l'air, ſoutenu par ſa
„ fille & ſon fils, qui ſuſpendent leurs tra-
„ vaux pour l'aider à marcher. Un petit gar-
„ çon eſſaie de balayer la route. Deux autres
„ plus forts portent un grand fauteuil; & la
„ mere, que l'on apperçoit dans le fond, bé-
„ nit le ciel de lui avoir donné de ſi bons
„ enfans ".

On juge qu'une pareille compoſition, qui
prête aux talens de l'Artiſte, n'annonce aucun
trait ſpirituel, aucune moralité fine & détour-
née. On va voir la différence du même ſujet,
manié par un Auteur qui combine ſon plan &
le médite en vrai Poëte. M. *Greuze* avoit ſen-
ti qu'en finiſſant-là ſon action, elle devenoit
triviale & ne ſortoit point des bornes ordinaires d'une ſcene bourgeoiſe, qui touche le
cœur ſans laiſſer rien à réfléchir. Il avoit donc
imaginé de prendre un chef de famille, con-

fumé fans doute d'ans & de travaux, mais
ayant encore de l'ame & de la fenfibilité. Il
le foutenoit, dans fa démarche, pour fe rendre
à la promenade, par fes enfans jeunes, mais
grands & mariés. Il le faifoit arriver dans un
jardin, où il trouvoit fes petits-enfans jouant &
danfant. Alors ranimant fon héros principal, il
lui infpiroit cette penfée douce & confolante
qu'il ne mourroit pas tout entier, qu'il revi-
vroit dans fa nombreufe poftérité ; penfée que
tous les fpectateurs auroient lu fur la phyfionomie revifiée de cet ayeul, fur laquelle on
fe feroit repofé avec complaifance & dont,
forcé de quitter ce tableau, on auroit confervé le fouvenir fatisfaifant. Ce grand maître
reproche à fon concurrent d'avoir trop exténué fon vieillard, de faire traîner le fiége énorme par des bambins qui n'en ont pas la force. Enfin il regarde comme une idée peu naturelle, relativement à l'âge de l'enfant, le
plus petit de tous, à l'état du perfonnage dominant de la fcene & au local de l'action, celle de lui faire balayer le chemin. Quant à
l'exécution, elle eft heureufe, facile, variée &
digne du Maître de M. *Wille*. Il a été moins
prodigue de couleur dans cette action fimple &
a réfervé le brillant de fon pinceau pour fes
autres fujets exigeant de l'appareil, tels que fa
Rofiere & fon *Repas villageois* ; morceaux qui
fatiguent les yeux en cela même, parce qu'ils

manquent de cette harmonie, qualité précieufe dont il eft encore loin.

M. *Bounieu* paroît entendre mieux cette magie, qu'on admire furtout dans fon tableau repréfentant un *beau trait d'Henri* IV. C'eft celui de ce Prince lorfqu'il dit à fa Maîtreffe,
qui vouloit lui faire renvoyer *Sully* : „ Je trou
„ verai cent femmes comme vous, & jamais
„ un pareil Miniftre ". *Gabrielle d'Etrées* confufe eft dans l'état le plus violent. Elle fe
précipite fur fon lit, théâtre deformais impuiffant de fes féductions, qui ne lui doit plus
fervir qu'à enfevelir fa honte & fon défefpoir.
Le Peintre, en ce moment de fureur, pour
faire valoir davantage le facrifice de l'augufte
Amant, l'a rendue plus belle que jamais. Le
Roi la défigne du doigt à fon ami, & par ce
gefte de mépris indique éloquemment au fpectateur les paroles qu'il vient de proférer. Dû
refte, fon courroux eft noble & fon ame femble y conferver le calme héroïque des grandes
ames. Sully eft pénétré des fentimens de resconnoiffance dûs à un fi bon Maître. Cependant il craint fa foibleffe, & l'on voit fon defir de l'arracher de ces lieux. Le Peintre,
pour rendre mieux cette fcene animée, a monté fa compofition fur le plus haut ton de couleur, par un lit cramoifi ; mais des ombres répandues à propos en temperent l'éclat, en

forte que la vue peut s'y porter & s'y fixer sans crainte.

La lecture du Poëme des Fastes par l'Auteur, est un autre sujet de M. *Pounieu,* qui attire surtout les Gens de Lettres, les femmes tenant *Bureau de Bel-esprit*, les hommes de cour, protecteurs des talens & tous ces riches Financiers qui veulent s'en donner l'air. Cet auteur est M. *Le Mierre.* Il a composé un ouvrage en vers, qui embrasse le cercle de l'année civile & la description de toutes les fêtes & cérémonies qui s'y renouvellent périodiquement. Il va le débitant de société en société, & c'est dans un de ces momens que le Peintre l'a saisi. Ce n'étoit pas sans doute le plus heureux où il pût le prendre, car il lui a donné un air fort sot, qui est assez celui d'un homme lisant ses productions. Il est dans le fort de l'action; il a près de lui un verre, détail petit, mais dans le costume, qui annonce qu'il a besoin de rafraîchir un gosier déchiré par la déclamation de vers durs & âpres. Un tel effet se manifeste encore mieux par la contraction des muscles du visage du Lecteur & les pénibles efforts qu'on y remarque. On doit supposer que le morceau lu par M. *Le Mierre* contient quelque description très-touchante, car la Dame la plus voisine de lui, & qui n'a pas la figure la plus spirituelle, il est vrai, pleure de la meilleure foi du monde. La maîtresse de la maison, qu'on

remarque fur le premier plan, dans le plus grand
jour & par fon vêtement éclatant, eft férieufe
& fans émotion. Un Evêque, qui reffemble
beaucoup à celui de *Senlis*, en fa qualité d'A-
cadémicien, d'homme accoutumé au charlata-
nifme littéraire, n'y fait pas grande attention.
Un Cordon-bleu, dans la demi-teinte, eft fort
déconténancé & a l'ennui d'un Grand Seigneur.
Celui du refte des fpectateurs, eft diverfifié
dans la proportion néceffaire. S'il n'y a pas
un vif intérêt dans cette fcene, il y a beaucoup de vérité. La maniere noire de l'Auteur
y va à merveille, en ce qu'elle y fait reguer
un filence morne, caractere dominant de ces
fortes d'affemblées.

On avoit reproché, il y a deux ans, à M.
Théaulon d'avoir éludé la févérité de l'ordonnateur du Sallon, en y gliffant un petit fujet capable d'échauffer les imaginations libertines. Il
répare cette faute aujourd'hui par fa *Mere févere*, dont le but moral eft de réprimer la co-
queterie d'une jeune fille, qui ayant reçu un
bouquet d'un jeune homme, fe le voit déchi-
rer; on l'humilie en la forçant de mettre des
fabots. Cette compofition naïve, mais peu
fpirituelle, eft d'une exécution attrayante, à
raifon des caracteres bien prononcés. Celui de
la mere frappe fingulierement: on voit que le
peintre s'eft étudié furtout à rendre la fille
intéreffante, & peut-être lui a-t-il donné trop

de graces, de gentilleſſe, de piquant, de ſvelte, de fineſſe, pour ſon état, indiqué par la punition. On ne peut qu'exhorter ce jeune Artiſte, ainſi que le précédent, à choiſir toujours des ſujets bien penſés & dignes de leur pinceau aimable, mais trop mol, ſurtout chez M. *Bounieu* qui, à force d'adoucir & de lécher ſes figures, leur donne une couleur de cire. On voit que le ſecond peut acquérir une touche plus ferme & plus libre.

On eſt enchanté principalement, Monſieur, cette année de M. *Le Prince*, dans un genre, pour lequel il nous avoit donné déja de hautes eſpérances. Il les remplit à merveille. C'eſt le Payſage, qu'il peint d'un grand goût. Il ne nous tranſporte plus en Ruſſie; ce n'eſt plus cette nature marâtre qu'il offre à nos yeux ; ce ſont les ſites délicieux des environs de *Paris*, dont tout le monde peut reconnoître la vérité. Il entend à merveille la perſpective aérienne: il marque parfaitement les diverſes heures du jour, les différentes façons, dont la terre eſt dorée & le ciel éclairé au lever, au midi & au coucher du ſoleil. Peut-être n'excelle-t-il pas autant à rendre la verdure, la fraîcheur du feuillage, le jeu de la lumiere & ſes accidens de toute eſpece, à travers ces maſſes légeres & mobiles: mais quelle variété, quel mouvement, quel eſprit dans la multitude dont il anime ſes tableaux champêtres! Il eſt fâcheux qu'on y retrouve de tems en tems des reminiscences de ses premieres études, un costume & des formes Russes. Son *Etude de Vache d'après nature*, est estimée digne du *Berghem*, au gré de certains connoisseurs : d'autres comparent son *Corps-de-garde* à ceux des deux *Teniers* & aux bambochades de notre *Wateau*. Pour moi, qui cherche moins les rapprochemens d'une maniere avec une autre, que le génie de l'Artiste, que cet intérêt qui doit regner dans tous les bons ouvrages, je louerai M. *Le Prince* de n'avoir pas imité le défaut de ces Maîtres, donnant souvent dans les sujets bas. Il a leur gaîté, leur finesse & n'est jamais ignoble.

Un tableau qu'il a intitulé *la Crainte*, m'a fourni longtems à réfléchir, ainsi qu'à beaucoup d'autres. Si l'on ne connoissoit le mérite de cet Artiste, on seroit tenté de croire en l'examinant, qu'il a fait un contresens, puisque rien ne répond au sentiment qu'il a voulu rendre ; que l'expression du visage de l'héroïne, son attitude & tous les accessoires qui l'entourent, font naître des idées entierement opposées. Seroit-ce donc une énigme qu'il a proposée au Public? Il est plutôt à présumer que, craignant de scandaliser, s'il eut indiqué son sujet sous le vrai titre, il l'a masqué sous un autre, pour qu'il ne fût point rejetté du Sallon. En voici la composition ingénieuse & vous en allez juger.

Une femme couchée, d'une belle figure, dont le corps parfaitement bien deffiné eft tout-à-fait féduifant, a fes couvertures relevées; elle n'eft qu'en chemife, qui laiffe entrevoir fes appas de toutes parts. Elle femble s'élancer après quelqu'un, & ce mouvement, ainfi que fon teint très coloré, ne défignent rien moins que la frayeur. Un fauteuil eft renverfé près de fon lit; un déjeûner préparé, avec deux taffes très-diftinctes, prouve qu'elle ne devoit pas le faire feule, & que c'eft à une heure où ne s'introduifent pas ordinairement les voleurs. Un chien dans l'ombre, courant à la porte, femble aboyer après quelqu'un qui vient de s'enfuir, & vouloir venger fa Maîtreffe qu'il a outragée. En un mot, tout caractérife un Amant téméraire, qui n'a pas eu la force de fe rendre coupable & eft allé cacher ailleurs fa honte & fon defefpoir.

Si j'avois voulu, Monfieur, ranger chaque Peintre fuivant la fenfation qu'il produit au Sallon, je vous aurois d'abord nommé M. *Vernet*. Outre l'effet admirable du pinceau de cet Artifte qui ne vieillit point, c'eft qu'il y joint une fécondité prodigieufe, une facilité incroyable, & cependant il ne peut fuffire aux ouvrages qu'on lui demande. Il faut fe faire infcrire chez lui plufieurs années d'avance, avant de pouvoir en jouir. Entre fes productions on diftingue deux grandes machines impofantes par leur hauteur. L'une eft *l'entrée d'un Port de Mer dans un tems*

calme, *au coucher du Soleil :* l'autre *une tempête,
avec le naufrage d'un vaiſſeau.* Il eſt ſi fort au-
deſſus de tout éloge, qu'on ne s'attache plus qu'à
y découvrir ce qui peut prêter à la critique. Par
exemple, dans ſon ſecond Tableau, moins eſtimé que l'autre, on remarque une femme qu'un
marinier enleve aux flots, & ſi peu ſoutenue
ſur le dos de ſon libérateur, qu'on craint à chaque inſtant qu'elle ne tombe. Un amateur ex-
primoit à M. *Vernet* un autre genre de frayeur,
maniere bien délicate de flatter ſon amour-propre : ,, Je me hâte toujours, lui diſoit-il, à chaque fois que je viens ici, de conſidérer ces nuages chargés qui forment votre orage, car j'ap-
préhende qu'ils ne ſoient diſſous & évanouis à
mon retour." Mais pour le contraſte, il a placé
dans l'autre partie du Tableau un ciel déja ſe-
rein & brillant, & qui tranche bien bruſque-
ment. Il y en a, ſans doute, des exemples
dans la nature ; mais alors le moment de ſon
action ne ſeroit que la fin de l'orage, ou ce ne
ſeroit ſimplement qu'un *grain,* en terme de
marine : ce qui ôteroit à la ſcene tout le terrible
qu'elle doit avoir & qu'elle a, & conſéquemment tout l'intérêt.

Le premier Tableau offre le grouppe d'un
Bacha, qui vient s'embarquer avec ſa maîtreſſe
& ſa ſuite pour prendre le plaiſir de la promenade, & cet amas de figures droites n'eſt pas
regardé comme aſſez pittoreſque. Une autre

faute contre le coſtume, & à laquelle il n'y a
pas de replique, c'eſt que pour remplir un coin
de la ſcene il y a mis des blanchiſſeuſes, &
l'on ſait qu'on ne lave jamais dans l'eau de la
mer, abſolument impropre à cet uſage. M. *Vernet*, qui eſt né dans un port de mer & les a ſi
fort fréquentés, ne pouvoit l'ignorer ; mais il a
cru qu'on ne pouſſeroit pas la diſcuſſion juſques-
là & il s'eſt trompé. Du reſte, les autres détails ſont traités dans l'un & l'autre ouvrage
avec tant de vérité, qu'ils rappellent le propos
de ce matelot, diſant à ſon camarade tenté
d'aller admirer une Marine de M. *Vernet: Que
veux-tu aller faire-là? tu n'y verras que ce qu'on
voit ici!*

Un Savoyard du Pont-neuf, ou un Porte-faix
de la Monnoie en pourroit dire autant de M.
Machy, qui nous offre différentes Vues des
plus beaux édifices qu'on enviſage des quais, &
d'autres des environs de Paris. Indépendamment de ce genre, où brille la beauté de ſon
deſſin exact, pur, riche, où l'on admire le choix
toujours heureux & délicat de ſes profils dans
les morceaux d'architecture dont il décore ſes
Tableaux, il veut aujourd'hui lutter contre M.
Robert, dont le génie plus mâle & plus libre ſe
déploie ſurtout dans les ruines. Son rival nous
en offre de pluſieurs eſpeces, mais l'on y retrouve encore la netteté, la propreté de ſon
exécution, & rien de cette fougue & des écarts

qui produisent tant de chaleur chez l'autre.

Je ne m'arrêterai que sur deux morceaux de celui-ci, qui serviront de preuve & caractérisent cet Artiste. Ce sont deux Vues des Jardins de *Verfailles*, dans le tems qu'on en abattoit les arbres.

Vous savez, Monsieur, que ce beau Parc est absolument dévasté aujourd'hui & offre un coup-d'œil triste & nud, bien différent de celui qu'il présentoit dans le tems de sa magnificence. M. le Comte d'Angiviller proposa au Roi, pour encourager la Peinture dans tous les genres, de faire lever par M. *Robert* le plan pittoresque d'un spectacle effrayant, mais unique, & qui ne se retrouveroit plus d'un siecle. Le Peintre fut appellé. S. M. lui donna ses ordres: Elle parut desirer en même tems que sa présence ne lui en imposât pas, & qu'il esquissât sur le champ son dessin. M. *Robert* s'excusa & répondit qu'il ne feroit ainsi qu'un mauvais Tableau, très-vrai, très-exact, mais froid. „ Quel est votre objet, Sire, ajouta-t-il? „ Ce n'est pas d'avoir un raccourci géométri-„ que de cette vaste scene; mais de faire re-„ trouver à votre ame la sensation douloureu-„ se qu'elle éprouve, en jettant les yeux sur „ cette nature morte, sur ces monumens des „ arts qui, isolés, n'ont plus d'aspect agréable „ & semblent participer aux ruines de la pre-„ miere. Laissez-moi faire; je promets à V. M.

„ que je reproduirai à ſes regards tout ce
„ qu'elle voit: mais qu'elle ne donne point
„ d'entraves à mon imagination". Le Monarque y a conſenti & M. Robert a réuſſi parfaitement pour les gens de génie. Quant aux autres, qui ne retrouvent point les choſes à leur
place, & qui ignorent cette anecdote, ils ſe
récrient que c'eſt manqué, que ce n'eſt pas
reſſemblant.

Ils n'en diront pas autant des Ouvrages de
Mlle. *Valayer*, dont le pinceau ſûr & fidele s'eſt
ſoumis tous les objets de la nature inanimée.
Mais après ce triomphe, elle court à de plus
conſidérables. Déja elle s'eſt diſtinguée dans
le portrait par une touche ferme & hardie. Celui de M. Roettiers, ancien Graveur général
des Monnoies, eſt d'une vérité qui frappe tous
ceux qui connoiſſent l'original, & d'un *faire*
qui étonne tous les Connoiſſeurs. Elle grouppe même actuellement; elle hiſtorie avec un
égal ſuccès. C'eſt ce qu'on admire dans trois
petits ſujets, dont *une jeune perſonne montrant
à ſon amie la ſtatue de l'Amour*, arrête le ſpectateur, le porte à réfléchir, & annonce une tête
qui combine des idées & fait en faire naître.

Avant de finir, Monſieur, l'article de la
Peinture, il ne faut point omettre le *portrait
en pied du Roi*, trop remarquable, & par la
hauteur de la machine, & par la beauté du cadre, & par le perſonnage auguſte auquel tous

les François viennent rendre hommage. Malheureusement on ne reconnoît Louis XVI qu'aux
attributs de la Majesté qui l'entourent: des
plaisans ont prétendu qu'à la tête près il étoit
très ressemblant. C'est que M. *Dupleffis*, au
lieu de chercher à rendre l'homme, avoit voulu
peindre le Monarque. Il n'a pas senti que l'humanité, la bonté, la popularité, la familiari-
té, si l'on peut s'exprimer ainsi, étant le caractere distinctif de la physionomie de notre
Roi, il ne pouvoit s'allier avec celui de la
grandeur, de la fierté imposante, repoussante
même, qu'il a voulu lui imprimer. Du reste,
les détails sont soignés avec l'exactitude qu'on
connoît à l'Artiste: il a toujours le coloris
vrai & vigoureux.

Si l'on pouvoit révoquer en doute son talent pour attraper les ressemblances, on seroit forcé de lui rendre bientôt justice en voyant
son Tableau de M. le Président *d'Ormeffon*, où
se proportionnant à son sujet, il ne l'a point
dépaffé, il a exprimé littéralement la franchise, la bonhommie de ce Magistrat. L'air
sérieux & pincé du Marquis de *Bievre*, qui
contraste si fort avec ses calembours, & leur
donne tant de vogue, ne lui a point échappé,
& même son vêtement modeste & simple y
ajoute encore. Il a déployé plus de force
dans le portrait de M. *Ducis*, ce noir Tragique, l'auteur d'*Hamlet*, de *Roméo & Juliette*;

mais

mais dont la face large & fleurie annonce que
son imagination n'influe en rien sur son physi-
que bien constitué.

Je vous parlerai encore du Portrait de M.
Coquebert de Montbret, Consul général dans
le Cercle de Basse - Saxe; moins à raison du
Peintre, M. *Perronneau*, dont la maniere du-
're est en général peu estimée, mais à raison
du personnage qui, déja Membre du Corps
Diplomatique depuis plusieurs années, se trouve initié aux mysteres de la politique dans
un âge où l'on n'en soupçonne pas encore
l'existence, & fournissoit ainsi un sujet plus
analogue au pinceau de l'Artiste. Celui - ci,
en vieillissant la figure du jeune homme, a du
moins caractérisé son génie précoce & sa prudence déja consommée.

Je ne ferai que vous indiquer Mrs. *Pasquier*, *Hall*, *Courtois* & *Weiller*, destinés spécialement au service de l'Amour, à peindre
ces beautés, dont l'existence furtive ne doit
durer qu'aussi longtems que la passion de celui qui les commande. Ce genre est trop
borné, trop futile pour s'y arrêter. Il n'en
est pas de même de M. *Chardin*, qui dans sa
vieillesse a toujours une maniere ferme &
grande, nous fait encore l'illusion la plus
complette dans son tableau imitant le bas-
relief.

M

Mon filence, Monfieur, fur le refte des productions pittorefques du Sallon, fans leur ôter le mérite qu'elles peuvent avoir, indique cependant que ce ne font pas elles qui font le plus admirées. Une, effrayante par fon étendue, & impoffible à faifir par fa forme & fa façon d'être préfentée, pourroit avoir de grandes beautés, d'autant qu'elle eft d'un jeune Artifte ayant fait beaucoup de fenfation il y a deux ans, de M. *Robin*, dont vous vous fouviendrez, fans doute. C'eft une Efquiffe d'un Plafond exécuté dans la nouvelle Salle de Spectacle de Bourdeaux. Le fujet général eft cette Capitale, qui éleve un Temple à Apollon & aux Mufes. L'auteur en a fait un poëme entier divifé en cinq chants ou parties, & il juftifie l'opinion que je vous en avois infpirée, en le regardant comme un des meilleurs foutiens de notre Ecole pour l'hiftoire & les œuvres de génie.

Mon dernier article fera pour M. *Jollain*, que je ne peux omettre en entier. Non content de vouloir mettre tout *Homere* en Tableaux, il femble embraffer auffi *le Taffe*. Dans un fujet tiré de ce dernier Poëte, il y a un *Renaud* où l'on admire un tour de force de l'Artifte. On y trouve trois formes différentes. Les perfifleurs l'appellent *la Trinité*. En effet on y remarque diftinctement la tête d'un beau jeune homme, le corfage d'un héros & les jambes de l'être le plus ignoble.

J'ai l'honneur d'être, &c.

LETTRE III.

Paris, le 22 Septembre 1777.

LE plus grand morceau de Sculpture qu'on voit cette année, Monfieur, eft le Maufolée de feu Monfeigneur le Dauphin & de feue Madame la Dauphine, qui doit être placé dans le Chœur de la Cathédrale de Sens. Ce monument de M. *Coftou*, mort lui-même avant d'y avoir pu mettre la derniere main, eft fort compliqué & mérite un détail plus étendu.

L'Artifte puifant fon idée principale dans le caractere diftinctif des deux auguftes Epoux, c'eft-à-dire dans cette tendreffe mutuelle qui les avoit unis pendant leur vie & n'a pas permis à Madame la Dauphine de furvivre longtems à la moitié d'elle-même, déja dans le tombeau, & à laquelle elle ne defiroit que de fe rejoindre, a imaginé de former un Piédeftal, fur lequel font deux Urnes liées enfemble d'une guirlande de la fleur qu'on nomme *Immortelle*.

M 2

,, Du côté de l'Autel, *l'Immortalité* debout
,, est occupée à former un faisceau ou tro-
,, phée des attributs symboliques des vertus
,, du Dauphin, telles que la *Pureté*, désignée
,, par une branche de Lys; la *Justice*, par
,, une Balance; la *Prudence*, par un Miroir
,, entouré d'un serpent, &c. Aux pieds de
,, cette figure est le Génie des Arts, dont le
,, Prince faisoit ses amusemens. A côté, la
,, *Religion*, aussi debout, & caractérisée par
,, la Croix qu'elle tient, pose sur les Urnes
,, une Couronne d'étoiles; symbole des récom-
,, penses célestes destinées à l'un & à l'autre.
,, Du côté qui fait face à la nef de l'égli-
,, se, le *Tems*, qu'on reconnoît à sa faulx &
,, à ses divers accessoires, étend le voile fu-
,, néraire, qui couvre déja l'Urne du Dauphin,
,, sur celle supposée renfermer les cendres de
,, Madame la Dauphine. A côté, l'*Amour con-*
,, *jugal*, son flambeau éteint, regarde avec
,, douleur un Enfant qui brise les chaînons
,, d'une chaîne entourée de fleurs, symbole
,, de l'Hymen.
,, Les faces latérales ornées de cartels aux
,, armes du Prince & de la Princesse, sont con-
,, sacrées aux inscriptions qui doivent trans-
,, mettre leur mémoire à la Postérité".
Telle est la maniere dont M. *Costou* a conçu & rempli son plan, où l'on n'envisage rien

de fublime, peu d'unité & beaucoup d'images découfues ou trop reffemblantes.

On eft tenté d'abord de regarder comme un pléonafme la fleur appellée *Immortelle*, employée d'une part, & l'*Immortalité* enfuite perfonnifiée de l'autre. Mais la premiere défigne l'union immuable qui va régner déformais entre les deux Epoux, & la feconde eft relative uniquement au fouvenir durable des vertus du Prince. Il s'enfuit au moins une certaine ftérilité d'invention dans l'Artifte pour n'avoir pas mieux varié & diftingué ces deux idées qui fe rapprochent & fe confondent de nouveau dans la troifieme; car la Couronne d'étoiles, dont la *Religion* veut faire rayonner à jamais les deux Urnes, eft encore une forte d'*Immortalité* que, par la réflexion, 'on conçoit défigner cependant celle des bienheureux.

Si l'on fait attention aux airs de tête, à l'expreffion du vifage de ces perfonnages allégoriques, on trouve de même beaucoup de reffemblance. Bien loin de remarquer les contraftes piquans que le génie fait fe ménager dans les fujets qui en paroiffent le moins fufceptibles, la douleur eft le fentiment dominant des trois figures dont nous venons de parler. Celle du *Génie des Arts*, qui vient de perdre un éleve & un protecteur, eft affez na-

M 3

turelle. Quant à la *Religion*, elle pourroit
également se réjouir de voir dans le ciel deux
Héros Chrétiens, dont le salut sur la terre
étoit toujours en danger, & se désoler de perdre deux soutiens dans un tems où elle en a
tant de besoin. Mais on ne voit pas ce qui
peut affliger l'*Immortalité*, dont la fonction
toujours glorieuse, doit nécessairement la faire participer à la joie de ses sujets. Ce seroit,
sans doute, une pensée sublime de lui donner
des regrets en couronnant un Prince dont l'histoire mélangée offriroit également & des victoires & des forfaits: pensée qui ne peut naître à l'égard de M. le Dauphin.

Si l'on passe du côté opposé du Monument,
c'est une autre action dont on ne sent pas à
l'instant la liaison avec la premiere; c'est une
seconde partie du poëme presque détachée de
l'autre. Les Urnes qui sont sur le centre, auquel elle se rapporte, ne frappent pas assez
par leur masse, & sont un objet trop inanimé pour intéresser, en un mot, ne représentent qu'imparfaitement les augustes Epoux que
doivent concerner toutes les parties de la composition.

D'ailleurs, le *Tems*, qui étend son voile d'u-
ne Urne à l'autre & les enveloppe enfin toutes
deux, est une image belle, simple & dans la
vérité historique, mais elle devroit se présen-

ter la premiere: il faudroit que celle de l'*Immortalité* & de la *Religion* ne lui fût que fecondaire & terminât l'action d'une façon fatisfaifante.

L'*Amour conjugal*, dont l'Artifte a fait un être diftingué de l'*Hymen*, eft une mauvaife allégorie, & ne fert qu'à augmenter le galimathias de ce poëme froid & obfcur, mélange bigarré de profane & de facré, qui déplaît à l'efprit & devroit être profcrit d'un temple religieux.

Je me fuis attaché, Monfieur, à difcuter la compofition de ce Maufolée, parce que c'eft chez nos Sculpteurs, ainfi que chez nos Peintres, l'endroit foible; ce dont ils femblent s'occuper le moins. Ils ne font pas attention que l'invention dans leur art eft, comme dans les ouvrages d'efprit, la partie principale; que toutes les autres la fuppofent, & que fans elle on ne peut être grand Artifte, pas plus que grand Ecrivain. Comme ils fentent bien cependant que c'eft par où ils pechent, voilà la raifon qui leur fait fi fort redouter la critique des Gens de Lettres. Ils favent que ceux-ci iront droit au talon d'Achille, & ils efperent être mieux traités de la part de leurs confreres qui, plus ignorans, ne verront pas les mêmes défauts, ou font intéreffés à les leur pardonner, afin d'obtenir la même grace à leur tour. Telle eſt la manie d'un Artiſte qui ne travaille pas pour la Poſtérité, & dès·lors il .eſt en effet indigne qu'on s'occupe de lui.

Au ſurplus, quant à l'exécution, l'ouvrage de M. Couſtou fait regretter ſa perte. Elle eſt grande, noble, ſavante, correcte & même hardie. Le coſtume vouloit qu'il habillât les figures de la *Religion* & de l'*Immortalité*; ce qu'il a fait, avec des draperies jettées avec grace à larges plis, dont les contours moël·leux marquent bien ceux du corps des deux Divinités. Sa figure eſt impoſante, dans une attitude vraiment pittoreſque, & lui a fourni l'occaſion d'employer la vigueur & l'énergie de ſon ciſeau. Quant à ſon *Amour Conjugal*, s'i·maginant, ſans doute, le diſtinguer de l'*Amour* ordinaire, il l'a fait grand, & lui a donné la forme d'un adoleſcent: idée recherchée & qui déplaît à la plupart des ſpectateurs. On ne s'habitue point à voir l'*Amour* raiſonnable.

En revenant au Sallon, on eſt arrêté par quatre grandes Statues de marbre, que je vous ai indiquées dès ma premiere Lettre, & qui font d'autant plus de plaiſir à voir, qu'elles repré·ſentent des hommes illuſtres de notre nation, dont l'Académie Françoiſe a déja, par des Pa·négyriques publics, conſacré la mémoire à la poſtérité. C'eſt un projet heureux de M. le Comte d'Angeviller, qui a ſuggéré au Roi de

faire

faire fucceffivement exécuter par nos plus fameux ftatuaires, les images des François célebres dans tous les genres. Cette fuite, fi elle a jamais lieu, fera une maniere de faire apprendre notre hiftoire aux enfans, également vive, facile & rapide.

Le premier eft le Chancelier de *l'Hôpital*, dont on a fait l'Eloge cette année. L'Artifte annonce qu'il en a faifi le moment le plus intéreffant, celui où ce Chancelier „ exilé dans „ fon château, apprenant que fes ennemis ve- „ noient pour l'affaffiner, loin de s'émouvoir, „ commanda d'ouvrir toutes les portes. Ce „ trait de fermeté, ajoute-t-il, a déterminé „ l'Artifte à donner ce caractere à fon attitude „ & à l'expreffion de fon vifage."

On juge peu prudent à M. *Gois* de nous avoir avertis de fon intention. Elle n'eft point du tout rendue. Le fublime de ce Héros patriotique n'eft nullement exprimé fur fa figure, qui n'offre que de l'indifférence ou de l'impaffibilité; ce qui y ajoute même du puérile, c'eft une innovation qu'il a regardée comme une fineffe favante & hardie dans l'exécution, qui peut l'être aux yeux des gens de l'art, mais qui eft fûrement mal-adroite. Au premier coup d'œil on croit le Chancelier manchot: pour retrouver fa main gauche on eft obligé d'aller la chercher par derriere, où elle eft occupée à retrouffer fa fimarre, gefte peu noble.

M 5

& furtout dans un pareil moment. Si l'on regarde enfuite les pieds, on remarque le droit
foulevé avec légéreté, comme s'il alloit faire
un pas de danfe; autre gaucherie qui ne va
point à la gravité du perfonnage. Du refte,
on ne peut qu'applaudir à l'exécution, foit de
la tête, foit de l'à plomb du corps, foit des
draperies, fous lesquelles on fent parfaitement
le nud. On eft fâché de voir qu'un fi habile
homme ait plus fongé à faire briller fon cifeau
que fon intelligence.

On en peut dire autant de M. *Pajou* dans
fon *Defcartes*, qui rêve à la Suiffe, bien loin
de nous frapper par les conceptions fortes d'un
Philofophe fabriquant le monde dans fon imagination. M. *Mouchy* n'a pas été plus heureux
à rendre l'ame de *Sully*, ce modele des Minis-
tres; & M. *Le Comte*, à faire couler des le-
vres de *Fénelon* cette éloquence douce & infi-
nuante de l'auteur du *Télémaque*. Mais tous
femblent difputer le prix entr'eux pour l'obfervation la plus exacte du coftume, pour la
beauté du *faire*, pour toutes les parties de détail, n'exigeant que de la vérité, de la force
ou de la délicateffe dans la main.

En remontant au Sallon, je n'apperçois,
parmi une foule de Buftes, que deux ou trois
morceaux d'une compofition propre à exciter le
génie. L'un eft *Vulcain préfentant à Vénus les
armes d'Enée*. L'air fâcheux du demi-Dieu

y eft très-bien rendu. On y voit le mécontentement de ce malheureux époux percer à
travers fon empreffement & fon obéiffance.
Toute l'anatomie du corps eft favamment trai-
tée, & cette Statue, modelée feulement en
plâtre, répond à la haute opinion qu'on avoit
conçue, il y a quatre ans, des talens de
M. *Bridan.*

Le *Morphée* de M. *Houdon* caractérife le Dieu
du fommeil, de façon à ne pouvoir le méconnoître. Ce n'eft point un affoupiffement ordinaire ; c'eft une fufpenfion parfaite de tous les
fens, c'eft une pefanteur profonde, un abandon total ; c'eft l'anéantiffement le plus abfo-
lu, qui feroit maladie, léthargie dans un mortel, & n'eft que l'état naturel de cette Divinité. Ses aîles feules femblent avoir quelque
action encore, quelque mouvement, pour exprimer, fans doute, au milieu de fon engour-
diffement, fon empire fur la nature entiere.

Ce qui annonce la facilité de l'exécution,
jointe chez cet Artifte à l'intelligence raifon-
née de fon art, c'eft la multitude d'ouvrages
qu'il a expofés ; enforte qu'à lui feul il en a
prefque fourni autant qne tous fes confreres
enfemble. Il n'en eft aucun qui n'ait du mérite. Entre fes buftes, on diftingue ceux de
Monfieur, de *Madame*, de Madame *Adélaïde*,
de Madame *Victoire*. Dans la premiere tête il
a parfaitement exprimé la fageffe prématurée

M 6

de cette Alteffe Royale, par un air de réflexion qui ne lui ôte rien de fes graces & de fa jeuneffe. Au contraire, il n'a point flatté fon augufte compagne, Princeffe non moins fenfée, mais dont la figure annonce en effet moins de fraîcheur & plus de maturité. Les deux Tantes lui fourniffoient également des contraftes à rendre, qu'il n'a pas moins bien faifis, foit en exprimant la fineffe des traits de l'aînée, foit en modelant l'embonpoint de la cadette. Il faudroit être Artifte, Monfieur, pour vous détailler toute l'habileté du cifeau de celui-ci à travailler les dentelles, à planter les cheveux, à les détacher, à coëffer avec élégance, à figurer les divers attributs des Ordres du Prince, enfin à rendre tous les acceffoires, avec non moins de vérité que l'ame de fes modeles.

Ses autres buftes ont tous des variétés frappantes, & fi je pouvois les détailler, vous verriez qu'on eft incertain dans quel genre de têtes il excelle le plus. Il préfente tour-à-tour la majefté, la nobleffe, les graces, l'enjouement, la févérité, l'ingénuïté, l'efprit, le génie; tout cela eft différencié fuivant le fexe, l'âge, le caractere, le rang des perfonnages. Par exemple, fon bufte d'une Diane, dont le modele de grandeur naturelle doit être exécuté en marbre & placé dans les jardins du Duc de *Saxe-Gotha*, eft mieux conçu que par M.

Allegrain. C'eft le genre de beauté auftere de
cette Déeffe, qui imprime le refpect, au lieu
d'encourager la témérité par des graces trop
féduifantes.

M. *Houdon*, dans la collection de fes œuvres, avoit parlé d'un Bufte de *Charles IX*; mais
il a fenti vraifemblablement qu'on verroit avec
horreur un Monarque auteur du *Maffacre de la
S'. Barthelemi*, & il ne l'a point placé fous nos
yeux. Son médaillon de *Minerve* en marbre
eft d'une pureté de cifeau digne de la Déeffe.
J'aime beaucoup fon idée d'une *Veftale, qui doit
fervir de lampe de nuit.* Elle eft ingénieufe &
analogue aux fonctions de la Prêtreffe.

Nos Sculpteurs, Monfieur, ne femblent pas
avoir été plus heureux à nous reproduire le
Roi actuel, que M. *Dupleffis*. Je dis, *nos Sculpteurs*, parce que j'envifage deux buftes de
Louis XVI: l'un traité par M. *Pajou*, fans
avoir une exacte reffemblance, eft plus dans
le caractere de S. M., dont elle exprime la popularité, mais fi bénigne, qu'elle en deviendroit
niaife. L'autre, de M. *Brizot*, a plus de nobleffe, mais on y critique une certaine fineffe
qui, au gré des courtifans ayant l'honneur
d'approcher du Monarque, n'eft pas l'attribut
diftinctif de fa tête. Ce dernier a mieux réuffi dans le Bufte de l'Empereur, dont, ne pouvant plus admirer la perfonne, les François aiment encore à contempler l'image. Elle eft

M 7

d'une exactitude scrupuleuse & son air de tête
est surtout bien saisi dans ce point d'attention
& d'examen qui étoit l'attitude fréquente de
cette Majesté observatrice à *Paris*.

M. *Caffiery* nous produit aussi trois Bustes
intéressans, propres à faire s'évertuer le génie
d'un Artiste. Il a fait passer dans la tête de
son *Maréchal du Muy* l'esprit de la devise qu'il
a gravée au bas : *Virtutis veræ custos, rigidus-
que satelles*. Son *Pierre Corneille*, dont le Buste doit être placé dans le foyer de la Comédie
Françoise, est animé de la vigueur qui carac-
térisoit encore les dernieres pieces de ce grand
homme dans sa vieillesse. Enfin celui de *Ben-
jamin Franklin* nous montre un sage Philantro-
pe, qui cherche le remede aux maux de sa patrie. On voit son ame se soulever d'indignation sur sa physionomie, dont ce sentiment al-
tere la douceur.

Il semble que l'auteur l'ait esquissé dans le
moment où il lui commandoit le tombeau d'un
Général, qu'on conçoit aisément, en le dé-
taillant, être destiné à passer en Amérique.
M. *Caffiery* en expose le dessin noble & simple,
digne de l'antique ; comme les vertus de celui
dont le monument doit perpétuer le souvenir
& la gloire.

,, Sur un retable soutenu par deux conso-
,, les s'éleve une colonne tronquée, sur la-
,, quelle est posée une urne cinéraire. D'un

„ côté de la colonne eft un trophée militaire,
„ accompagné d'une branche de cyprès; de
„ l'autre font les attributs de la Liberté,
„ grouppés avec une branche de palmier.   On
„ y lit cette infcription : *Libertas reftituta.*
„ Derriere la colonne s'éleve une pyramide.
„ Deffous le retable entre les deux confoles,
„ eft un cartel & une table de marbre blanc,
„ pour l'infcription."

On ne fait pourquoi l'artifte n'a ofé nommer le héros (*), auquel doit être élevé ce
monument. Il eft l'objet de la curiofité générale, & l'on s'indigne d'une réticence inju-
rieufe, caractérifant la foibleffe du gouvernement, qui fans doute l'a défendu pour ne pas
déplaire aux Anglois.

Vous vous rappellerez peut-être, Monfieur,
que je critiquai beaucoup au dernier Sallon des
efquiffes de figures imaginées pour la Salle de
Spectacle de Bordeaux, par M. *Berruer.* Il les
a expofées cette année plus finies, & mode-
lées telles qu'elles doivent être exécutées en
grand. Elles font en Caryatides: l'une eft *Melpomene* & l'autre *Thalie.* Celle-là eft noble &
belle, mais elle n'a qu'une douleur froide, &
non ces fureurs convulfives, attributs diftinc-

(*) On voit que c'eft le Général *Montgomery*, mort en
Canada de fes bleffures, entre les bras d'*Arnold*, qui lui a
fuccédé.

tifs de la tragédie moderne. L'artiste a donné à celle-ci un visage long, forme consacrée à la franchise, à la bonhommie, qui ne peuvent s'allier avec la gaieté piquante de la Déité maligne. Au reste, elle est analogue au génie de nos comiques actuels, de nos tristes & bénins auteurs de Drames. Quant à la *Terpsicore*, elle n'a ni graces ni décence; elle est bien en mouvement, mais d'une façon ignoble: elle a l'air d'une *Catin* dansant aux *Porcherons* (*).

Nous terminerons l'article des Sculpteurs par un Agréé, qui n'est point encore sur le catalogue & mérite certainement d'y être. C'est M. *Foucou*, dont une tête de *Bacchante*, & une de *Corybante* tenant un petit Satyre sur ses épaules, en marbre, servent de preuves de son talent. Belle expression, pureté de ciseau, contours moëlleux, fini précieux; tout y caractérise le grand artiste & l'on y découvre même le germe du génie.

Entre les Graveurs, M. Le Bas obtient toujours par ses œuvres le premier rang que lui donne son ancienneté. Sa *Vue du Port & de la Citadelle de Saint-Petersbourg sur la Nerva, prise dessus le Quai, près du Palais du Grand Chancelier, Comte de Bestouchef,* est une vaste composition, d'après le tableau de M. *le Prin-*

(*) Guinguettes renommées de Paris.

ce, qui fixe tous les yeux par fa magnificence.
Il prouve que les machines immenfes n'éffrayent pas le génie de cet Artifle, voué fpécialement aux fujets plus naïfs & plus gais. Il eft vrai qu'on le retrouve dans les détails où il a pu fe livrer à fon goût, dans tous ces grouppes amufans, dans mille traits fpirituels qu'a faifis fon modele, dont il eft digne, & qu'il rend avec une liberté d'original. Cette Eftampe doit être dédiée à S. M. l'Impératrice de toutes les *Ruffies*, &, en reproduifant à Paris les fuperbes ouvrages de cette Souveraine, elle atteftera en même temps à *Petersbourg* les talens de nos Artiftes.

Je vous ai déja annoncé, Monfieur, une Eftampe de M. *Porporati*, Graveur & Garde des Deffins du Roi de *Sardaigne*, à l'occafion de la belle Infcription de M. *Rouffeau* de *Geneve: Prima mors, primi parentes, primus luctus.* On en devine le fujet à l'inftant : c'eft la *mort d'Abel*, ou plutôt l'effroi & la furprife dont *Adam* & *Eve* font faifis à la vue du cadavre de leur fils. On ne peut faire un éloge plus jufte de l'ouvrage, qu'en convenant qu'il rend précifément tout ce que défigne la légende. C'eft la mort dans toute fa vérité ; c'eft la tendreffe paternelle à fon plus haut dégré; c'eft furtout cette douleur morne & profonde qui, pour la premiere fois, introduite dans le monde, flétriffoit la figure des chefs de l'hu-

manité, & n'a ceſſé depuis de tourmenter leur
poſtérité infortunée. Outre l'invention, qui
ſemble appartenir à l'Artiſte & lui fait infiniment d'honneur, ſon exécution eſt grande,
ſimple & ſublime, comme ſon idée.

Entre les œuvres de M. *Beauvarlet*, qui
dans ſes ſujets hiſtoriques embraſſe la ſuite de
l'hiſtoire d'*Eſther*, d'après M. de *Troy* le fils,
& ſoutient la réputation méritée qu'ils lui ont
faite, je ne choiſirai que le Portrait de M.
Sage, plus précieux par l'anecdote. C'eſt un
Phyſicien habile de l'Académie des Sciences,
ſi enflammé pour la propagation de l'étude de
la Chymie, qu'il en fait un Cours gratuïte-
ment, où il admet tous les honnêtes gens qui
veulent ſe préſenter chez lui. Ses Eleves ne
pouvant lui témoigner leur reconnoiſſance autrement, ont voulu la perpétuer en faiſant
graver ſon image avec cette inſcription au bas:
Diſcipulorum pignus amoris. Ils ont choiſi un
Artiſte en état de répondre à l'étendue & à
la durée de leur ſentiment. Ils ont jugé le burin de M. *Beauvarlet* le plus propre à rendre
la phyſionomie ouverte & bienfaiſante de leur
maître.

Que M. *Cathelain* n'a-t-il auſſi bien employé
ſon talent! pourquoi choiſir le portrait de M.
l'Abbé Terray, de ce monſtre abhorré de la
France entiere, qu'elle rougit d'avoir produit,
& dont elle voudroit effacer l'adminiſtration

de ſes faſtes? Que n'a-t-il du moins imité la prudence de feu M. *Roſlin*, qui, en ſe chargeant du tableau, s'eſt bien donné de garde de le produire au Sallon? L'exiſtence de cet ouvrage offert à tous les yeux & ſoutenu de tous les regards, prouve l'apathie de la nation: chez toute autre, cette effigie ſeroit miſe en pieces, il y a longtems. Quoi qu'il en ſoit, le Graveur, ſans doute, ne conſidérant ſon ſujet qu'en Artiſte, a trouvé une tête dont le caractere bas & ſiniſtre préſentoit des difficultés dignes de ſon burin. L'Ex-Contrôleur général eſt extrêmement reſſemblant, &, au milieu de ſa laideur, l'eſprit perce dans ſes yeux pleins de feu. C'eſt un morceau d'exécution vigoureuſe & fiere, au gré de ceux qui peuvent le contempler de ſang froid. Pour moi, j'en ai toujours détourné les yeux, pour admirer au deſſus la maniere de M. *Arange*, Agréé digne de lutter contre M. *Porporati.* Sa *Mort de Didon*, d'après *le Guerchin*, ſa *Cléopâtre* d'après *le Guide*, indiquent un Artiſte né pour le grand.

M. *de Launay*, dernier Agréé, ſans avoir un burin auſſi hardi, l'a fécond & étendu. Sa *Marche de Silene*, d'après *Rubens*, eſt une preuve que les grouppes multipliés ne l'embarraſſent point, qu'il a de la gaieté. Son *Endymion* & ſa *Leda* ſont d'une grande correction de deſſin. On trouve un *faire* doux & moëlleux dans ſa *Complaiſance maternelle*, &

fon *Heureufe fécondité*, d'après M. *Fragonard:* fes *Ruines Romaines* font frappantes, attriftent par une grande vérité; & fes divers fujets pour la *Nouvelle Héloïfe*, pour le *Télémaque* & le *Roland furieux*, font pleins d'efprit. L'Académie ne peut que faire une excellente acquifition dans un pareil membre.

S'il étoit queftion, Monfieur, de régler l'ordre du rang de chaque artifte, proportionnément à fon mérite, avant d'en parler, je n'aurois pas réfervé M. *Duvivier* pour la fin. Quoique fon genre foit le dernier, il n'en eft point que ne puiffe illuftrer un homme de mérite, & affimiler prefque à ceux d'une efpece fupérieure. Tel eft M. *Duvivier*, Graveur de Médailles. Il nous offre cette année plufieurs petits Poëmes circonfcrits dans l'efpace étroit où il eft forcé de fe renfermer. Tels font *le Renouvellement de l'Alliance des Suiffes*, *le Retour du Parlement de Toulouse*, ayant pour revers des *Prifonniers délivrés à cette occafion par le Corps de Commerce*, *&c.* Malgré leur complication, on y admire un deffin net & facile, du feu & de la correction. Son *Sceau de l'Académie* pour fon morceau de réception, eft remarquable par la tête du Roi, plus reffemblante qu'en peinture ou en bufte, mais furtout par la légende: *Libertas Artium reftituta*, 1776 (*).

(*) Elle eft autour d'une *Minerve*, formant le revers de la

Et c'eft cette même Académie, fe réjouiffant de la liberté rendue aux Arts, qui vient de folliciter un Arrêt du Confeil, où par un defpotifme révoltant, on ôte aux Peintres qui ne peuvent figurer chez elle, la faculté d'expofer au Colyfée leurs productions!

Je m'arrête, Monfieur, & l'aurois fait beaucoup plutôt, fi je n'avois voulu vous juftifier mon affertion du début de ma premiere lettre. Quelque médiocre que foit encore le Sallon de cette année, les Voyageurs, les Etrangers font émerveillés de fa fécondité & d'un talent plus ou moins marqué qui fe manifefte dans prefque toutes fes productions. Ils affurent qu'on parcoureroit l'Europe avant de pouvoir raffembler entre les œuvres des Artiftes modernes de quoi compofer une collection femblable. Contentons-nous donc de notre médiocrité, que les nôtres pourroient bien appe'ler *aurea*, car on ne les a jamais vu fi fêtés, fi vantés & furtout fi bien payés.

J'ai l'honneur d'être, &c.

Médaille & des nouvelles armes accordées par le Roi à l'Académie, fuivant l'article VIII des nouveaux Status & Réglemens.

ANNÉE MDCCLXXIX.

LETTRE PREMIERE.

Sur les Peintures, Sculptures & Gravures de Messieurs de l'Académie Françoise ; exposées au Sallon du Louvre le 25 Août 1779.

LORSQU'EN 1737 M. Orry, Miniſtre des finances, Directeur Général des Bâtimens, ordonna, Monſieur, l'expoſition des Peintures & Sculptures, qui depuis a lieu réguliére.ment, ce Miniſtre recueillit les éloges dûs à ſon heureuſe idée ; un Poëte aimable (*) le chanta, l'appella le pere du génie, le reſtaurateur des beaux arts, le digne rival de Colbert ; il reçut la brillante gratification de Vice-Protecteur de l'Académie. Les ſoins de MM. de Tourneheu & Marquis de Marigny, pour la continuation de ce Concours, leur ont procuré les mêmes applaudiſſemens, ils ont été regardés comme des Mecenes diſtingués, auxquels on a ſucceſſivement prodigué à forte doſe l'encens que l'adulation a ſans ceſſe en réſerve pour ceux dont elle attend des graces. C'eſt

---

(*) M. Greſſet.

maintenant fur M. d'Angiviller qu'elle fe retourne, car le faint du jour eft conftamment le
plus grand. Je ne veux point difcuter lequel de
ces Directeurs mérite davantage des artiftes;
mais en louant les bonnes intentions de ce dernier, j'obferverai qu'elles ne font peut-être pas
auffi propres qu'on le croiroit à faire naître les
talens & à leur donner l'effor. Ces ftatues,
ces tableaux d'hiftoire qu'il commande régu-
liérement pour le Roi, doivent, il eft vrai, former à la longue une fuite de morceaux propres
à attefter l'exiftence d'une foule d'artiftes au
fiecle où il aura vécu; mais s'ils ne peuvent
foutenir la comparaifon des chef-d'œuvres des
grands Maîtres, fi la médiocrité eft le fceau
de ces nombreufes productions, il n'aura pas
pris, fans doute, le meilleurs moyen d'illuftrer
l'Ecole Françoife & de lui affurer la fupériorité
fur les autres. Plufieurs caufes concourent à
rendre infructueux tous ces efforts pour faire
éclore le génie & le développer: des argumens
donnés, des formes indiquées, un tems limité
font autant d'entraves dans lesquelles il eft
circonfcrit, qui le gênent, le refferrent & l'é-
touffent. D'ailleurs, chacun veut avoir part
aux bienfaits de la cour, & tel artifte quitte
un genre, dans lequel il auroit excellé, pour un
autre, auquel il n'étoit pas appellé; & puis
le manege, l'intrigue, la cabale & peut-être la
perfidie & la noirceur font mis en jeu: les con-

curre ns vifent moins à fe furpaffer en mérite,
qu'à fe fupplanter ; ils deviennent des courtifans, au lieu d'être des hommes fupérieurs.
La Peinture, car c'eft furtout d'elle dont je
parle ici, eft un art d'imitation ; c'eft en voyant
les modeles, en les étudiant, en s'en péné-
trant, que le Correge fe fent & s'écrie, *ed io fono
pittorè!* Je crois donc, Monfieur, qu'en conti-
nuant de développer aux yeux du public les
richeffes immenfes en ce genre, entaffés dans
les divers palais de nos rois, qui y reftent in-
connus, s'y gâtent & y dépériffent, on feroit
éclore plus de talens, qu'en répandant une
fomme modique, accordée d'avance à la faveur,
fans qu'on fache fi le talent la méritera.

Ce qu'on voit au Sallon de cette année,
fortifie mon affertion ; c'eft que le meilleur
Tableau, celui qui réunit tous les fuffrages &
eft regardé comme furpaffant de beaucoup les
dix ordonnés pour le Roi, eft le fruit d'une
compofition libre, une conception de l'auteur
même, s'enthoufiafmant à la lecture d'Homere. Le fujet eft *Hector qui détermine Pâris,
fon frere, à prendre les armes pour la défenfe de
fa patrie.* Le Peintre eft M. *Vien*, Directeur
de l'Académie de France à Rome. L'action fe
paffe dans le palais de *Priam*: le héros Grec
accable de reproches le Prince efféminé ; il
étend la main & lui indique les murs de Troye,
où il devroit être, au lieu de languir aux pieds
d'une

d'une femme. Pâris a les bras croisés, attitude d'une réflexion profonde & douloureuse;
il porte le regard vers ses armes suspendues à
une colonne du palais: Helene arrive les larmes aux yeux, fixe son époux, & semble espé-
rer pour l'attendrir qu'il ramene les siens sur
elle. La Princesse est entourée de ses femmes
debout, attristées & prenant part à son inquiétude. Un petit Amour entre elle & Pâris tire
celui-ci par son vêtement. Enfin Hector a
près de lui Andromaque. Des suivantes portent Astianax & tant de personnages enrichis-
sent la scene sans confusion. L'Architecture,
du meilleur genre & d'une perspective bien entendue, remplit le fond du tableau, dont l'ordonnance nette & précise est relevée par un
dessin correct & élégant. Il est, en général,
sauf le ciel, d'un excellent ton de couleur,
plein de vigueur & d'harmonie; on s'apperçoit
que M. *Vien* a sçu profiter encore de son séjour
au centre des Arts: rien de négligé dans les
accessoires; enfin, c'est un chef-d'œuvre pour
le *faire*; il n'y manque qu'une chose. Eh!
quoi? Ce n'est pas le don de plaire, mais c'est
celui d'attendrir, de remuer l'ame, d'y exciter les passions des personnages, d'imprimer
du mouvement & de l'intérêt à son sujet.
Qu'auroit fait M. *Doyen*, par exemple, à la place de M. *Vien*, car, quoique le premier soit
détestable depuis quelque tems, on ne peut

N

lui ôter la partie de l'expreffion, l'invention, la chaleur; il auroit animé toute fa compofition; en prononçant fortement le caractere d'Hector, il eut fait contrafter la vigueur, le fembruni des mufcles, avec la blancheur, la délicateffe des chairs de Pâris, & il auroit rompu l'uniformité de toutes ces figures droites, en repréfentant celui-ci ébranlé & portant la main à fes armes: au lieu d'un petit Amour allégorique & froid, il l'auroit placé dans le cœur du Prince, qui rencontrant les regards d'Helene eut bientôt perdu le courage momentané que lui eut infpiré fon frere. Vous fentez, Monfieur, quelle différence eut réfulté d'un tel changement qui, en donnant plus de vie & d'action au principal perfonnage, l'eut rendu par-là néceffairement le premier objet de l'attention du Spectateur empreffé de voir ce qu'il va faire.

A côté de ce tableau eft un de ceux ordonnés pour le Roi, M. *la Grenée* l'aîné en a été chargé. Voici comme il nous expofe fon argument. *Popilius envoyé en Ambaffade à Antiochus Epiphanes, pour arrêter le cours de fes ravages en Egypte.* Il développe enfuite les diverfes parties de fon Poëme. „ Le Conful „ & fes deux Collegues joignirent Antiochus „ à Eleufine, bourgade peu éloignée de la vil- „ le d'Alexandrie que ce Prince alloit affiéger. „ Là le Conful lui *lut le décret du Sénat*, qui

„ portoit, *qu'Antiochus cesse de faire la guerre*
„ *à Ptolemée en Syrie.* Le Roi répondit au
„ Consul, *donnez-moi le tems d'en conférer avec*
„ *mon Conseil.* Le fier Républicain ne trou-
„ vant point la réponse du Roi assez prompte
„ & assez décisive, l'environna d'un cercle,
„ qu'il décrivit sur le sable avec la baguette
„ qu'il tenoit à la main, en lui disant : *vous*
„ *ne sortirez par de l'enceinte où je vous renfer-*
„ *me, que je ne sache si je dois vous regarder*
„ *comme ami ou comme ennemi; vous devez ré-*
„ *vérer en moi l'autorité du Sénat que je repré-*
„ *sente.* Le Roi cessa toute hostilité.”

Cette scene, plus tranquille que la précé-
dente, est cependant susceptible d'un sublime
qui auroit sauvé le froid & la monotonie de la
composition : au lieu de représenter le cercle
tracé, Antiochus déja circonscrit & Popilius
qui le regarde, avec moins de noblesse que de
gravité, j'aurois voulu peindre ce dernier dé-
crivant le cercle d'un air fier & menaçant,
qui eut en quelque sorte exprimé le décret du
Sénat; le Monarque indigné s'efforçant en vain
de franchir la ligne, retenu, ce semble, par une
force supérieure, dont il auroit été enchaîné
malgré lui. Un Licteur derriere le Consul,
courbé, les mains demi-ouvertes, comme pour
attraper des mouches, est un accessoire ridicule qui annonce combien peu les Spectateurs
d'une action aussi imposante y prennent part.

Je ne puis mieux vous faire connoître, Mon‑
fieur, l'idée que les partifans de M. *la Grenée*
ont de fes ouvrages, qu'en vous citant un de
leurs Eloges; ils difent *qu'il leur femble d'un*
pinceau aimable & fuave , quoique moins foute‑
nu pour la couleur que fes autres tableaux (*).

On ne reprochera point, Monfieur, au frere
cadet de ce Peintre le défaut de chaleur & d'ex‑
preffion; il eft vrai que le point hiftorique of‑
fert à fon imagination préfentoit toutes les hor‑
reurs dignes de nos tragédies modernes, fuivies
de la plus belle, c'eft‑à‑dire la plus fanglante
cataftrophe : c'eft la fermeté de Jubellus Tau‑
réa. Il eft tiré de Valere Maxime & mérite
d'être connu. ,, Fulvius Flacus, Conful, dans
,, le moment qu'il faifoit exécuter fous fes
,, yeux les principaux Sénateurs de Capoue,
,, coupables de révolte contre les Romains,
,, reçoit des lettres du Sénat qui lui ordon‑
,, nent de fufpendre. Alors Jubellus Tauréa
,, Campanien, s'avance vers lui, & lui dit à
,, haute voix : *pourquoi, Fulvius, n'appaifes‑*
,, *tu pas là foif que tu as de répandre notre*
,, *fang ? En verfant le mien , tu pourrois te*
,, *vanter d'avoir fait périr un homme plus ferme*
,, *que toi. Je le ferois*, lui répond *Fulvius*,
,, *fi l'ordre du Sénat ne m'arrêtoit. Pour moi*,

_____

(*) Voyez le *Journal de Paris*.

„ repliqua Tauréa, *qui n'ai point reçu d'ordre*
„ *des Peres conscrits, je puis te donner un spec-*
„ *tacle digne de ta cruauté & un exemple au des-*
„ *sus de ton courage.* A ces mots, il poignar-
„ de sa femme, ses enfans & se tue lui-même."

Ce sujet mal exposé, puisque ce n'est point
la fermeté, mais la férocité de Jubellus Tauréa, qu'il s'agit de rendre, est un de ceux
qu'Horace recommande aux Poëtes d'écarter
des yeux & que les Peintres, sans doute, devroient à plus forte raison s'interdire. Quoi
qu'il en soit, il étoit digne de la touche la
plus énergique, & malheureusement l'auteur n'y
a mis que de la dureté, de l'atrocité : l'on ne
peut lui refuser le secret d'exciter l'horreur
au suprême degré, elle est répandue dans l'ensemble de son Poëme & il en résulte un desordre qui s'étend à toutes les parties. Nul
clair obscur, un coloris généralement plombé,
des raccourcis pleins d'incorrection, des figures lourdes. La femme du Sénateur qu'il vient
d'immoler, sur lequel le cœur du Spectateur devroit s'épancher, se reposer en quelque sorte
avec une compassion tendre, qui tempéreroit le
premier mouvement d'effroi & d'exécration, le
repousse, au contraire, & lui fait détourner
les regards, en n'offrant qu'un cadavre sans sentiment & exhumé de la tombe, où l'on l'auroit cru enséveli depuis plusieurs mois : cependant, Monsieur, malgré ces énormes défauts

d'intelligence & d'exécution, j'ai vu beaucoup
de gens préférer ce tableau qui les remue,
aux autres plus réguliers, mais froids & sans
vie. Tel est celui de *Régulus*. „ Il n'ignoroit
„ pas, ce grand homme, quels supplices lui
„ destinoient ses barbares ennemis ; cependant
„ il écarta sa famille qui s'opposoit à son pas-
„ sage & s'embarqua pour Carthage d'un air
„ aussi tranquille & aussi satisfait que si, après
„ avoir terminé les affaires de ses cliens, il
„ fût parti pour se délasser de ses pénibles tra-
„ vaux dans les riantes campagnes de Ta-
„ rente."

Tout cela se trouve dans Horace, dont le
passage est tiré, & nullement sur la physionomie du héros mal dessinée. Sa robe, excessive-
ment volumineuse sur le côté gauche, donneroit
lieu de soupçonner un corps étranger caché
dessous, un larcin fait à sa patrie, qui le décele-
roit pour un contrebandier mal-adroit, que les
commis des Douanes de Rome n'eussent pas
manqué de fouiller, si les maltôtiers y eussent
alors été connus. Je vous rapporte, Monsieur, cette mauvaise plaisanterie, comme une
preuve du peu d'intérêt qu'excite Régulus &
tout le tableau en général. Les différens personnages, assez nombreux, par le manque de
distribution heureuse des clairs & des ombres,
ne semblent qu'un seul grouppe avec le principal & même avec la roche & les fabriques de

Ripa grande, lieu où s'embarque le Romain : les détails de cette partie font les meilleurs, quoique marquant une ignorance groffiere de l'appareil d'un départ maritime : mais les figures Carthaginoifes font belles, frappantes & dans un coftume de mœurs, de vêtemens & d'expreffion caractériftique.

La Mort de Calanus, Philofophe Indien, qui las de la vie, âgé de plus de 80 ans, demande à Alexandre qu'on lui dreffe un bucher pour fes funérailles, fait plus d'honneur à M. *de Beaufort*, que fes ouvrages précédens. Il y regne une belle fimplicité, cette unité d'action où fe reconnoiffent les plus grands Maîtres. Le coftume y eft parfaitement obfervé, jufques dans le Ciel, qui par fa pureté défigne le Ciel de l'Inde, lieu de l'événement. La figure du Philofophe en mouvement eft noblement ajustée & bien drapée. La touche, en général, eft affez ferme & le coloris point mauvais : mais des défauts fenfibles s'y remarquent en même tems. L'action fe paffe au milieu de l'armée du Roi de Macédoine : elle étoit affez curieufe pour attirer beaucoup de fpectateurs, & quatre perfonnages feuls, le héros principal compris, compofent la fcene trop folitaire : le fujet n'eft pas indiqué parfaitement ; on ne remarque point le bucher qui devroit être allumé, & Calanus montrant le ciel à l'officier que lui envoye Alexandre pour recevoir fes dernieres intentions, femble faire une menace, qui ne feroit pas l'expreffion de la reconnoiffance dûe au Prince, fon bienfaiteur.

M. *Brenet* a eu le troifieme tableau à traiter pour le Roi, *Metellus fauvé par fon fils*. Je remarque à cette occafion, Monfieur, qu'il eft très fâcheux pour un Artifte, comme pour un Poëte, d'être obligé de donner le commentaire de fon ouvrage; il faudroit toujours au moins que l'action principale fût une, précife, claire & s'expliquant auffi facilement à l'efprit qu'aux yeux. L'Artifte dont il s'agit ici, étoit chargé d'un de ces fujets compliqués, qui refroidiffent inévitablement & le Peintre & le Spectateur. En effet, comment indiquer tout ce qu'il faut néceffairement favoir & exprimer dans ce Poëme? Vous en allez juger.

„ Octave tenant à Samos une féance pour
„ l'examen des caufes des Prifonniers du parti
„ d'Antoine, Metellus, vieillard accablé d'an-
„ nées, de mifere & défiguré par une longue
„ barbe, lui fut amené: le fils de ce vieillard
„ qui étoit l'un de fes juges, après avoir avec
„ peine démêlé les traits de fon pere, court
„ l'embraffer en verfant des larmes & jettant
„ de grands cris; puis fe retournant vers Oc-
„ tave: *Céfar*, dit-il, *mon Pere eft ton enne-*
„ *mi*, *& je fers fous tes drapeaux: il doit être*
„ *puni & moi récompenfé: fauve-le à caufe de*
„ *moi, ou donne-moi la mort avec lui!* Céfar at-
„ tendri

„ tendri accorda aux prieres de fon fils la
„ grace de Metellus, quoiqu'il le connût pour
„ un ennemi implacable.''

On défie le plus habile dans la pantomime
pittoresque de rendre tous les points de ce ré-
cit, de façon qu'un Spectateur verfé dans la
connoiffance de l'hiftoire & des tableaux en
faififfe l'enfemble; il eft donc du devoir d'un
artifte d'éviter de pareils argumens: s'il eft
forcé de les traiter, il faut qu'il ait l'adreffe
en fimplifiant le fait, d'en indiquer les détails
par les acceffoires. Par exemple ici, en s'attachant, comme a fait l'auteur, à l'effence de
l'action, au centre du fujet, qui eft la reconnoiffance des deux Romains, fuivie de l'apoftro-
phe tendre & fiere du fils de Metellus à Augufte, pour marquer que ce fils, du Tribunal
paffé dans les bras de fon pere, de l'un de fes
Juges étoit devenu fon interceffeur, il falloit, au
lieu de le vêtir pauvrement, lui donner la robe
de Sénateur, ou même la Robe Confulaire, telle qu'on en voit aux autres reftés près de l'Empereur; il falloit, pour indiquer la conclufion,
qui eft le pardon d'Augufte, amener Metellus
chargé de fers, que le Licteur lui auroit ôtés;
il falloit mettre Octave moins dans l'ombre, &
par un effort de génie fublime, qu'on vît s'é-
teindre fur fon vifage la colere, pour faire place à la clémence. Mais M. *Brenet* n'eft ni un
Raphaël, ni un Rubens, ni même un le Sueur,

auquel on a voulu le comparer: c'eſt un compoſiteur ſage, qui grouppe bien ſes figures:
les trois du milieu, c'eſt-à-dire de Metellus,
de ſon fils & du Licteur, ſont heureuſement
agencées, mais non ſans quelques fautes de
deſſin; car, pour avoir voulu rendre le vieillard
décrépit, le Peintre ſemble lui avoir décollé
la tête: du reſte, il y a du feu & de la méchanceté dans les yeux du priſonnier, & le
caractere vindicatif, implacable de cet ennemi, eſt, ſans doute, ce qui eſt le plus fortement
exprimé. Le Peintre a mieux colorié que de
coutume; il ſe ſoutient à côté de M. *Vien*: on
eut deſiré ſeulement qu'affectant moins une oppoſition d'ombres & de lumieres, il eût éclairé ſon ciel par le haut de quelques degrés, ce
qui eût détaché davantage l'architecture du
fond & répandu une clarté ſuffiſante ſur l'Empereur & les Juges.

M. *du Rameau*, dont les tableaux ſont au
deſſus de celui de M. *Brenet*, donne dans le
défaut oppoſé; il eſt un des partiſans du ſy-
ſtéme introduit depuis quelques années dans
notre Ecole; c'eſt, au lieu de ce beau clair obſcur, la magie de l'art, de ſubſtituer partout
des tons clairs & brillans; maniere propre à
ſéduire les ignorans, mais contraire à la nature
& à la vérité: c'eſt ainſi que dans ſon tableau
du *Combat d'Entelle & de Darès*, où Enée ſé-
pare les deux athletes, le héros, le vainqueur

& le vaincu formant des grouppes différens, font tous trois auſſi éclairés ; il en réſulte la même carnation, & aſſurement celle du vieux Entelle ne doit pas être du ton des chairs du jeune Darès. L'auteur a perdu encore le bel effet qu'auroit produit l'oppoſition du calme impoſant d'Enée avec la fureur des combatans : ce Prince n'a qu'un air effaré, qui le dégrade. La qualité ſupérieure de l'Artiſte, celle qu'on lui a toujours reconnue, c'eſt beaucoup de fougue ; il ne laiſſe jamais le Spectateur froid & cela compenſe bien des défauts ; il eſt d'ailleurs ſavant anatomiſte : des muscles bien prononcés, d'admirables raccourcis, des contractions hardies, ſans être outrées, font le grand mérite de ce tableau. Quant à celui de la piété filiale de Cléobis & Biton, traînant le char de leur mere, il n'attire pas également l'attention ; c'eſt que l'auteur n'eſt pas dans ſon genre. Les corps des deux jeunes gens plaiſent aux yeux des Artiſtes qui en ſentent le travail ; mais ils n'ont point la nobleſſe qu'il devroient avoir : ce ſont deux Forts de la halle. Mais la mere trop jeune, n'inſpire pas la vénération profonde qu'on devroit reſſentir en voyant cette action extraordinaire, & qui ſuppoſe dans le perſonnage envers qui on l'exerce, un caractere de ſupériorité impoſante. Mais l'eſſentiel du trait eſt manqué, c'eſt que la mere ayant demandé à Junon, dont elle

étoit grande prêtreſſe, de donner à ſes enfans
pour récompenſe de leur piété filiale ce que
le ciel peut accorder de plus heureux aux hommes, le lendemain ils furent trouvés morts.

On remarque avec peine, Monſieur, dans
tous ces divers tableaux ordonnés pour le Roi,
qu'on n'ait pas ſuivi la convention pour les
Statues, de choiſir tous les ſujets dans nòs annales aſſez fécondes. Les Peintres auroient
l'avantage d'éviter une comparaiſon humiliante, lorsqu'il s'agit de remanier ceux de l'hiſtoire Grecque & Romaine, qu'ont épuiſés leurs
dévanciers. Pour en venir aux morceaux de
ce genre deſiré par les François, je me hâte de
paſſer ſur l'*Agrippine* de M. *Renou*, débar-
quant à Brindes, l'urne de Germanicus, ſon
Epoux, dans ſes mains: ſon attitude, quelques perſonnages à genoux devant elle, & le
recueillement général, font demander à beaucoup de gens du peuple ſi ce n'eſt pas le viatique qu'on porte à un malade? C'eſt que l'action n'eſt pas diſtincte; c'eſt que l'auteur ſa-
crifiant le fond aux acceſſoires, a fait occuper
le devant de ſon tableau par une galere, des
rameurs, par tous les uſtenciles de marine;
détails aſſez bien rendus, mais indiquant des
idées vagues, une tête qui n'étoit pas profondement remplie de ſon ſujet. Je ne dirai
qu'un mot de M. *Menageot*, ſoutenant la réputation qu'il s'étoit ébauchée avec éclat l'an-

née derniere. Sa *Peſte de David* eſt vigoureuſe ; mais le Roi ſans nobleſſe n'a que l'air d'un
Anachorete, & l'Ange exterminateur, mal poſé
dans les airs, celui d'un danſeur de corde gauche. Il y a plus de caracteres dans la *Juſtifi-
cation de Suſanne*, où la paillardiſe d'un vieillard eſt ſurtout fortement ſentie, où la chaſte
Juïve eſt ſuperbe ; mais le Daniel petit & mesquin. Je ne fais qu'indiquer *la Nativité*, de
M. *Suvée* ; ſa *Naiſſance de la Vierge*, deux
grandes machines de cet Agréé débutant, où
il y a de la douceur, de l'harmonie, un faire
agréable, tout ce qui annonce un artiſte dans
les bons principes & capable de les mettre
en uſage.

Je m'arrête à trois tableaux, dont les ſujets
françois piquent principalement la curioſité des
Pariſiens. Un étoit déja connu : c'eſt le *Siege
de Calais*, traité l'année derniere par M. *Berthel-
lemi* : j'y trouve peu de différence ; la principale conſiſte dans le champ de l'action reſſerré,
puiſque le précédent étoit de neuf pieds de
haut ſur douze pieds & demi de large & celui-ci n'eſt que de dix pieds quarrés. Mêmes
beautés & mêmes défauts, peut-être un peu plus
de confuſion : autrefois la Reine tomboit à genoux ſur un couſſin, ce qui fit obſerver à un
petit enfant, qu'on s'attendoit apparemment à
cette attitude de ſa Majeſté ; cette fois elle
tombe ſur un marche-pied : il faut que l'artiſte

ait été forcé à ce travail ingrat, auquel répu‑
gne presque toujours la liberté du génie. J'ai‑
me infiniment mieux son *Martyre de St. Pier‑*
re, d'un pinceau large & ferme & dans le meil‑
leur ftyle.

Le fecond fujet françois eft un tableau or‑
donné par la ville, *à l'occasion du rétabliffement du*
Parlement & de la remife du droit de Joyeux avé‑
nement à la Couronne. Vous allez voir, Mon‑
fieur, comment l'auteur, voulant compliquer
ce fujet fimple, mêler de l'allégorie avec la
vérité hiftorique, en a fait un amphigouri qui
rend fa compofition pitoyable & fcholaftique.
Il a repréfenté le Roi entrant dans Paris par le
quai des Tuilleries fur un char attelé de qua‑
tre chevaux blancs, auxquels il a oublié de don‑
ner du poil: la Vérité, transformée en poftil‑
lon, tient les rennes & de fon flambeau éclai‑
re la marche; la Juftice, la Bienfaifance pater‑
nelle & la Concorde accompagnent fa Majefté.
M. le Maréchal de Briffac, Gouverneur de
Paris, lui préfente M. de la Michaudiere, alors
Prévot des Marchands de cette Capitale &
fa Jurisdiction.

Ce tableau n'a pas même, Monfieur, le mé‑
rite qu'y cherchoient ceux qui l'ont comman‑
dé, celui de la reffemblance des perfonnages:
les Echevins lui euffent pardonné tous fes dé‑
fauts, s'ils euffent pu s'y reconnoftre & fe flat‑
ter, à la faveur du fujet, de faire paffer à la pos‑

térité leur effigie. Je suis fâché pour M. *Robin*, qu'il ait été chargé de cet ouvrage dont,
au surplus, si sa gloire en souffre, sa bourse
s'est bien trouvée, car il a été payé plus cher
que tous ceux commandés pour le Roi (*).

Il faut convenir pour son excuse que la ma-
tière étoit ingrate, que ces énormes perru-
ques, ces robes rouges, ces physionomies de
bourgeois de la rue St. Denis, ne sont gueres
propres à échauffer le génie & à faire rire l'i-
magination. Un autre dans ce genre, plus
heureux par la nature de l'action, qui prête
infiniment davantage, le dernier dont j'aie à
parler, a été proposé à M. *Vincent*; c'est le
*Président Molé saisi par les factieux, dans le tems
des guerres de la Fronde*; si d'un côté le costume
n'en est pas pittoresque pour les accessoires,
de l'autre, indépendamment du fond grand &
sublime, il étoit susceptible de ces traits que
l'Auteur a saisis, bien propres à enrichir sa
composition & à en étendre l'effet : le mouvement, le tumulte, le desordre d'une sédi-
tion fournissent au pinceau une foule d'attitudes diversifiées, fieres ou attendrissantes, capables d'inspirer la pitié ou la terreur, ces
deux ressorts tragiques, dont le Peintre a pro-

_____

(*) On dit que M. *Robin* en a eu 2000 Livres , & que
depuis son exposition, pour le dédommager, sans doute, des
critiques, on lui a donné encore 2000 Livres de gratification.

fité en Poëte, il eſt dommage que ſa verve
ne ſe ſoit pas aſſez allumée à la vue de ſon héros, & qu'il ne lui ait pas donné ce calme ſublime, plus difficile à rendre que les paſſions
violentes. Les défauts d'exécution de ce tableau, car il y en a dans les meilleurs ouvrages, ſont preſque auſſi ſaillans que les beautés.
On eſt frappé d'abord de l'écart forcé du
frondeur, qui oſe porter la main ſur le chef du
Parlement; ſuivant les regles de la perſpective, il eſt au moins de ſix pieds, & il n'eſt pas
d'homme qui en puiſſe faire un pareil. Faute
d'avoir diſtribué convenablement les tours de
lumiere, il regne une confuſion dans les perſonnages, dont les têtes ne ſe détachent pas
aſſez; enfin tous ſemblent avoir perdu leur aſ-
ſiette & pouſſés par un vent impétueux qui les
fait fléchir d'un même côté. Malgré ces ob-
ſervations ſéveres, M. *Vincent* eſt regardé
comme une des eſpérances de l'Académie &
l'on doit l'encourager à reſter dans la carriere
du grand genre, où il fait des progrès marqués. Il faut reprendre haleine, Monſieur,
& renvoyer à une autre lettre quelques tableaux d'hiſtoire moins volumineux, car le
genre eſt ſi abondant cette année, qu'il abſor-
be preſque toute l'immenſité du local.

    J'ai l'honneur d'être, &c.

Paris, ce 15 Septembre 1779.

LETTRE II.

JE fors du fallon, Monfieur, & vous trans-
porte dans l'attelier d'un artifte qui jusqu'ici
refté au rang des médiocres, s'éleve cette année, franchit l'efpace entre nos plus grands
maîtres & lui, s'éleve au-deffus d'eux & les
laiffe bien loin en arriere : M. *Bonnieu*, Agréé,
dont il s'agit, Peintre de genre, fe complai-
fant à traiter des fujets de la vie familiere,
avoit cependant donné en 1777 quelques idées
de fon talent dans fon petit tableau d'Henri IV :
encouragé par cet effai, il s'eft livré à fa verve & a compofé un tableau hiftorique de Bet-
fabée, qu'il fe propofoit d'offrir au Concours ;
le comité des Membres de l'Académie affem-
blés pour juger des morceaux à admettre, a rejetté celui-ci, fous prétexte qu'il étoit trop
licentieufement traité : il a pris le parti de l'expofer dans fon attelier, & c'eft une affluence
chez lui qui s'accroît à mefure qu'on y va : il
n'eft pas de Spectateur qui n'en forte enchanté & n'avoue que les confreres de M. *Bonnieu*
ont bien fait d'écarter un rival auffi dangereux.
On impute leur refus moins à leur honnêteté
effarouchée, qu'à leur amour-propre allarmé :
en effet, de l'aveu des connoiffeurs impartiaux,
il écrafe tout le Sallon, grands & petits ; on

est saisi d'admiration dès qu'on entrevoit cet ouvrage; & s'il ne portoit les signes incontestables d'une production moderne & qui vient d'éclore, on croiroit que c'en est une de Van Dyck perdue & ignorée.

Dans ce tableau de chevalet, la Betsabée, de moyenne grandeur, sort du bain: son corps entier, de la plus grande beauté, est en proye aux regards du Spectateur: son attitude, un peu courbée, a seulement fourni au pinceau de l'artiste occasion de déployer ces contours précis, purs, faciles & moëlleux, où brille le talent du dessinateur. Tous les membres de la jeune personne sont dans les proportions les plus heureuses; sa gorge est ravissante: des chairs d'un blanc animé & plein de vie, par leur tendre incarnat manifestent en quelque sorte jusqu'aux extrêmités de son corps le sentiment d'émotion pudique dont elle vient d'être atteinte, en remarquant qu'elle a été vue: mais c'est principalement sur sa physionomie & dans ses yeux, siege de l'ame, qu'est peint son embarras, par un caractere de tête expressif & auquel les plus ignorans ne peuvent se méprendre. Une vieille derriere elle lui couvre les épaules d'un voile, dont Betsabée dans sa frayeur s'empresse de s'envelopper. L'opposition du visage ombré, jaunâtre, sillonné de rides de la suivante, releve davantage la beauté ingénue de sa maîtresse. A travers sa

févérité inquiete ; on prévoit d'avance que c'eſt
elle qui recevra les premieres propoſitions du
Monarque épris & négociera le marché. Quant
au David, c'eſt l'endroit défectueux du tableau ;
il eſt ſi rapétiſſé, ſi reculé, qu'au premier coup
d'œil on le cherche vainement ; il ne ſe découvre qu'à l'examen des diverſes parties de la
compoſition. Par le trop grand éloignement,
non ſeulement l'auteur s'eſt ôté la facilité d'a-
nimer cette figure & de lui donner l'expreſſion
dont elle ſeroit ſuſceptible, mais même il n'a
pû la déſigner avec les attributs qui devroient
au moins entourer le Roi pécheur. Chacun
demande comment, dans une diſtance énorme
où, par la diminution de ſon corps, il doit être
ſuivant les regles de la perſpective, il a pû
s'enflammer de luxure & même diſtinguer Bet-
ſabée?

Quant aux détails du reſte de ce morceau,
ils ſont très ſoignés & d'un fini précieux ; le
Peintre a parfaitement ſaiſi la limpidité de
l'eau ; il n'a point omis ces goûtes, qui reſtent
encore ſur les jambes en ſortant du bain & en
découlent, ainſi que le transparent du fluide, à
travers lequel on entrevoit le pied de la Belle ;
les draperies ſont bien jettées ; la verdure un
peu noire, & point aſſez détachée du fond, qui
ſeroit un défaut dans d'autres circonſtances,
eſt ici d'un effet vrai, en ce qu'elle déſigne
l'épaiſſiſſement du feuillage & l'obſcurité du

lieu choisi par une femme pudique pour y dérober la nudité de ses charmes à l'avidité des
passans indiscrets... Mais je m'apperçois,
Monsieur, que c'est trop vous arrêter sur un
tableau que je ne me lasse point de regarder,
dans lequel, ce qui est le sceau des excellens
ouvrages, plus on le considere, plus on découvre de beautés.

Indépendamment de ce chef-d'œuvre, M.
Bonnieu a exposé au Sallon, où je vous ramene,
huit morceaux capables de l'y faire figurer, sinon avec supériorité, au moins avec distinc-
tion. On aime surtout son *Supplice d'une Ves-
tale*, sujet exigeant peut-être plus de vigueur
& d'énergie, mais où, malgré la petitesse de
l'espace, on trouve une exposition nette, un
costume exact, & un détail savant de toutes
les parties de ce point historique. Sa *Naissance
d'Henri IV*, est un autre morceau atténué nécessairement par l'exiguïté des objets, qui empêche d'y mettre le sublime dont il seroit susceptible. *Dors, mon enfant !* est le tableau de
la Romance si connue de M. *Berquin*, où une
mere bourrelée de remords de lui avoir donné
une naissance illégitime, peint par une sensibilité naïve le repos de l'innocence. L'auteur
est encore resté au dessous du sujet, dans ces
petits poëmes pleins de facilité & d'agrément.
M. *Bonnieu* ne s'est point corrigé du défaut
qu'on lui reprochoit aux deux Sallons derniers,

de lécher trop fes chairs & à force de vouloir les rendre douillettes de les rendre fades.

Malgré ma promeſſe, Monſieur, je ne puis
ſortir de l'hiſtoire , je m'en trouve entouré ,
quelque part où je fixe les yeux ; les petits tableaux, les deſſins, les eſquiſſes, tout annonce une prétention générale au grand genre , &
en même tems que d'efforts mal-adroits, que
de médiocrité , que d'impuiſſance ! Faute du
beau, égayons-nous du ridicule : que ne puis-
je, Monſieur, vous mettre ſous les yeux les
logogryphes de M. *Jollain*, qui, pour marquer
l'époque de nos ſuccès ſur l'onde, au lieu de
peindre la France reſſaiſiſſant le Trident de
Neptune, dont ſe ſeroit emparé l'Angleterre ,
imagine un perſonnage qu'il appelle le *Gouver-*
nement, auquel il fait relever une femme par
terre, qu'il nomme la *Marine* : à côté du premier ſont une Colonne & un coq, ſymboles de
la Fermeté & de la Vigilance, & pour dernier
acceſſoire à cette belle invention, dans le fond
on voit des guerriers prêts à s'embarquer & un
Génie qui diſtribue des récompenſes. Il eſt
fâcheux que ce morceau rélégué trop haut &
dans l'ombre, ne ſe puiſſe pas aſſez diſcuter
pour en découvrir toutes les fineſſes ingénieuſes ; on ne doute pas que dans la face du Génie on ne reconnût les traits de M. de Sartine.

M. *Jollain* a encore célébré à ſa maniere M.
Necker : ſon argument eſt *l'ordre remis dans les*

Finances. Comme cette opération étoit beaucoup plus difficile que la premiere, il y a introduit deux Génies, au lieu d'un : le premier démêle un écheveau de fil d'or, dont la Sagesse tient les bouts ; l'autre repousse des nuages.

Tout cela n'est rien auprès du grand tableau de M. *Vanloo*, Peintre du Roi de Prusse, qui embrassant les diverses parties du Regne actuel, en a formé un amas d'allégories énigmatiques, propres à desespérer tous nos modernes Oedipes. Il en expose ainsi la triple partition : *le Tems découvre les Vertus ; la Sagesse détruit les Vices ; le Soleil anime la Nature.* Il seroit superflu de le suivre dans ses données, dont le développement occupe plus d'une page & ne présente qu'un ensemble décousu, auquel il manque un point de réunion : on ne peut que gémir de voir cet Artiste, digne par son talent du nom illustre qu'il porte, l'employer aussi mal. Ses partisans le disculpent & prétendent que cet ouvrage n'est qu'une préparation, dont le résultat doit être dans un certain point d'optique, d'offrir le portrait de Louis XVI. Comme il a déja exécuté ce tour de force pittoresque à l'égard de Louis XV, on peut ajouter quelque foi à ce bruit courant; mais pour l'honneur de l'Artiste on auroit dû en faire mention dans le livret.

En général, Monfieur, les tableaux de genre plaifent plus au grand nombre des Spectateurs, qui aiment à fe retrouver dans ces détails domeftiques, à leur portée. A chaque Sallon il en eft qui les occupent fpécialement & attirent conftamment la foule : tel eft ici *le Seigneur indulgent, ou le Braconnier*, de M. *Ville*; le fujet tiré d'un opéra comique donné aux Italiens, il y a quelques années, eft fimple & riche tout à la fois. Huit perfonnages partagent la fcene & la rempliffent. Deux Gardeschaffes amenent le coupable au Seigneur affis; la Dame derriere lui, touchée des pleurs de la femme & de deux enfans intercédans pour le Braconnier, feconde leurs efforts & le détermine à la clémence : enforte que l'unité du poëme eft parfaitement obfervée. L'Artifte, en habile homme, a nuancé les diverfes douleurs : celle du prifonnier eft morne, filentieufe, mêlée de remords; celle des enfans eft ingénue, abondante en fanglots, criarde & différenciée entre les deux fuivant l'âge & le fexe; l'attitude de la villageoife, plus refpectueufe, indique un mélange d'effroi ; enfin l'époufe du Seigneur a cette compaffion analogue à fon rang & à fon rôle : quant au Gentilhomme, la figure principale, il n'y a pas affez de caractere fur fa phyfionomie; on n'y voit que de la bonté, & l'on défireroit qu'il y fût refté quelque veftige du premier fentiment de colere &

d'indignation, dont il a dû être atteint. Belle exécution, du reſte, dans le vêtement, les étoffes, le coloris, dans l'agencement des grouppes. Cet Eleve de M. Greuze me paroît avoir fait beaucoup de progrès, & s'il ne l'égale pas encore pour la partie de l'expreſſion, il le ſurpaſſe déja dans les autres. Son *Juif Polonois* eſt ſurtout monté ſur le plus haut ton de couleur; il eſt d'une maniere large & vigoureuſe, telle que n'a jamais eu ſon maître.

Dans un *Fils repentant, de retour à la maſon paternelle*, on eſt fâché de trouver beaucoup d'idées de ce même M. *Greuze*. M. *Aubry* devroit être jaloux de produire par lui-même & de ne pas ſe laiſſer ſoupçonner de plagiat.

Au Sallon dernier un tableau d'hiſtoire de M. *l'Epicié*, me fit oublier de vous parler, Monſieur, de ſa *Douane*; aujourd'hui je m'arrête avec complaiſance devant ſa *Halle*, qui me paroît bien ſupérieure à ſon *Régulus*: elle eſt faite pour ſervir de pendant à la premiere. L'invention du ſite eſt vaſte, nette, ingénieuſe; il ſeroit à ſouhaiter que nos grands marchés euſſent une pareille décoration : l'architecture eſt belle, noble & un peu lourde, comme elle doit l'être en pareil lieu; la perſpective eſt exacte & l'œil pénetre aiſément à travers les colonnes maſſives dont elle eſt

ſoufoutenue. Une varieté étonnante, une grande vérité dans toutes les attitudes des perfonnages qui compofent la foule immenfe de ce concours tumultueux, occupent longtems les fpectateurs & en réveillent fans ceffe leur curiofité, la fatisfont fucceffivement. On trouve cependant que le compofiteur a omis une fcene, par fa fréquence effentielle à la repréfentation d'une halle; c'eft celle d'une querelle entre de pareils acteurs: il répond qu'il a cherché le naïf, fans donner dans le bas (*). C'eft une mauvaife excufe, il auroit pu éviter ce dernier & le peuple dans fes combats préfente quelquefois des athletes auffi intéreffans que les arenes de nos petits-maîtres fpadaffins. Je crois plutôt que M. *L'Épicié* ne s'eft pas fenti la vigueur qu'auroit exigée cette partie de fon poëme: c'eft par où peche l'artifte. Quant à fon faire, il n'empate pas affez fes tableaux, il eft avare de couleur; ce qui répand dans les clairs un blanc de farine défagréable: qu'il voie, revoie, étudie, médite l'inimitable Teniers, le grand maître du coloris dans ces fortes de fujets.

On pourroit donner le même confeil à M. *Favray*, Chevalier de Malthe (on a oublié *Servant.*) Il nous offre dans *fa Rue de l'Hippodrome à Conftantinople*, le fpectacle amufant du

***

(*) Voyez le *Journal de Paris.*

O

coſtume d'un aſſemblage innombrable d'étrangers, encore plus piquans par leur nouveauté
que les perſonnages de M. *L'Epicié*; mais faute de fond, de perſpective, de clair-obſcur,
on les prendroit pour autant de figures décou-
pées & collées avec choix. J'ignore, au ſurplus, d'où ſort ce M. *Favray*, qui déjà Académicien & même ancien, repréſente pour la
premiere fois au Sallon.

Il ſeroit grand beſoin, Monſieur, de pareils
débutans & il en faudroit beaucoup de cette
eſpece pour remplacer M. *le Prince* que nous
ſommes menacés de perdre. Cet Artiſte, à la
fleur de l'âge, trop livré aux plaiſirs & déja
recueillant les fruits amers d'une vie licentieu-
ſe, que favoriſe ſa profeſſion, eſt attaqué de
vapeurs, de vertiges, eſt dans un état d'épui-
ſement qui fait deſeſpérer qu'il puiſſe jamais
reprendre la palette. Sa fécondité lui a fait
heureuſement produire avant ſa nullité de quoi
nous amuſer encore cette année; car il eſt toujours ſpirituel & piquant. Des Payſages rians,
où le goût de la belle nature ſe retrouve ſans
ceſſe, occupent les connoiſſeurs, tandis que
des ſcenes folâtres raviſſent la multitude. On
ne ſe laſſe point d'étudier ſes *Marionnettes* du
plus joli détail, ſes *Joueurs de boule*, ſes *Joueurs
de petit palet*. Dans ſon *Cabaretier qui vient
avertir un Voyageur que ſon cheval eſt prêt*, un

autre fe feroit contenté de bien rendre ce fujet fimple; M. le Prince y a jetté un incident
qui le releve , & fixe les regards dès qu'on
l'apperçoit; c'eft que l'aubergifte trouve le cavalier careffant fa femme: faillie charmante,
exprimée avec toute la fineffe du pinceau de
cet aimable Artifte.

Heureufement, Monfieur, tout fe compenfe; pour nous dédommager de la perte de M.
le Prince, deux autres confreres qu'on regrettoit
au Sallon dernier reparoiffent aujourd'hui; il
eft à efpérer que Paris fixera enfin leur lége-
reté: ce font MM. *Cafanova & Loutherbourg:* le
premier, toujours plein de verve & de feu, ne
peut être confidéré froidement, il fait paffer fa
chaleur jufque dans l'ame du Spectateur: fes
deux *Cavaliers dans le Coftume Efpagnol* font
d'une vigueur, d'une vérité rare; le plus fameux Maître d'équitation ne les auroit pas
mieux mis à cheval; les Courfiers femblent hen-
nir: mais fes deux tableaux faifant pendant,
fon *Coup de Tonnerre* & fon *Coup de Vent*, fai-
fiffent furtout d'une terreur involontaire: ici la
foudre fillonne des nuages noirs; femmes,
animaux, hommes fe reffentent du défordre de
la nature & de la colere du ciel: là le fougueux
Borée renverfe tout ce qui réfifte à fon paffage
& l'expreffion de ce tableau, d'une touche fiere, n'eft pas moins frappante.

M. *Loutherbourg* n'a expofé qu'un morceau, repréfentant un *Port de Mer*, où l'on voit un *Embarquement*; & il fuffiroit pour donner une très haute idée de fon talent, fi fa réputation n'étoit pas faite. Auffi chaud de couleur que M. *Cafanova*, auffi riche dans fes détails que M. *Vernet*, il pourroit nous empêcher de regretter celui-ci, s'il vouloit fuivre la même carriere, & travailler avec autant d'affiduïté : il entend mieux à rendre la vapeur de l'air; fon foleil couchant, heure du jour où il a peint fon ouvrage, colore l'horifon des plus beaux feux; c'eft ainfi que cet aftre femble, déja loin de nous, marquer encore fa préfence par des reflets vifs & brillans.

Comme votre intention, Monfieur, eft d'avoir plutôt l'hiftorique du Sallon, qu'un catalogue fec des tableaux qu'on y voit, je m'attache moins à vous les détailler qu'à vous faire connoître ceux qui peuvent piquer votre curiofité, par eux-mêmes, ou par leurs acceffoires, ou par leur ridicule, ou par des anecdotes relatives aux ouvrages ou à leurs auteurs : c'eft ce qui me fait omettre M. *Vernet*, toujours beau, toujours fécond, mais toujours monotone dans fa variété même; M. *Robert*, dont le genre plus circonfcrit encore eft moins vivant, fi l'on peut s'exprimer ainfi; Mlle. *Vallayer* & M. *Van Spaendonck*, ces deux rivaux pour les fleurs, les fruits, les vafes, tous deux vrais, mais la premiere avec des touches plus precieuſes , l'autre avec des touches plus mâles ; M. *Huet*, Peintre d'animaux.... Je me trompe, Monſieur; cette fois il a pris un vol plus hardi, il s'eſt élevé juſqu'à l'hiſtoire, il a fait un *Hercule chez la Reine Omphale* , tableau de dix pieds de haut ſur huit pieds de large, & ce ſujet le plus indécemment traité révolte la pudeur, ſans éveiller le déſir : la femme coloſſale, toute nue, n'eſt point une Reine voluptueuſe; on n'y voit clairement que la dévergondée qui lui a ſervi de modele, & dans le Vainqueur des monſtres amolli , qu'un Satyre ignoble, ſous les traits duquel on retrouve l'artiſte paillard , ſongeant plutôt à aſſouvir ſa luxure, qu'à enfanter les conceptions ſublimes d'une pareille compoſition...· Cette infamie ſcandaleuſe, digne d'un corps-de-garde, expoſée aux regards de tout Paris , confirme ce que je vous ai dit du motif qui avoit fait rejetter la *Bethſabée*.

Une autre amélioration du Sallon, Monſieur, c'eſt qu'au moyen de la multitude de grands tableaux il y a moins de portraits & l'on a choiſi entre ceux-ci les plus dignes d'être offerts. M. *Dupleſſis* a expoſé celui de *Monſieur*, Frere du Roi, dont l'air.de tête ſage & le vêtement faſtueux concourent à mieux exprimer le caractere phyſique .& moral de ſon Alteſſe Royale. Celui de Madame la Ducheſſe de *Chartres* a

plufieurs défauts de fens commun : là Princeffe très reffemblante & bien drapée, mais à
la françoife & dans le goût le plus moderne,
puifqu'on croit lui reconnoître une levite, a
les pieds nuds; enfuite elle eft couchée, elle
rêve, elle a laiffé tomber fon livre, elle eft
au bord de la mer. On voit un vaiffeau qui
vogue, ce qui annonce l'idée du Peintre &
l'inftant où il a pris fon fujet, c'eft-à-dire au
moment où le Duc de Chartres vient de s'embarquer fur l'armée navale ; & le Peintre la
laiffe dans cet état de froideur, les yeux col-
lés à terre, lorsqu'ils devroient fe fixer fur les
flots, fuivre le vaiffeau, tant qu'il eft apparent,
lorsque même longtems après que tous les autres fpectateurs l'auroient perdu de vue, une
tendre illufion devroit le reproduire encore à
l'imagination d'une amante cherchant à s'abufer.
Le portrait de M. *Franklin* répond à fa cour-
te devife, *Vir:* mais l'artifte auroit dû fe dif-
penfer de montrer M. de Fontanel, en Gillet,
avec un air railleur, qui caractérife du refte
à merveille ce politique rédacteur du *Mercure*, dans les paragraphes où, pour décrier fi-
nement les Anglois, il leur fait dire à l'article de *Londres*, toutes les fottifes qui lui paf-
fent par la tête.

M. *Gallet* a quitté cette fois le genre de
l'hiftoire pour en peindre, il eft vrai, un
héros futur, M. le Comte d'Artois ; il l'a

revêtu de fes ornemens d'apparat, dans le tems
où ce Prince vint rétablir la Cour des Aides.
On eft fâché que la tête peu reffemblante ne
réponde pas à tous les acceffoires, du plus
grand goût & de la plus exacte vérité, &
l'on invite férieufement l'artifte à la refaire.

Dans les Portraits de Madame la Ducheffe de
Saxe-Tefchen, du Prince & de la Princeffe Or-
low, du Comte de Panin, M. *Roflin* a fçu
prendre un pinceau plus mâle pour ces formes
nouvelles d'une nature étrangere, dont il a
faifi la hardieffe & la fierté; mais fon chef-
d'œuvre eft le portrait du célebre Linné, le
Prince de la Botanique, auquel il a ingénieufement mis à la boutonniere une fleur, qu'à dé-
couverte ce favant. Rien de plus vivant que
cette figure: du refte, les fatins, les taffetas,
les velours, les dentelles, les rubans, l'or,
les pierreries, les diamans, le défefpoir des
Peintres jufqu'aujourd'hui, rien n'arrête l'habile Artifte; il rend tout avec la couleur propre & locale: c'eft une magie foutenue qui en
impofe également à fes confreres & aux ignorans.

Un Agréé débute dans le genre de MM.
Dupleffis & *Roflin*, mais non en imitateur fervile:
fes portraits de M. *Morand*, de M. *de la Blan-
cherie*, de M. *Comus* font déja plaifir & font
variés comme les perfonnages que rend fon
pinceau. Le Docteur en médecine, à travers

O 4

la magnificence de fon vêtement, a la gravité
qu'il doit avoir, & l'efprit qui eft dans fes yeux
eft celui de fon état, un efprit réfléchi & profond. Le caractere juif, empreinte de la figure du fecond, eft faillant ; & la gaîté fine de
l'efcamoteur brille fur fa face fleurie : entre ces
deux charlatans le fpectateur fe fent difpofé à
rire d'être dupe de celui-ci ; il feroit fâche de
l'être de celui-là, dont la mine pédantesque
trahit la nullité fous un air fcientifique. M. *le
Noir*, c'eft le nom de l'artifte, fe fignale ainfi
entre fes confreres, par fa finefle pour exprimer
les penfées fur les phyfionomies : il ne fauroit
trop cultiver cette qualité, la plus précieufe
& la plus difficile du genre.

Il eft tems, Monfieur, de finir cette portion
de notre ouvrage : vous devez y avoir pris une
idée fuffifante des Peintures du Sallon de 1779.
Une feule œuvre de génie, c'eft-à-dire produi-
fant l'enthoufiasme univerfel, qui maîtrife &
fubjugue l'ame de toutes les claffes d'hommes ;
d'autres en petit nombres admirables pour les
faifeurs, plaifant aux autres, mais les laiffant
froids ; beaucoup d'artiftes donnant des efpérances ; quelques-uns dont les débiles mains
devroient renoncer à manier le pinceau ; enfin
une foule de membres luttant envain pour fortir de leur obfcurité : tel en eft le réfumé. Vé-
rité dure pour Meffieurs de l'Académie, mais
vérité.

vérité néceffaire à dire pour aiguillonner leur amour-propre trop engourdi.

J'ai l'honneur d'être, &c.

Paris, ce 22 Septembre 1779.

LETTRE III.

JE vous ai fait obferver, Monfieur, & ma revue du Sallon doit vous en convaincre, que l'efpoir de participer au choix du Comte d'Angiviller & d'être admis en concurrence avec nos meilleurs Peintres à la compofition des tableaux d'hiftoire pour S. M. , avoit l'inconvénient d'inviter à fortir de leur fphere des hommes de mérite qui, préfumant trop de leurs forces, fe feroient fiffler dans ce premier genre, tandis qu'ils auroient pu être applaudis dans d'autres. Il eft arrivé le contraire à l'égard des Sculpteurs : comme le Roi ne veut que des Statues de nos grands hommes, tous fe font tournés de ce côté-là & retréciffant leur génie, au lieu de ces beaux grouppes où il auroit pu fe déployer, fe font bornés à nous offrir des buftes. Il eft vrai qu'il en eft peu qui ne foient connus & intéreffans, & que dans quelques-uns les Artiftes s'élevant jufques à leur fujet, y ont mis un fublime digne des plus hautes conceptions. Il eft fâcheux qu'une feule des quatre Statues or

O 5

données par le Gouvernement en 1777, soit
marquée de ce grand caractere. C'est celle du
grand Corneille, par M. *Caffiéry.* Le tragé-
dien est représenté dans une des plus importan-
tes de ses occupations, dans l'instant où il en-
fante le plan de quelqu'une de ses immortelles
œuvres, qui lui ont mérité en France le titre
auguste de pere du théâtre. Le vulgaire &
même des critiques n'ont remarqué en lui qu'un
penseur profond, attribut trop général qui ne
le distingueroit pas assez; mais il est assis, il
tient une plume à la main, un cahier est à côté
de lui; le voilà spécifié comme un écrivain:
cela ne suffit pas; c'est sur sa physionomie, c'est
dans le feu de ses yeux que respire le poëte: on
y admire ce *mens divinior, cet os magna sonutu-
rum*, auquel on ne peut se méprendre; c'est-
là qu'il est Corneille. Il est goûté de tout le
monde, & dès que la cour est ouverte, il est
entouré & la foule de ses adorateurs ne désem-
plit pas plus qu'à la comédie lorsqu'on joue ses
chefs-d'œuvres. Une hardiesses du Sculpteur,
ç'a été de le rendre dans la vérité du costume
du tems le plus exact, dans ce vêtement épais
qui fait ressortir davantage l'esprit, le saillant
de la physionomie. Il a ainsi sacrifié les fi-
nesses de son art à la partie essentielle de sa
composition; il s'y seroit livré davantage, s'il
n'eut eu à rendre qu'un homme ordinaire.

A côté eſt *Montesquieu*, par M. *Clodion*, modelé en plâtre ſeulement : ſon exécution en marbre eſt remiſe au Sallon prochain, parce qu'il ne s'eſt point trouvé de bloc convenable, & tous les connoiſſeurs en béniſſent le ciel. Cette Statue eſt abſolument à refaire. L'Auteur de *l'Eſprit des Loix* eſt aſſis, comme ſon voiſin ; mais ſon air de tête eſt ſans nobleſſe, c'eſt celui d'un charlatan qui vend ſa drogue ; il a le doigt ſur ſon livre & il ſemble dire aux ſpectateurs, *c'eſt moi qui ai fait cet ouvrage* ! Le Sculpteur a affecté de cacher deſſous le *Temple de Gnide*, dont on a peine à découvrir le titre, comme ſi le Préſident en rougiſſoit. Cette idée, que je crois fauſſe, a du moins quelque fineſſe ; du reſte, on lui reproche d'avoir mélangé le coſtume antique avec le nôtre & ſurtout de nous offrir une figure *tourmentée* en terme de l'art, c'eſt-à-dire, pour avoir voulu trop rechercher ſon attitude, de l'avoir fait peu naturelle.

MM. *Pajou* & *Berruer* ſe ſont épargnés bien du travail, en établiſſant leurs figures droites, comme l'exigeoit, au ſurplus, la qualité de leurs héros. Le premier avoit à préſenter un Orateur ſacré & véhément, un Controverſiſte profond & irréſiſtible, un Prélat entêté, vindicatif, fougueux : tous ces caracteres n'alloient point à une figure tranquille & en repos, il a donc mis la ſienne debout ; mais elle n'en a pas

plûs de mouvement, elle eft froide & vague;
on y reconnoît les traits phyfiques de *Bojfuet*;
il y manque fon ame. De la main droite il tient
un livre, dont il femble retourner un feuillet
avec l'index de la gauche; conception foible,
idée triviale, qui ne l'éleve pas au deffus d'un
régent, ou même d'un maître d'école. On eft
furpris que M. *Pajou*, qui à fa qualité d'artifte
joint celle d'homme de lettres & n'a pas été
jugé indigne de figurer dans l'Académie des In-
fcriptions, dont il eft membre depuis quelques années, n'invente pas davantage & n'ait
pas un cifeau plus fpirituel : quant au faire,
il eft fuperbe; le corps de la Statue eft noblement placé ; la tête & les mains font favamment deffinées; les plis du vêtement, les jets
font larges & exécutés avec précifion & vérité; le rochet eft tranfparent; le camail ou *Pal-
lium* riche & moëlleux: tous les détails font
précieux (*); mais il n'a fait qu'une ftatue, que
les connoiffeurs préferent cependant à fa premiere de *Descartes*, auffi pour le Roi.

Le fecond Artifte, dont le fujet étoit moins
vafte, s'en eft tiré plus adroitement, en élu-
dant, il eft vrai, une partie de la difficulté; le
perfonnage qu'il avoit à nous reproduire, étoit

(*) Seulement on trouve qu'il les a trop multipliés pour faire valoir davantage fon habileté, car enfin un Prélat en rochet
n'a pas un manteau par deffus.

le Chancelier *d'Aguesseau*, Législateur à la fois
& Orateur. Un homme de génie embrassant le
Magistrat sous ces deux aspects, se seroit ef-
forcé par quelque tournure ingénieuse de les
exprimer & de les concilier. M. *Berruer* ne
se sentant pas la capacité de remplir une pareille tâche, a choisi la plus aisée; il s'est chargé du Législateur, & a cru avoir tout fait en
lui imprimant un air imposant par sa main droite qu'il étend : de la gauche, qui retombe sur
sa simarre, il tient un rouleau de papiers, sur
lequel est écrit *Ordonnances sur la Législation*. Il
est à observer que le Spectateur envisageant la
figure, ne voit pas ce que le Chancelier a en
réserve; il est obligé de se détourner un peu
pour en lire le titre : on est tenté de croire
que ce n'est rien de bon, que ce sont des Edits
Bursaux, que lui, & ses semblables depuis,
nous ont tant apportés : c'est d'autant plus à
craindre, que l'action est censée se passer en un
Lit de Justice; elle est décidée par un pliant
dont se relève l'organe de la Majesté, qui dans
le costume devroit être couché aux pieds du
Roi. Cette gaucherie de l'Artiste jette en même tems de l'odieux sur son héros & du ridicule sur sa composition. Ce sont des épigram-
mes qui ne finissent pas. Ses confreres s'attachant peu au fond, louent le Statuaire d'avoir
surmonté l'ingratitude du costume & de l'ampleur même de la robe, qui presque toujours

diffimule le nud de la figure, objet des recher-
ches éternelles de l'art : ils en admirent furtout un pan grandement jetté fur le pliant ;
mais ils ajoutent, que le travail de l'outil eft
un peu rond. En général, Monfieur, toutes
ces ftatues font lourdes & fatiguent les regards
par leur maffe volumineufe, fauf *Montesquieu*,
ayant le défaut contraire ; il a l'air d'un colifichet. J'ignore, Monfieur, pourquoi M.
Houdon, déja Académicien & d'un mérite fondé fur des fuccès brillans, n'a pas été préféré
à l'auteur de la ftatue de *Montesquieu*, à M.
Clodion, qui n'eft qu'Agréé, n'eft point connu
& débute par un ouvrage univerfellement ré-
prouvé. J'ai interrogé cet homme modefte,
dont le filence a répondu. Je me fuis confir-
mé dans mon opinion que les fonds deftinés
par le Roi à l'avancement des Arts, ne tourne-
roient qu'à gratifier les fujets rampans, qui
faifoient leur cour au premier Peintre & au
Directeur Général. Quoi qu'il en foit, M.
Houdon eft bien vengé par la furprife de tous
les amateurs de ne le pas voir employé. On
aime dans fes buftes, de M. de *Nicolaï* le pere,
de M. de *Caumartin*, la reffemblance la plus
frappante, la feule chofe qu'on y pût exiger.
Il n'en étoit pas de même de M. *Franklin*, de
Voltaire, de *J. J. Rouffeau*. Quelle élévation
de penfée dans le premier, Légiflateur du nouveau monde ! Quelle fineffe dans le fecond,

Poëte lu & relu toujours avec un plaifir nouveau! quel feu dans le dernier, dont les regards perçans femblent pénétrer jufques dans
les plis & replis les plus cachés du cœur humain! Il eft furtout, Monfieur, un certain
point de vue, où l'illufion eft fi complette & le
coup d'œil fi direct & fi vif, qu'on croit voir
ce bufte animé, qu'on ne peut le foutenir &
que le premier mouvement eft de s'y fouftraire. Il eft en terre cuite, tandis que fon voifin eft du plus beau marbre blanc, fuperbement drapé à l'antique; contrafte formé par le
hafard & fidele image de la pauvreté où l'un
a toujours vécu, tandis que l'autre nageoit dans
une opulence faftueufe. Le Sculpteur a lutté
contre lui-même fur ce dernier, il l'a reproduit
dans un autre bufte pour être inftallé au foyer
de la nouvelle Comédie Françoife & je trouve
plus de vérité dans celui-ci. Celui là doit être
placé dans le cabinet de l'Impératrice de Ruffie, qui n'ayant jamais pu jouir de la préfence
de cet homme célèbre, veut en multiplier partout les effigies dans fon Palais. Elle doit en
pofféder encore une ftatue du même Artifte
en bronze doré: c'eft proprement ici le vieillard de Ferney, il eft enveloppé dans fa robe
de chambre, il eft affis dans fon fauteuil, les
mains appuyées fur les bras; il revient de la
promenade, il eft fatigué, prêt à fe coucher;
telle eft la fcene familiere que l'auteur a choi-

fie ; mais, malgré la laffitude de fon corps, fon ame veille, & le rire fardonique de la figure caractérife la moiffon de ridicules que le Philofophe Satyrique a faite durant fes dernieres méditations ; il s'amufe en lui-même aux dépens des fots, des prêtres, des fanatiques, qu'il va livrer encore une fois à la dérifion générale. Il faut avouer que dans cette petite figure, de moins d'un pied de haut, il y a plus de génie que dans celles de la cour, le Corneille excepté.

Le portrait n'eft pas le talent de M. *Gois*, fi l'on en juge par fon Bufte de M. le Comte *d'Artois*, abfolument manqué. Il a voulu lui donner un air de fineffe, qui n'eft en rien aujourd'hui celui de la tête de S. A. Royale. Cet Artifte eft appellé à de plus riches compofitions : il excelle dans les bas-reliefs ; fes modelés de tombeau font d'une belle fimplicité & d'un très bon goût. C'eft furtout dans fes deffins qu'on trouve une tête fortement organifée : la compofition vafte de fes *deux Cambyfes* ne l'a point effrayé ; ces esquiffes font pleines de majefté ; fon *Moïfe qui fait renverfer le veau d'or*, eft fier, & *Tulie, fille de Tarquin, faifant paffer fon char fur le corps de fon pere*, eft du plus vigoureux ftyle.

Le *Méléagre* de M. *Boizot* a de la grace, de la vigueur même ; mais il eft d'un caractere vague : ce n'eft qu'un chaffeur ordinaire, beau, bien conformé, & point le mâle héros de la fable, un fils de Roi, le vengeur de fon pays. On trouve du nerf dans le *Gladiateur mourant* de M. *Julien*, malgré l'abandon du corps très bien exprimé; il poffede parfaitement l'anatomie; peut-être les mains font-elles foignées avec trop de délicateffe pour fa fituation; car cet auteur a, quand il le veut, de la douceur & du moëlleux dans le cifeau; ce que prouve fa *tête de femme, coëffée d'un voile & couronnée de fleurs*, comme les jeunes filles dotées par le Pape & le Sacré College à l'églife de la Minerve à Rome: elle eft d'une fuavité charmante. Les fleurs font artiftement travaillées & le voile a prefque la transparence de la gaze.

Il feroit à fouhaiter que M. *de Joux*, nouvel Académicien, eût choifi pour fon morceau de réception un fujet moins rebattu en peinture & en fculpture que le *St. Sebaftien*; on eft obligé, faute d'une expreffion neuve, de fe rejetter fur les détails de nature qu'on parcourt avec plaifir.

M. *Monot*, ordinairement doux & dont le faire fe retrouve dans un *Enfant qui joue avec fes pieds*, a voulu donner cette fois un ton tragique à fon cifeau dans le Bufte de Mlle. *Duplan*; il a choifi le moment où cette Actrice, dont la tête eft tout-à-fait pittorefque, faifant le rôle de *Clitemneftre* dans l'*Iphigénie en Aulide*,

du Chevalier Gluck, dit aux soldats qui viennent saisir sa fille pour la conduire à l'autel:

Osez mettre le comble à votre rage impie,
Barbares !

Ce vers, qui devroit se lire sur la figure de la
Reine, est inscrit en légende au bas, pour l'intelligence du Spectateur.

L'Artiste a médité un sujet plus grand encore, *l'Amour qui, foulant aux pieds l'Aigle de*
Jupiter, semble s'applaudir de triompher de l'uni-
vers. Ce sujet allégorique & d'une grande moralité, doit s'exécuter en marbre pour le Pavillon du Comte d'Artois à *Bagatelle.* Il ne
pouvoit être mieux placé qu'à l'entrée d'un
palais dont le nom seul annonce la destination
futile. On ne sait si ce modele desiré ne s'est
pas trouvé prêt, mais il n'est qu'annoncé &
n'a point été présenté au Public.

On ne juge pas cette année que M. *Foucou*
ait répondu à la haute opinion qu'on avoit conçue de lui précédemment: tous ses ouvrages,
en petit nombre & de petite maniere, sont
froids, même un Buste de *Regnard.* Puisse M. *Ser-*
gell, Agréé qui entre dans la carriere & le dernier
aussi dont je ferai mention, mieux soutenir son
essai! c'est un très beau sujet; „ Othryadès,
„ Lacédémonien, resté seul sur le champ de ba-
„ taille, & blessé mortellement dresse un trophée
„ à Jupiter, sur lequel il écrit avec son sang."

Il eſt à préſumer que s'impoſant une pareille tâche, on ſe ſent la force de la remplir; tâche difficile, en ce qu'elle exige plus de tête que de main, que l'exécution en doit être ſimple & l'expreſſion ſublime. Il faudra voir le modele rendu en marbre pour décider du dégré de mérite du compoſiteur.

Je paſſe, Monſieur, ſur les Graveurs, entre lesquels je ne trouve aucun nouvel athlete, parce que tous les morceaux expoſés au Sallon ſont d'ailleurs depuis longtems connus du Public, annoncés, décrits, vantés dans diverſes feuilles périodiques & que ces Artiſtes, en multipliant comme ils veulent une même production, la répandent partout & vous ont mis à portée de juger par vous-même de leurs œuvres. Un ſeul portrait par M. *Miger* exige que je m'y arrête, en ce qu'il fait anecdote & annonce une impudence rare: ç'auroit été, ſans doute, déja une grande audace à M. *Vernier*, un des ſuppôts du Chancelier, un de ces Magiſtrats du Grand Conſeil, qui par une prévarication infame avoient eu la lâcheté de ſe prêter à ſes vues, un de ces hommes voués dans les *Correſpondances* au ridicule & à l'exécration, de ſe montrer en pareil lieu dans les circonſtances actuelles; mais comment qualifier la dédicace qu'il s'eſt fait faire & qu'on lit au bas: *Viro Juſticiæ Vindici integerrimo, egregiaſumque artium ſagaciſſimo cultori!* Comment

s'eſt-il trouvé un complaiſant aſſez bas pour
s'y prêter : il a rougi tellement lui-même de
ſon héros, qu'il n'a oſé ſe nommer, & ne s'eſt
déſigné que par des lettres initiales.

Je reviens, avant de finir, ſur deux Portraits
dont j'avois omis l'un volontairement, ignorant ſon mérite, & dont l'autre n'eſt expoſé
que depuis peu. Le premier eſt remarquable
par un nouveau procédé particulier à l'auteur,
M. *Loir*, qui depuis nombre d'années ne s'é-
toit pas montré au Sallon ; il a peint en Paſtel ſur
cuivre M. *Belle*, ſon confrere. Cette maniere
moins agréable, peut être plus ſolide, mais
ſurtout plus propre aux ſujets exigeant de la
vigueur & de l'énergie. Le ſecond eſt le portrait de M. *d'Angiviller*, par M. *Dupleſſis*. Il
eſt beau, mais froid, comme le héros : ce qui
le rend remarquable, c'eſt un rouleau que dé-
ploye le Directeur des Bâtimens, ſur lequel on
lit : *Galerie du Louvre* : c'eſt l'annonce de ce
ſuperbe *Muſæum*, où doivent ſe réunir tous
les Talens, tous les Arts, où figureront toutes
les Ecoles, où ſe formeront les grands Artiſtes en tout genre & qui rendra deſormais le
Sallon inutile, ou du moins inſipide, & l'époque de l'adminiſtration de M. d'Angiviller à
jamais immortelle. O... *quando ego te aspiciam*!

J'ai l'honneur d'être, &c.

Paris ce 28 Septembre 1779.

F I N.

www.ingramcontent.com/pod-product-compliance
Lightning Source LLC
Chambersburg PA
CBHW070312030726
47505CB00004B/988